Carol Finch

Également connue sous les noms de Connie Feddersen, Connie Drake, Debra Falcon ou encore Gina Robins, elle est l'une des autrices de romance les plus prolifiques. Elle a vendu plus de neuf millions de livres dans le monde entier et a été récompensée huit fois par le prix Romantic Times.

Promesses au clair de lune

CAROL
FINCH

Promesses au clair de lune

Traduit de l'anglais (États-Unis)
par Daniel Garcia

J'AI LU

POUR elle

Si vous souhaitez être informée en avant-première
de nos parutions et tout savoir sur vos autrices préférées,
retrouvez-nous ici :

www.jailu.com

Abonnez-vous à notre newsletter
et rejoignez-nous sur Facebook !

Cet ouvrage a précédemment paru sous le titre
Les amants de la Nouvelle-Orléans.

Titre original
ONCE UPON A MIDNIGHT MOON

Éditeur original
Zebra Books, Kensington Publishing Corp., New York

Ce livre est dédié à mon mari,
Ed, et à nos enfants, Kurt,
Jill, Christie, Jeff et Jon.
Avec tout mon amour.

Je le dédie également à mon éditrice,
Ann LaFarge, pour ses conseils
et ses encouragements.
Merci de tout cœur, Ann.

1

Octobre 1768, La Nouvelle-Orléans

— Non, je refuse ! explosa Mikaela Rouchard, indignée.

Arnaud Rouchard la fusilla du regard.

— Mikaela, je te prie de rester à ta place !

Juste Ciel ! Rester à sa place… Combien de fois, en dix-huit ans, la jeune femme avait-elle entendu ces mots ? Beaucoup trop, assurément. Son père considérait que Mikaela devait se soumettre à sa loi, un point c'est tout.

Arnaud Rouchard n'accordait pas grande liberté aux femmes en général. À ses yeux, une épouse, une mère ou une fille devaient se faire aussi discrètes qu'une toile de fond sur la scène d'un théâtre. Toujours selon lui, les femmes n'étaient pas habilitées à donner leur opinion – à supposer qu'elles puissent en avoir une – et encore moins à contredire un homme. Les femmes devaient se contenter de demeurer dans l'ombre de leurs pères ou maris, et se plier à leurs volontés. En d'autres termes, leur statut valait à peine mieux que celui des esclaves vivant sur la plantation des Rouchard.

— Mikaela, murmura Marguerite Rouchard, tu pourrais demander pardon à ton père pour cet éclat…

La jeune femme se tourna vers sa mère, qui gardait les yeux baissés. Arnaud Rouchard avait si bien assis son autorité que son épouse ne s'exprimait plus aucune volonté depuis longtemps. Elle évitait même de faire le moindre bruit dans la maison, afin de ne pas froisser son mari. Pour Mikaela, un tel reniement de soi dépassait l'entendement. La jeune femme ne pouvait se résoudre à tant de docilité, et les conflits avec son père étaient fréquents. Maintes fois, par le passé, Arnaud Rouchard s'était plaint d'avoir hérité d'une fille aussi désobéissante. Il manifestait alors un tel mépris que Mikaela en était profondément blessée.

— Tu épouseras Carlos Morales, insista Arnaud. Pour la bonne raison que j'en ai décidé ainsi !

Croisant les mains dans son dos, il vint se planter devant sa fille pour ajouter :

— Puisque tu t'intéresses à la politique – qui n'est pourtant pas un sujet destiné aux femmes –, tu devrais comprendre qu'en ce moment notre situation à La Nouvelle-Orléans n'est pas brillante. Si nous voulons conserver nos acquis, il nous faudra composer avec les Espagnols.

Mikaela n'ignorait pas que les événements récents avaient placé la Louisiane aux mains des Espagnols. Après avoir perdu la guerre de Sept Ans, le roi Louis XV avait secrètement confié ses colonies nord-américaines à son cousin Charles III d'Espagne, afin que les Anglais ne puissent mettre la main dessus.

Depuis bientôt deux ans, La Nouvelle-Orléans était dirigée par une clique d'Espagnols arrogants, au grand dam des résidents français, scandalisés de voir que leur roi les avait vendus à des étrangers, sans même les en informer. Le mécontentement n'avait cessé de croître, au point que certains songeaient à fomenter une rébellion pour expulser don Antonio de Ellul, le gouverneur, et ses hommes.

— Je désapprouve mes compatriotes qui pensent que la révolte est la seule solution, reprit Arnaud. Je préfère m'allier aux Espagnols.

Et, pointant un doigt accusateur sur sa fille, il ajouta :

— J'ai assez enduré la rébellion sous mon propre toit, pour ne pas avoir envie de la subir jusque dans mes affaires.

Mikaela ne pipa mot. Cependant, elle enrageait de constater que son père semblait la rendre responsable de tout ce qui allait mal.

— Carlos Morales t'attend dans le hall. Il t'accompagnera au bal donné ce soir dans le palais du gouverneur, poursuivit Arnaud.

Devinant que sa fille s'apprêtait une nouvelle fois à protester, son regard se fit plus sévère.

— Carlos m'a demandé ta main, et je la lui ai accordée. Il n'est pas question que je revienne sur ma décision, Mikaela. Mets-le-toi bien dans la tête. Si tu n'étais pas si égoïste et butée, tu comprendrais que cette union est la meilleure solution pour assurer l'avenir de ton frère.

— Et mon avenir, il ne compte pas ? osa rétorquer la jeune femme, sous l'œil horrifié de sa mère. Mon bonheur n'a-t-il donc aucune importance ? Tu veux me marier à un homme que je n'aime pas, uniquement pour qu'Henri voie la plantation prospérer, avec la bénédiction des Espagnols ?

— Mikaela, change de ton ! ordonna son père, qui s'était empourpré. J'ai pris ma décision et tu t'y plieras, que cela te plaise ou non.

La jeune femme s'apprêtait à un nouvel éclat, mais sa mère la retint par le bras.

— Je t'en prie, ne provoque pas ton père, lui dit-elle.

— Tu m'as trop souvent défié, reprit Arnaud d'une voix glaciale. Quand je pense que tu as réussi à convaincre les supérieures de ton couvent de t'enseigner des matières qui ne regardent pas les femmes ! Je t'avais envoyée chez les ursulines pour apprendre à coudre et à cuisiner. Pas pour t'intéresser au latin, à la géométrie et je ne sais quoi encore !

Arnaud Rouchard serait probablement hors de lui s'il découvrait que Mikaela était largement aussi instruite – sinon plus – que son frère aîné, Henri. Mais la jeune femme préféra ne pas s'aventurer sur ce terrain, tant que son père était de si méchante humeur.

— Et je ne parle pas de cette idée ridicule d'apprendre à lire et à écrire à nos esclaves, continua Arnaud. Ton projet n'avait aucun sens ! Les esclaves sont faits pour être esclaves, pas pour devenir des écoliers.

Son père tournait en rond sur le tapis, passant et repassant devant la jeune femme, décidé à lui faire la leçon jusqu'au bout.

— Et ne va pas t'imaginer que je ne suis pas au courant de tes escapades, déguisée en garçon, pour aller assister à ces réunions de conspirateurs contre les Espagnols. C'est du reste la raison qui m'a incité à précipiter ton mariage. Si une révolte éclatait à La Nouvelle-Orléans, le nom des Rouchard n'y serait en aucun cas mêlé.

Se plantant à nouveau devant sa fille, il insista :

— Tu ne participeras pas à cette rébellion, c'est moi qui te le dis... M'entends-tu, Mikaela ?

Comment aurait-elle fait pour ne pas l'entendre ? La voix d'Arnaud résonnait d'un mur à l'autre de la chambre.

— Je te donne un quart d'heure pour t'habiller, conclut son père, qui s'était dirigé vers la porte. Ensuite, tu descendras à mon bras, et tu signeras le contrat de fiançailles que j'ai rédigé avec Carlos. La nouvelle sera rendue publique pendant le bal de ce soir. Et, pour une fois, tu me feras le plaisir de te conduire en jeune femme bien élevée !

Là-dessus, Arnaud Rouchard quitta la chambre, claquant la porte derrière lui.

Marguerite étreignit la main de sa fille, en signe de compassion.

— Ne le pousse pas à bout, Mikaela. Si tu refusais ce mariage, ton père t'enverrait comme gouvernante chez sa cousine de Natchez. Ce serait encore pire...

Mikaela préféra ne pas envisager ce que deviendrait son existence, si elle se retrouvait à s'occuper de la maisonnée de tante Catherine, une veuve recluse qui avait passablement perdu la tête.

— Carlos s'est épris de toi, et il fait partie du conseil restreint qui gouverne la ville, reprit Marguerite tout en sortant de la penderie de sa fille une robe de soie bleue. Ne te rends pas la vie plus difficile en voulant combattre l'inévitable. La rébellion ne te conduirait à rien. Je suis bien placée pour le savoir, ajouta-t-elle sur le ton de la confidence, avant de quitter la pièce à son tour.

Mikaela étouffa un juron de frustration. Voilà bien longtemps qu'elle avait, de toute façon, renoncé à plaire à son père, car elle n'avait plus d'espoir de gagner son affection. Arnaud ne s'intéressait qu'à son fils.

Pendant que Mikaela était consignée sur la plantation, Henri avait tout loisir de s'amuser à l'extérieur avec ses amis. Des fêtes étaient souvent données en son honneur, et la vérité, c'était qu'il était gâté comme un prince. Pour son quatorzième anniversaire, il avait eu le droit d'aménager ses propres appartements dans une aile de la maison. À seize ans, il avait pris pour maîtresse une jeune esclave. Peu après, il avait été envoyé à Paris afin de parfaire son éducation. À son retour, il avait hérité d'une petite maison en plein centre de La Nouvelle-Orléans, dans le quartier français, où il vivait désormais, avec une jeune courtisane vouée à ses plaisirs.

Si Mikaela se sentait lésée, elle n'en voulait pas particulièrement à son frère. Elle critiquait avant tout cette société, qui avantageait tellement les hommes au détriment des femmes. Savoir que son père entretenait lui aussi une maîtresse en ville attisait son amertume. Mikaela s'était juré de ne jamais consentir à un mariage où la fidélité ne serait pas réciproque. Ce que sa mère avait accepté sans broncher, Mikaela le refuserait toujours.

Le grand amour dont elle rêvait n'existait peut-être pas, mais du moins ne deviendrait-elle jamais l'esclave d'un mari !

Tandis qu'elle enfilait la robe de soie bleue que sa mère avait sortie, la jeune femme ne cessait de se répéter qu'il était impossible qu'elle cède docilement aux ordres de son père. Il fallait qu'elle se bâtisse sa propre vie ailleurs – n'importe où. Aucun homme ne lui dicterait sa volonté. Jamais !

Déterminée à s'enfuir, Mikaela commença à échafauder un plan pour le soir même. Elle feindrait d'accepter son sort et suivrait son « fiancé » jusqu'au bal. Mais elle ne rentrerait pas à la maison...

Elle termina de boutonner sa robe, examina son reflet dans le miroir puis, sans perdre de temps, entreprit de rassembler quelques effets personnels et son déguisement d'homme dans un baluchon. Après quoi, elle se glissa discrètement sur la terrasse, descendit sur la pointe des pieds l'escalier de bois extérieur, et alla cacher son bagage à l'arrière de l'attelage de Carlos. Elle se dépêcha ensuite de remonter dans sa chambre, et arriva quelques secondes avant que son père ne revienne la chercher pour l'escorter au rez-de-chaussée.

— Je constate avec plaisir que tu as enfin retrouvé l'esprit, lui fit remarquer Arnaud, tout en lui offrant son bras. Ton fiancé étant l'un des conseillers les plus écoutés de don Antonio, tu seras en position d'obtenir des faveurs pour moi et ton frère. Et tu profiteras de tout le luxe qu'une femme peut espérer.

— Et pour ce qui est de l'amour et des sentiments ? ne put s'empêcher de demander Mikaela.

Arnaud s'immobilisa en haut des marches, fusillant la jeune femme du regard.

— Cesse tes provocations, Mikaela. Et surtout devant Carlos. Si tu te conduis bien avec lui, il te respectera et te sera dévoué.

Mikaela savait qu'elle n'aurait pas dû répliquer, mais ce fut plus fort qu'elle.

— Ce qui ne l'empêchera sans doute pas de prendre, comme toi, une maîtresse... ?

Arnaud s'empourpra violemment.

— Comment oses-tu ?

— De la même façon que tu oses me parler de respect et de dévotion, rétorqua la jeune femme sans ciller. Un homme ne peut prétendre respecter son épouse s'il entretient une maîtresse à côté. Je ne comprends pas que maman ait pu tolérer cela.

L'espace d'une seconde, Mikaela crut que son père allait la frapper. Ce n'aurait pas été la première fois, d'ailleurs. Mais sans doute Arnaud ne souhaitait-il pas lui infliger de bleu avant de la présenter à Carlos. Aussi préféra-t-il l'humilier verbalement :

— Voilà bientôt vingt ans que je te supporte comme un fardeau, gronda-t-il d'une voix glaciale. Et sais-tu pourquoi ? Parce que tu me rappelles trop mon frère. Tu es *sa fille*, Mikaela. Et tu as le même charme hypocrite. Chaque fois que je te regarde, je crois revoir Jean, et je me remémore la trahison de mon frère avec ma femme.

Mikaela eut l'impression que le sol se dérobait sous ses pieds. Si Arnaud ne l'avait pas solidement tenue par le bras, elle se serait effondrée dans l'escalier.

— C'est uniquement le refus du scandale qui m'a incité à ne pas répudier ma femme et à ne pas me fâcher avec mon frère, poursuivit-il, en la poussant presque devant lui pour l'obliger à descendre les marches. Je tiens à ma réputation. Mais, pour ce qui est de ta mère, elle paie chaque jour son crime.

Mikaela avait du mal à en croire ses oreilles. Cependant elle comprenait mieux, maintenant, pourquoi Arnaud semblait l'avoir toujours un peu méprisée, comme s'il la considérait comme une étrangère. La soumission de Marguerite s'expliquait mieux, elle aussi. Son mari ne la laisserait jamais oublier ce qu'elle avait fait...

Elle était si choquée par ces révélations qu'elle fut incapable de réagir lorsque Carlos, se précipitant à sa rencontre, l'embrassa bruyamment sur les deux joues en se réjouissant de l'avoir désormais pour fiancée. Malgré son accablement, la jeune femme se retint de verser la moindre larme, comme de donner le moindre signe de faiblesse. Elle signa le contrat rédigé par Arnaud sans aucun commentaire et, toujours silencieusement, laissa Carlos l'escorter vers son attelage.

Durant le trajet jusqu'à la salle de bal, Mikaela, perdue dans ses songes, regarda par la vitre sans rien voir du paysage qui défilait devant ses yeux. Carlos ne sembla même pas s'apercevoir de son absence. Tout fier de lui, l'Espagnol meubla à lui seul la conversation. Il était manifestement ravi de s'entendre parler – principalement de lui-même, d'ailleurs – et elle n'avait qu'à hocher de temps en temps la tête pour le satisfaire.

Les révélations inattendues d'Arnaud avaient soudain réveillé toutes sortes de souvenirs chez Mikaela. À présent, elle comprenait pourquoi sa mère disparaissait toujours comme par enchantement, chaque fois que Jean leur rendait une – courte – visite. Arnaud lui avait probablement interdit de revoir son amant.

Mikaela comprenait également pourquoi elle avait toujours senti chez Arnaud une sourde hostilité envers son frère, et pourquoi il n'avait cessé de la dénigrer en la comparant si souvent à Jean.

Arnaud n'avait cessé d'entretenir la culpabilité de Marguerite, pour mieux la dominer. Jusqu'à son dernier souffle, celle-ci vivrait avec le poids de sa faute.

Mikaela comprenait aussi pourquoi elle-même ne connaissait rien à l'amour. Tout simplement parce que l'amour n'existait pas dans sa famille. Ses grands-parents avaient arrangé le mariage d'Arnaud et de Marguerite, exactement comme Arnaud arrangeait maintenant le sien avec Carlos. C'était ainsi dans l'aristocratie française depuis des siècles. Arnaud obéissait aveuglément à des traditions qui à ses yeux étaient les seules dignes de gouverner le monde. Lui-même dirigeait sa plantation d'une main de fer, obsédé par l'idée de protéger la réputation et le nom de sa famille.

L'attelage s'était arrêté, et la jeune femme fut brutalement tirée de ses pensées par deux bras puissants qui l'attirèrent à l'autre extrémité de la banquette. Avant qu'elle ait pu réagir, Carlos s'était emparé de ses lèvres. C'était la première fois que Mikaela était embrassée sur la bouche, et l'expérience la dégoûta. Carlos ne mettait-il donc aucune sensualité dans ses étreintes ?

— Ah, ma chère... murmura-t-il en relâchant ses lèvres pour la laisser respirer, j'ai si longtemps attendu ce moment.

Mikaela ne partageait pas son enthousiasme. Un baiser sur la bouche n'était pas aussi merveilleux qu'elle se l'était imaginé. Quand Carlos s'approcha à nouveau, elle pressa les mains contre son torse pour le repousser doucement.

— Ne faisons pas attendre don Antonio...

— Vous avez raison, concéda Carlos à contrecœur.

Il ouvrit la portière et lança un dernier regard concupiscent à la jeune femme, avant de descendre de voiture.

Tout à l'heure, se promit-il à lui-même. Tout à l'heure, il satisferait enfin le désir que lui inspirait cette délicieuse créature.

Aucune autre femme, à des lieues à la ronde, ne rivalisait en beauté avec Mikaela. Du jour où Arnaud avait officiellement présenté sa fille lors d'un bal, tous les célibataires espagnols avaient rêvé d'elle. Mais Carlos s'était déclaré le premier. Et puisque Arnaud avait suffisamment confiance en lui pour le laisser emmener Mikaela sans chaperon, Carlos s'accorderait certaines privautés durant le trajet de retour...

Sachant qu'Arnaud était anxieux de nouer les meilleures relations possibles avec les Espagnols, Carlos lui avait offert un marché tentant : en échange de Mikaela, il exonérerait Arnaud des taxes dont les Français et les Américains devaient s'acquitter pour exporter leur production.

Arnaud s'imaginait avoir obtenu un traitement de faveur. En réalité, Carlos avait pareillement négocié avec d'autres planteurs, pour son seul profit personnel. À côté de son salaire officiel, il avait commencé d'accumuler une petite fortune en dessous-de-table. Mais la satisfaction matérielle n'était pas tout. Bientôt, il pourrait savourer le versant charnel de ce mariage arrangé...

Tandis que Carlos l'aidait à descendre de voiture, Mikaela jeta furtivement un regard autour d'elle. Le bal avait lieu dans l'hôtel particulier réquisitionné par le nouveau pouvoir espagnol, sur la rive du Mississippi. Un peu plus loin, en suivant le quai, elle apercevait les lumières de la taverne où se tenait la réunion politique prévue pour ce soir. Comme elle aurait aimé être avec ces hommes et ces femmes qui préparaient la révolte !

L'idée d'indépendance – autant personnelle que politique – séduisait beaucoup la jeune femme. Mais avant de pouvoir déclarer sa propre indépendance, il lui faudrait endurer cette réception assommante, aux bras d'un compagnon qui ne l'était pas moins.

Mikaela se demandait pourquoi elle n'avait pas cherché plus tôt à s'échapper de sa misérable existence. Ce n'était pas comme si elle devait laisser de précieux souvenirs derrière elle. Au contraire, elle avait le sentiment d'avoir passé des années entières le nez contre une vitre, à contempler le paysage en rêvant d'un avenir meilleur. Seules les sœurs ursulines lui avaient offert un peu d'amour. Elle avait d'ailleurs pensé un moment se réfugier au couvent, mais y avait finalement renoncé, en songeant que c'était le premier endroit où Arnaud irait la chercher. Il fallait absolument qu'elle se déniche un abri sûr, d'où on ne viendrait pas la tirer pour l'obliger à épouser Carlos !

La salle de bal était déjà remplie d'officiers espagnols et de leurs concubines françaises qui, comme Arnaud, étaient prêtes à tout pour se trouver dans les petits papiers du nouveau régime.

La seule idée de vendre son corps en échange de privilèges matériels donnait la nausée à la jeune femme. Du reste, aucun homme ne lui avait fait éprouver cette passion qui, à l'inverse, semblait tellement obséder la gent masculine. Mikaela doutait sincèrement d'éprouver quoi que ce soit envers les hommes de ce bas monde, sinon du mépris. Le seul qui trouvait grâce à ses yeux était son oncle Jean son *père naturel*, se rappela-t-elle soudain. Jean lui avait toujours témoigné de l'affection et, surtout, il l'avait acceptée telle qu'elle était, avec son caractère enjoué et enflammé. Alors qu'Arnaud, au contraire, n'avait eu de cesse de vouloir briser son tempérament.

Tandis qu'elle dansait distraitement au bras de Carlos, Mikaela se promit d'écrire à Jean pour l'informer de son évasion. Après qu'Arnaud, l'aîné, eut hérité de la plantation familiale, Jean était parti s'installer à Saint Louis, où il avait monté un prospère commerce de fourrures. Il comprendrait le besoin de liberté de Mikaela. Et il s'offrirait probablement pour l'aider. Hélas, elle songea tout à coup que sa maison serait l'un des endroits privilégiés où Arnaud irait la chercher... Or elle ne voulait surtout pas causer d'ennuis supplémentaires à Jean.

Quand Carlos la confia aux bras d'un autre cavalier pour aller s'entretenir avec don Antonio, la jeune femme en profita pour couler un regard vers l'homme qui gouvernait La Nouvelle-Orléans. Don Antonio n'était pas plus fait pour ce rôle que les Français n'avaient été préparés à se trouver, par la grâce d'un seul trait de plume de Louis XV, sous l'emprise de cet homme. Don Antonio était astronome de formation. Ce n'était pas, du reste, un mauvais homme, mais il s'y connaissait mieux en constellations qu'en politique.

Comme un roi s'adressant à ses sujets, il quitta son fauteuil posé sur une estrade et réclama le silence d'un geste destiné à l'orchestre, qui obéit aussitôt.

— Il a été porté à ma connaissance qu'un de mes meilleurs officiers s'apprêtait à se marier, annonça-t-il en désignant Carlos, qui souriait de toutes ses dents. La señorita Mikaela Rouchard a bien voulu accepter la main de Carlos.

Mikaela n'avait rien accepté du tout, mais elle préféra s'abstenir d'un commentaire désobligeant. Don Antonio levait déjà son verre de madère :

— Puisse cette union apporter paix et prospérité à La Nouvelle-Orléans !

Puis, reposant son verre, le gouverneur descendit l'estrade pour s'avancer vers Mikaela. D'un nouveau geste en direction de l'orchestre, il fit reprendre le bal et entraîna la jeune femme dans une valse. Don Antonio dansait aussi mal qu'il commandait la ville.

Fort heureusement, il n'attendit pas la fin de la valse pour libérer sa cavalière. Profitant de ce que Carlos discutait avec ses compagnons d'armes, elle se dirigea vers une porte-fenêtre, dans l'espoir de s'esquiver discrètement.

Mais elle n'avait pas dépassé le patio que Carlos l'avait déjà rattrapée.

Sans autre préambule, l'Espagnol la captura dans ses bras afin de l'embrasser une nouvelle fois. Mais quand il voulut approcher la main de ses seins, Mikaela ne put se retenir de le gifler en plein visage.

Elle fit alors connaissance avec un autre Carlos, vicieux et cruel. Il lui rendit sa gifle, avec une telle violence que la jeune femme alla heurter une des colonnes qui entouraient le patio.

— Ne levez plus jamais la main sur moi, cracha-t-il. Vous m'appartenez désormais, corps et âme. Et je prendrai ce dont j'aurai envie, quand j'en aurai envie.

— Je n'appartiendrai jamais ni à vous ni à aucun homme, répliqua-t-elle.

— C'est ce qu'on va voir... gronda Carlos en se ruant sur elle.

Mikaela le cueillit d'un coup de genou dans le bas-ventre. Carlos s'écroula à terre, gémissant de douleur, maudissant la jeune femme. Mais elle ne perdit pas de temps à écouter ses imprécations. Elle se précipita vers l'attelage, pour récupérer son baluchon.

Puis elle prit le chemin de la taverne, dont les lumières brillaient au bout du quai, tout en se jurant que jamais aucun homme ne se permettrait plus de la toucher, ou même de lui donner un ordre. Elle trouverait un refuge, sur cette terre, où elle pourrait gouverner sa vie toute seule. En tout cas, il n'était plus question qu'elle se retrouve à la merci d'un homme !

Mikaela s'abrita un moment dans la ruelle derrière la taverne, le temps de se changer. Elle retira de son baluchon son déguisement d'homme, qu'elle se dépêcha d'enfiler à la place de sa robe. Au moment où elle boutonnait le pantalon, un rugissement monta sur le quai, comme si la foule assemblée dans la taverne s'était soudain ruée dehors. Elle fixa une casquette sur son crâne et se précipita à son tour, pour voir ce qui se passait.

Plus d'une centaine d'hommes, conduits par Joseph Villeré, marchaient droit sur l'immeuble abritant la réception donnée par les Espagnols. Mikaela se joignit à la foule. Les gardes en faction devant les portes commençaient à paniquer et à reculer.

La jeune femme était ravie. Cette insurrection fournissait une distraction idéale à son évasion. Carlos et don Antonio seraient trop occupés à sauver leur peau pour se soucier de sa disparition.

Avec un sourire de satisfaction, elle vit le gouverneur et ses principaux collaborateurs s'éclipser piteusement de l'immeuble, derrière une double haie de gardes, pour monter se réfugier sur leur galion, amarré à quai. À peine eurent-ils abandonné les lieux que les insurgés envahirent l'immeuble et hissèrent le drapeau français sur le toit, en criant victoire et en réclamant l'indépendance.

Mikaela s'était jointe à l'euphorie ambiante. Soudain Carlos l'aperçut, depuis le pont du galion.

— Je vous ferai payer votre trahison ! lui cria-t-il, avant qu'une bordée de pavés lancés par les insurgés ne l'oblige à s'accroupir derrière le bastingage.

Pendant ce temps, d'autres insurgés s'étaient précipités pour rompre les amarres du galion, qui commença à dériver sur le fleuve, en direction du golfe du Mexique.

Le destin de Mikaela avait été scellé à l'instant où Carlos l'avait aperçue parmi la foule. Elle ne pouvait plus rester à La Nouvelle-Orléans, car les Espagnols ne manqueraient pas de revenir. Carlos la chercherait dans toute la ville, afin de la punir. Il fallait donc qu'elle parte au plus vite.

Son baluchon jeté sur une épaule, elle se fraya un chemin le long du quai, où une foule de badauds s'était assemblée pour regarder le galion des Espagnols continuer sa dérive. Profitant de la confusion, elle monta à bord d'un bateau américain sans que personne s'en aperçoive.

Plusieurs portes s'ouvraient sur la coursive. Un petit écriteau, fixé à l'un des battants, désignait la cabine du capitaine. Mikaela l'ouvrit résolument, mais se figea sur le seuil en découvrant le décor de la pièce. Jamais elle n'aurait imaginé trouver une chambre aussi luxueuse sur un bateau. Même le roi Louis XV ne devait pas posséder cabine plus élégante !

D'épaisses tentures de velours cramoisi encadraient la baie vitrée qui surplombait la poupe du navire. Des frises dorées à la feuille d'or couraient autour du plafond peint, et un superbe fauteuil de velours bleu trônait dans un coin, devant des étagères remplies de livres. À l'opposé, une table de travail en chêne poli brillait à la lumière du chandelier posé dessus. Contre le mur du fond, enfin, se dressait un immense lit. La courtepointe avait été repliée, voilant des draps de satin qui paraissaient attendre le retour du maître des lieux.

Ce capitaine ne s'était refusé aucune dépense, songea Mikaela, en notant les bibelots de prix disposés çà et là. Sa cabine était aussi confortable qu'une vraie maison, et aussi spacieuse que la chambre d'un château. Il ne semblait rien manquer à ce palace flottant.

Malheureusement, elle ne pourrait guère profiter du luxe de cette cabine durant le voyage – qui la conduirait Dieu sait où. Elle devrait se contenter des cales du navire, coincée entre les sacs de vivres et la cargaison, à disputer sa place aux rats.

Cependant, cette perspective lui semblait encore meilleure que de retourner sur la plantation de son père – de son *oncle*, corrigea-t-elle. En l'espace d'une soirée, son père était devenu son oncle, et son oncle son père…

Mais Mikaela refusait de s'appesantir sur ses émotions. L'important, pour l'instant, était d'échapper à la tyrannie d'Arnaud…

Un rire de femme, auquel fit écho celui d'un homme à la voix de baryton, la tira brusquement de sa rêverie. On venait vers la cabine ! Elle paniqua tout à fait en entendant les pas s'arrêter devant la porte. Mon Dieu ! On allait la surprendre dans la cabine du capitaine ! Elle frissonna en songeant au châtiment qui l'attendait pour cette impudence.

Si elle était capturée, on ne tarderait pas à s'apercevoir qu'elle était en réalité une femme. Et Dieu seul savait le sort que les Américains lui réserveraient.

N'écoutant que son instinct, elle plongea sous le lit, juste au moment où la porte s'ouvrait. Elle s'allongea sur le dos, les yeux fixés sur le sommier qui portait le matelas, à se demander comment diable elle allait faire pour s'éclipser de cette chambre en pleine nuit sans se faire remarquer.

— Veux-tu un autre verre, chérie ? proposa Georges Saffire à sa plantureuse compagne.

Celle-ci gloussa.

— Oh oui, capitaine !

Mikaela était pétrifiée sous le lit, aussi rigide qu'un cadavre, tandis que la visiteuse se laissait tomber sur les draps de satin. Vu la tournure que prenaient les événements, elle craignait de devoir assister, contre son gré, à une démonstration de passion charnelle…

— Apportez-moi ce verre ici, très cher ami, avec votre corps sculptural, implora la femme d'une voix ronronnante.

Mikaela était mal placée pour vérifier si le « très cher ami » possédait en effet un corps sculptural. Depuis sa cachette, elle ne pouvait voir que ses bottes de cuir noir. Mais la voix du capitaine avait en tout cas une tessiture qui sonnait agréablement à l'oreille.

Georges Saffire s'assit à son tour sur le lit, et tendit un verre à sa compagne.

— Nous n'avons pas encore discuté tarif, chérie. Ne crois-tu pas qu'il serait temps ?

La femme rit sottement, tandis que Mikaela rougissait jusqu'aux oreilles. Elle avait à la fois honte pour elle-même de se trouver dans cette situation embarrassante, et honte pour la courtisane qui s'apprêtait à vendre ses faveurs au capitaine. Même au plus fort du désespoir, Mikaela ne pourrait se résoudre à embrasser une profession aussi infamante. Plutôt mourir de faim !

— Je vous laisserai juge du prix, capitaine, proposa la visiteuse. Plus vous aurez de plaisir, plus vous paierez cher… ça vous va ?

Mikaela ferma les yeux quand le matelas commença à grincer et à peser sur le sommier. Dans la chambre, ce n'était plus que gémissements plus ou moins étouffés et râles bizarres, comme si le capitaine faisait souffrir son invitée. La jeune femme préférait ne pas essayer de penser à ce qui se passait juste au-dessus d'elle. Elle compta jusqu'à cent, en français et en anglais, puis récita mentalement les mois en latin, pour s'obliger à se concentrer sur quelque chose.

Dieu merci, la séance de torture fut finalement de courte durée. Mikaela en conclut que le capitaine était rapide à rassasier.

Lorsqu'il reposa son pied nu sur le plancher, elle détourna prestement la tête, le feu aux joues. Elle l'entendit aller se servir un autre verre d'alcool, puis fouiller dans une bourse et en tirer une poignée de pièces, qu'il jeta sur les draps.

— Vous allez vite en besogne, capitaine, fit remarquer la femme en se redressant à son tour.

— Je suis un homme occupé.

Mikaela fut frappée de cette réponse glaciale. Quelques minutes plus tôt, sa voix avait tous les trémolos de la séduction. Mais, à présent, il semblait impatient de voir la courtisane déguerpir. Comment pouvait-on se montrer aussi froid avec quelqu'un, juste après avoir été aussi proche !

Décidément, Mikaela avait du mal à comprendre les hommes. Ce capitaine américain n'avait manifestement pas plus de cœur qu'un Carlos Morales ou qu'un Arnaud Rouchard.

— Si vous voulez, je peux rester encore un peu… proposa la femme.

— Je n'ai pas le temps, répliqua Georges. Nous appareillons dans quelques minutes. Je te suggère de t'éclipser rapidement, si tu ne veux pas te retrouver à naviguer le long des côtes de la Caroline.

La courtisane ramassa ses vêtements éparpillés sur le plancher et se hâta de se rhabiller.

— Vous êtes dur, capitaine, reprocha-t-elle.

— Ne te plains pas. Tu auras été largement dédommagée de ma rudesse, répondit-il, avant de claquer la porte derrière elle.

Mikaela se demanda si les traits du capitaine étaient aussi impassibles que sa voix. De toute évidence, cet homme traitait les femmes comme de vulgaires objets.

Après le départ de la prostituée, Georges se laissa tomber dans le fauteuil bleu.

— Ah, Cecilia... que ma vie est morne, désormais...

Ce brusque changement de ton dérouta Mikaela. Une seconde plus tôt, le capitaine personnifiait la froide indifférence, et maintenant sa voix était emplie de chagrin. Qui était cette Cecilia, et qu'avait-elle fait pour le mettre dans un pareil état ?

Cela ne te regarde pas, se morigéna-t-elle. Elle avait déjà bien assez de problèmes comme cela. Le sort de ce capitaine, qui s'amusait avec des courtisanes avant de soupirer d'ennui, ne la concernait nullement.

La porte de la cabine s'ouvrit de nouveau. Cette fois, ce fut une autre paire de bottes noires qui entra.

2

Georges Saffire, son verre à la main, leva les yeux vers le visiteur.

— Tout le monde est à bord ? demanda-t-il.

Vance Cavendish hocha la tête, avant d'aller se servir à boire.

— Oui. Mais il y a eu du grabuge sur le quai, pendant ton absence. Une poignée d'excités français ont débarqué chez les Espagnols au milieu de leur bal. À l'heure qu'il est, tout l'état-major de don Antonio dérive sur le fleuve, entassé à bord de son galion.

— Quoi ! s'exclama Georges.

— Les insurgés parlent d'établir une république, compléta son ami. Ils espèrent que les Espagnols n'oseront pas revenir.

— Ça, je ne parierais pas trop là-dessus, commenta Georges.

— Moi non plus, acquiesça Vance. Je crois plutôt qu'ils vont chercher à prendre leur revanche au plus vite.

— Ce qui serait mieux pour nous. Je ne tiens pas à perdre le bénéfice du contrat que nous avons passé avec Carlos Morales. Les Français n'auraient rien de plus pressé que de rétablir les taxes.

Mikaela prêta l'oreille. Qui étaient ces Américains qui s'entendaient avec Carlos Morales pour ne pas payer de taxes sur leurs cargaisons ? Étaient-ils des pirates naviguant sous un faux drapeau ?

Vance ramassa la chemise de Georges, restée sur le lit, et la lui tendit.

— Si nous voulons profiter des vents favorables, le mieux serait d'appareiller sans délai. J'aimerais ne plus être dans les parages quand les Espagnols reviendront.

— Tu as raison.

Georges enfila sa chemise et se dirigea vers la porte. Mais, s'apercevant qu'il était toujours pieds nus, il revint sur ses pas récupérer ses bottes, dont l'une avait glissé sous le lit.

Mikaela se pétrifia en voyant une main tâtonner près d'elle, et quasiment lui frôler le bras. Dieu merci, le capitaine retrouva sa botte sans avoir à se baisser pour chercher.

— J'espère que ton intermède galant t'aura mis de bonne humeur, commenta Vance tandis que Georges, assis sur le matelas, mettait ses bottes.

— Je suis d'excellente humeur.

— Ah oui ? J'aurais juré le contraire...

— Mon grand-père menace de me déshériter, avoua Georges, en tirant de sa poche la lettre qu'il avait reçue l'après-midi même.

— Autrement dit, puisque les supplications n'ont servi à rien, il en vient aux menaces sérieuses...

— Adrian a la tête dure, mais moi aussi.

— Tu sais, Georges, tu devrais te décider à avoir une bonne conversation avec Adrian. C'est un vieux monsieur, maintenant. Et c'est le seul parent qui te reste. Cela fait des années que vous ne vous êtes pas retrouvés en tête à tête, et...

— Je ne veux plus jamais lui adresser la parole, trancha Georges. Je ne lui pardonnerai pas, je ne peux pas faire comme si rien ne s'était passé.

— Et, juste pour l'embêter, tu t'amuses à faire défiler dans ta cabine des femmes de petite vertu à chacune de nos escales, compléta Vance d'un air morose. Je sais qu'au fond de toi tu désapprouves ton propre comportement, Georges. Ces liaisons sans lendemain ne t'apportent rien. Mais tu as tellement le sentiment que ta conduite scandaleuse exaspère Adrian que tu continues à...

— C'est bon, Vance, l'interrompit Georges, pour couper court à la discussion.

— Ne me dis pas que je n'ai pas raison, s'entêta son ami. Tu étais aveugle avec Cecilia, comme tu es aveugle avec Adrian.

— Ça suffit ! explosa Georges. J'étais amoureux, et mon grand-père a détruit mon bonheur. Je veux qu'il le regrette jusqu'à la fin de ses jours.

— Au risque de perdre ton héritage ! Qui crois-tu vraiment punir ? Lui, ou toi ?

Georges ne répondit pas.

Vance le dévisagea, songeur. Autrefois, Georges était un garçon enjoué, dont la compagnie était toujours agréable. Son humour ravageur, son amour de la vie étaient contagieux. Mais aujourd'hui, il n'était plus rien de tout cela. Il était devenu une sorte de vagabond triste, qui ne possédait même plus de maison, hormis cette élégante cabine de bateau.

En cinq ans, Adrian Saffire avait tout tenté pour renouer les liens avec son petit-fils, mais Georges avait à chaque fois refusé une réconciliation. Le vieil homme avait eu beau le supplier, l'implorer – et à présent, le menacer –, Georges avait été trop bouleversé par la tragédie. Il s'était ingénié à se bâtir une réputation de coureur, uniquement pour faire souffrir Adrian, comme lui-même avait souffert.

Vance aurait payé cher pour retrouver l'ami qu'il avait connu jadis, et lui redonner au moins un peu de cette joie de vivre qui lui faisait si cruellement défaut.

Mais, à en juger par la mine qu'il affichait, c'était loin d'être gagné. Il faudrait un miracle pour que Georges consente enfin à s'intéresser de nouveau au monde qui l'entourait.

Durant les jours qui suivirent son évasion de La Nouvelle-Orléans, Mikaela eut tout le temps de ruminer son triste sort. Elle surmonta son chagrin d'avoir été « vendue » par Arnaud à Carlos, et d'avoir appris qu'elle était une enfant illégitime. S'il était vrai que les obstacles aidaient à forger le caractère, nul doute qu'elle sortirait de cette épreuve endurcie. Elle se jura, en tout cas, de laisser son passé derrière elle, et de se bâtir une vie nouvelle, libre et indépendante. Dès qu'elle poserait les pieds sur la terre ferme, elle chercherait un endroit où recommencer de zéro.

En attendant, il lui fallait survivre.

Tout au fond de la cale, la différence entre le jour et la nuit était pour ainsi dire abolie. Elle dormait l'après-midi et remontait sur le pont en pleine nuit, quand sa présence risquait le moins d'être détectée.

Jusqu'ici, son seul désagrément avait été causé par la petite tempête essuyée par la goélette peu après leur départ. Le roulis du navire avait retourné l'estomac de la jeune femme, mais elle avait finalement réussi à surmonter ses nausées, et le grain avait cessé rapidement.

Savourant sa petite récréation nocturne, qui lui permettait de respirer l'air frais, Mikaela, ce soir-là, s'était assise derrière une barrique d'eau pour contempler les étoiles. De temps à autre, elle apercevait le capitaine qui faisait les cent pas sur la dunette, à l'arrière du navire, comme s'il n'arrivait pas à trouver le sommeil. Elle ne l'avait toujours pas vu en pleine lumière, et ne connaissait de lui que ses mollets. Elle ignorait également son nom. En fait, elle en savait juste assez pour comprendre que cet homme ne s'embarrassait pas de scrupules avec les femmes. Cependant, ce n'était pas seulement cela qui la dissuadait de l'aborder pour lui demander son aide. Elle avait trop souffert de l'autorité d'Arnaud Rouchard pour laisser un homme gouverner son existence, ou même simplement avoir de l'influence sur elle. Désormais, Mikaela ne voulait dépendre que d'elle-même.

La jeune femme en était là de ses pensées, lorsque la voix désormais familière du capitaine retentit, s'adressant au timonier :

— Je vais te remplacer un peu, Beecham. Comme ça, tu pourras dormir.

— Merci, capitaine.

Beecham abandonna la barre pour rejoindre le pont inférieur, là où dormaient les matelots. Se sachant désormais seule avec le capitaine, Mikaela sortit un peu la tête de sa cachette, pour tenter de distinguer à quoi il ressemblait. Elle dut admettre que la courtisane avait dit vrai : c'était un très bel homme.

Le clair de lune et la lumière des lanterneaux sur la dunette laissaient entrevoir une silhouette étonnamment musclée. En outre, il portait sa chemise largement entrouverte, dévoilant un torse parfait. Son pantalon noir moulait des jambes solides comme les colonnes d'un temple grec, et soulignait les formes généreuses de son anatomie la plus intime – là où la décence aurait dû interdire à Mikaela de regarder !

S'obligeant à relever les yeux, elle remarqua les cheveux d'un noir d'ébène, qui flottaient au vent, et le visage tanné par le soleil dans lequel les yeux, fixés sur l'horizon, brillaient comme deux agates.

Mikaela lui donnait dans les trente ans. Et pour autant qu'elle pût en juger, cet Américain était beaucoup plus grand et fort que Carlos Morales. Une seule gifle de lui devait vous envoyer bouler dans la poussière !

Cependant, ce n'était pas sa stature qui le rendait beau, mais plutôt son attitude. Il évoquait quelque lion perché sur une colline et commandant à la nature environnante. Il devait ressembler à Arnaud : dominateur, impérieux, se moquant des sentiments de ceux qui l'entouraient. Et pourtant, Mikaela ne pouvait s'empêcher d'éprouver une certaine fascination à le contempler...

— Hé, toi, là-bas !

La voix de baryton avait soudain retenti comme un coup de tonnerre. Mikaela, dans un sursaut, se réfugia derrière la barrique et demeura figée, tremblante, telle une enfant prise en faute.

— Qui est là ? insista Georges, qui avait perdu de vue la silhouette de jeune garçon affublée d'un chapeau.

Il ne se rappelait pas avoir embauché de nouveau mousse pour ce voyage. Ce galopin avait dû s'inviter clandestinement à bord.

La silhouette quitta sa cachette pour disparaître plus loin, dans l'obscurité. Georges étouffa un juron. Il lui était impossible d'abandonner la barre pour se lancer à sa poursuite.

— Reviens ici ! cria-t-il.

Quoique Dieu lui-même n'aurait sans doute pas tonné plus fort, Mikaela ne tint pas compte de cet ordre. Du reste, elle avait déjà une grande habitude de la désobéissance. Ses relations houleuses avec Arnaud l'avaient aguerrie. Si elle devait le remercier de quelque chose, c'était d'avoir appris grâce à lui à ne pas être soumise.

De toute façon, elle ne craignait rien ce soir. Le capitaine ne pouvait quitter la barre pour la prendre en chasse, au risque de laisser dériver le navire...

Georges ruminait sa colère. Dès que Beecham aurait repris son poste, il irait donner à ce garnement la leçon qu'il méritait !

Quand Vance apparut sur la dunette, pour venir lui tenir compagnie, il annonça aussitôt :

— Nous avons un passager clandestin.

Son ami sursauta.

— Tu en es sûr ?

— Ou alors, c'est un rat de la taille d'un garçon de dix-huit ans, ironisa Georges.

— Il a dû monter à bord pendant que nous étions tous occupés à regarder les Français chasser les Espagnols... Qu'as-tu l'intention de faire ? Le mettre au travail, ou le jeter aux requins ?

— Que choisirais-tu, toi ?

— Si j'étais sur mon bateau, je n'hésiterais pas une seconde : un peu de nourriture, en échange d'un peu de travail. Je n'ai jamais jeté personne à la mer. Pas plus que toi, autrefois. Mais maintenant, c'est différent...

Georges croisa le regard de son ami.

— Que veux-tu dire par là ?

— Je veux dire que je ne te reconnais plus, Georges. Avant, tu savais rire et te montrer humain. Aujourd'hui, tu es sombre et irritable.

Georges haussa les épaules.

— Je ne vois pas ce qui pourrait prêter à rire, ces temps-ci...

— C'est parce que tu as fait de ton existence une prison de tristesse. Si tu voulais seulement m'écouter, tu irais voir ton grand-père...

— Tu ne vas pas recommencer avec ça ! s'impatienta Georges. Si j'ai besoin de tes conseils, je te le ferai savoir.

— Ton grand-père est un vieil homme, insista Vance. Le passé est peut-être pénible pour toi, mais songe à ce qu'il adviendra, si ton grand-père venait à mourir avant que vous ne vous soyez réconciliés.

Georges contempla un moment les flots, où scintillait le reflet de la lune.

— Pourquoi devrais-je t'écouter, alors que ton existence ne vaut pas mieux que la mienne ? Nous partageons la même maîtresse : la mer. Et nous tuons le temps à naviguer de port en port, pour charger ou livrer notre cargaison.

— Grands dieux, Georges, tu veux me faire pleurer ! Je vais finir par être aussi enjoué que toi.

Georges ignora la plaisanterie.

— Remplace-moi à la barre, Vance. Je vais aller dénicher ce passager clandestin dans sa tanière.

Après avoir confié la barre à son ami, Georges descendit sur le pont inférieur, s'arrêtant de temps à autre pour écouter tout bruit qui aurait pu trahir l'intrus. En vain. Quand il fut certain d'avoir inspecté le pont entier, il suspendit sa traque le temps de retourner dans sa cabine, boire un verre. Il s'aperçut alors que plusieurs livres manquaient dans les rayonnages. Cela ne datait peut-être pas de ce soir, mais c'était la première fois qu'il le remarquait.

Sachant que Vance ne lui aurait pas emprunté de livre sans lui en demander la permission, et que la plupart des matelots ne savaient pas lire, Georges en conclut que le passager clandestin s'était introduit dans sa cabine. Un volume du théâtre de Shakespeare manquait à l'appel, ainsi que des recueils de poésie. Intrigué, il chercha à savoir si autre chose avait été dérobé. Une fouille de ses tiroirs et des placards lui révéla qu'un lot de chandelles avait disparu, et une boîte de biscuits.

Il décida de laisser le jeune intrus tranquille pour le restant de la nuit. Il ne voulait pas retourner tout le bateau et réveiller ses hommes, juste pour mettre la main dessus. Demain, il reprendrait ses recherches.

Si ce garçon s'était présenté spontanément à lui, afin de quémander une place sur le navire, il est probable que Georges l'aurait pris en pitié. Mais il n'avait aucune indulgence pour les lâches qui embarquaient en cachette...

Comme il en avait eu initialement l'intention en revenant dans sa cabine, il se servit un verre de whisky, qu'il but en méditant les conseils de Vance. S'il puisait au fond de son cœur la force de pardonner à Adrian, plus rien ne l'empêcherait de faire la paix avec le vieil homme. Mais le pardon ne venait pas facilement. Et même les menaces de son grand-père de le déshériter ne pouvaient effacer les agissements passés.

Pourtant, la perte de l'héritage serait une vraie catastrophe pour les affaires de Georges. Des quatre navires battant pavillon de sa compagnie, deux appartenaient encore à Adrian. Si son grand-père décidait de les vendre à un autre armateur, Georges courrait le risque de se voir imposer des charges beaucoup plus lourdes. Et des équipages qu'il n'aurait pas choisis.

Vance Cavendish commandait l'un des deux navires d'Adrian – lequel était présentement en cale sèche à Charles Town, pour y subir des réparations. Plutôt que de rester oisif pendant un mois, Vance avait proposé d'accompagner Georges à La Nouvelle-Orléans. Si un nouvel armateur prenait le contrôle des deux vaisseaux d'Adrian, Vance serait sans doute obligé de se chercher du travail ailleurs, ce à quoi Georges ne pouvait se résoudre. Vance avait beau être fatigant avec ses conseils, c'était un marin émérite. Tout comme les deux autres capitaines de la compagnie.

À défaut de lui pardonner complètement, Georges pouvait peut-être reprendre contact avec son grand-père avant que celui-ci ne mette ses menaces à exécution. Si les deux hommes recommençaient à se parler, cela suffirait sans doute à calmer Adrian.

En tout cas, cela valait la peine d'y réfléchir, songea Georges. D'autant que Vance reviendrait probablement à la charge. C'était même probablement dans cette intention que son ami avait tenu à embarquer avec lui – pour le persuader, à l'usure, des vertus d'une réconciliation avec Adrian...

Il reposa son verre à moitié plein, et se coucha. Mais, les yeux fermés, il ne put empêcher les souvenirs d'affluer, après avoir repensé à son grand-père... Dire qu'il avait été si près de connaître le bonheur ! Après avoir perdu Cecilia, il avait refusé toute liaison avec une autre femme. Ne voulant pas vivre une deuxième fois la douleur d'un chagrin d'amour, il s'était enfermé dans son amertume, et avait rendu Adrian responsable de tous ses malheurs.

Pour Vance, et pour son entreprise, Georges se sentait obligé de renouer avec son grand-père. Mais revenir à la plantation lui posait problème. Même au bout de cinq ans, il n'était pas sûr d'avoir la force de revoir les lieux où il avait marché bras dessus, bras dessous avec Cecilia, en rêvant à un avenir heureux...

Il se retourna dans son lit, essayant de chasser le chagrin ravivé par ces souvenirs. À cause d'Adrian, tout avait basculé dans le drame.

Le diable emporte ce vieillard ! Après tout, il n'avait pas encore assez payé, décida Georges, qui n'avait soudain plus envie de faire le premier pas...

Le lendemain matin, Georges fouilla méthodiquement le bateau pour dénicher le passager clandestin. Après avoir visité les trois ponts inférieurs, il descendit dans la cale, une lanterne à la main pour éclairer son chemin.

Il repéra l'intrus derrière un amoncellement de sacs de grain et de barriques de vin. Le jeune garçon s'était endormi, les livres et les chandelles dérobés à portée de main.

Intrigué, il essaya de mieux distinguer le visage en partie dissimulé sous le chapeau. Tout bien considéré, ce garnement ne devait pas avoir plus de quinze ans, et il dormait paisiblement, comme s'il n'avait aucun souci au monde ! Cela faisait longtemps – cinq ans, précisément – que Georges n'avait pas joui d'une telle sérénité. Combien il aurait voulu être à la place de cet innocent !

En voulant s'approcher davantage, il fit craquer le plancher sous ses pieds. Aussitôt, le garçon bâtit des paupières, et Georges découvrit deux yeux d'un parfait vert émeraude. Mais le garçon avait déjà bondi sur ses pieds, et escaladait avec une agilité surprenante les sacs et les barriques pour s'enfuir.

Georges était tellement ébahi qu'il ne remarqua pas qu'une des piles de barriques, malmenée dans son équilibre, commençait à pencher dangereusement vers lui.

— Nom de Dieu ! jura-t-il, en s'écartant juste à temps pour éviter la première barrique qui vint s'écraser à ses pieds, bientôt suivie par une deuxième, puis une troisième.

Il recula, mais se retrouva acculé contre un empilement de cordes, et c'est tout juste s'il parvint à esquiver un sac de grain qui, en tombant, lui effleura le crâne.

Pendant ce temps, le galopin, juché sur une autre pile, semblait le défier du regard.

— Alors, capitaine, on est maladroit ? demanda Mikaela, en imitant la voix et l'accent d'un garçon des rues.

— Espèce de petit chenapan ! Ne m'échauffe pas plus les oreilles, sinon il va t'en cuire. Quand je t'aurai attrapé, je te promets que tu vas me remettre cette cale en ordre !

— *Si* vous m'attrapez. Ce qui n'est pas encore fait...

Mikaela s'amusait presque de la fureur du capitaine. Hier soir, elle s'était laissé intimider par cet Américain dominateur, mais aujourd'hui, elle le tenait à sa merci. D'un simple coup de pied, elle pouvait faire s'effondrer sur lui une pile de sacs. Avant qu'il se dépêtre de ce piège, elle serait loin.

Georges enrageait. Il n'était pas habitué à ce qu'on lui résiste – Vance était le seul qui se permettait de discuter ses ordres – et les insolences de ce galopin le mettaient hors de lui.

Bien décidé à lui administrer la punition qu'il méritait, il commença à son tour d'escalader les piles de barriques. Mais l'autre déclencha une nouvelle avalanche, et Georges se retrouva les fesses par terre, tandis que son adversaire était maintenant hors de vue.

— J'ai été ravi de faire votre connaissance, capitaine ! cria le gamin, en réponse à la bordée de jurons que lança Georges. Reconnaissez que j'ai gagné la première manche, pas vrai ?

Marmonnant un autre juron bien senti, Georges se releva et bondit à sa poursuite. Ah, le sacripant, il allait apprendre le respect ! Tolérer la présence d'un passager clandestin était une chose, supporter les insolences d'un voyou en était une autre !

Après un bon quart d'heure de recherches infructueuses, Georges décida de remonter dans sa cabine boire un verre pour se calmer – du moins l'espérait-il. Mais, à sa totale stupéfaction, quelqu'un – et on se demande bien qui ! – avait remplacé dans la bouteille son whisky de douze ans d'âge par de l'huile de cuisine ! Il en eut à peine porté une gorgée à ses lèvres qu'il la recracha aussitôt.

Encore heureux qu'il ne se fût pas trouvé à portée d'une chandelle, sinon il aurait provoqué un incendie !

Plus furieux que jamais, Georges se rua hors de sa cabine, bien décidé à en finir avec l'intrus. Dans sa hâte, il n'eut pas le temps d'éviter Vance, qui traversait la coursive, son plateau de déjeuner dans les mains. Les deux hommes tombèrent sur le plancher, le contenu du plateau répandu sur les vêtements de Vance.

— Bon sang ! Quelle mouche t'a piqué de sortir comme un ouragan ! protesta celui-ci, essayant vainement de nettoyer sa chemise des traces de sauce.

— Ce satané gamin a remplacé mon whisky par de l'huile ! explosa Georges. Quand je lui aurai mis la main dessus, crois-moi, il passera un mauvais quart d'heure !

Cela faisait bien cinq ans que Vance n'avait pas vu Georges aussi animé. Et malgré le désagrément de ses habits salis, c'était rassurant de le voir exprimer enfin quelque émotion – fût-ce de la colère.

— Et sais-tu ce qu'il a fait d'antre ? reprit Georges. Il m'a quasiment enterré sous une avalanche de sacs de grain dans la cale, et il s'est permis de me rire au nez !

Vance masqua un sourire.

— Oh oh, voilà un crime abominable, qui mérite un châtiment exemplaire... Je propose que nous le pendions au grand mât !

Comprenant que son ami se moquait de lui, Georges fronça les sourcils.

— Tu riras moins quand tu essaieras de l'avoir. Je te charge de le capturer.

— Bon, d'accord. Mais je vais commencer par aller me changer. Et ensuite, si tu n'y vois pas d'inconvénient, je porterai un autre plateau dans ma cabine. Si tu as faim, je t'invite d'ailleurs à m'y rejoindre.

— Je mangerais bien la cervelle de ce garnement, marmonna Georges en guise de réponse.

Vance s'éloigna, les épaules secouées par un rire silencieux, qui fit un peu plus enrager son ami.

Tout cela à cause de ce maudit chenapan, qui devait bien rire, lui aussi, de la situation ! Mais son triomphe serait de courte durée. Georges se promit d'avoir sa revanche avant ce soir.

3

Pendant que Georges déjeunait avec Vance dans la cabine de celui-ci, Mikaela sortit de sous le lit du capitaine. Elle lui confisqua quelques chandelles supplémentaires, et deux autres livres pour s'occuper. Toutefois, taquiner le « beau dragon » – comme elle avait surnommé ce capitaine, dont elle ignorait toujours le nom – était devenu un passe-temps beaucoup plus amusant que la lecture. Et, après tout, le capitaine méritait bien d'être un peu humilié, quand on savait comment il traitait les femmes.

Dans le même esprit qu'elle avait remplacé le whisky par de l'huile, la jeune femme refit le lit du capitaine en portefeuille, regrettant de ne pouvoir être là lorsqu'il essaierait de se glisser entre les draps. Puis elle quitta la cabine et redescendit dans la cale, pour s'y aménager une nouvelle cachette.

Elle se demandait si l'ami du capitaine la jugerait avec la même clémence, quand il deviendrait à son tour la proie de ses plaisanteries...

Georges était confortablement installé dans son fauteuil, prêt à aller se coucher. Vance fit soudain irruption dans sa cabine. Du moins, Georges présuma-t-il qu'il s'agissait de Vance... car son ami était méconnaissable.

Cela faisait une éternité que Georges n'avait plus éclaté de rire, mais l'allure de son ami était vraiment impayable. De la mélasse lui dégoulinait des cheveux sur le visage, les épaules et le torse. Et de la farine maculait ses vêtements !

— J'ai l'impression que notre grand chasseur est rentré bredouille, commenta Georges, entre deux hoquets de rire.

— Je n'ai jamais été aussi humilié de ma vie ! explosa Vance. Ce coquin m'a tendu trois pièges consécutifs, que je n'ai même pas été capable d'éviter !

Écumant de rage, il faisait les cent pas sur le tapis de la cabine, narrant sa mésaventure, quand il s'aperçut que Georges riait toujours. C'était si rare de voir les yeux bleus de son ami pétiller de joie, qu'il se trouva soudain récompensé de ses déboires. Décidément, la présence à bord de ce feu follet avait du bon...

— Sais-tu ce que ce chenapan a eu le culot de me dire, pendant que je me débattais avec la mélasse ?

Georges partit d'un nouvel éclat de rire, en voyant une traînée de celle-ci atterrir sur le nez de son ami.

— Non... qu'a-t-il dit ?

— Très exactement ceci : « Dites au capitaine de m'envoyer un adversaire qui en vaille la peine. Je n'ai pas envie de continuer à perdre mes journées avec deux clowns dans votre genre. »

Georges bondit de son fauteuil.

— Quoi ?! Il a osé nous traiter de clowns ?

Vance fit signe à Georges de lui tendre une serviette pour s'essuyer le visage.

— Nous pourrions peut-être confier sa capture à Timothy Toggle. C'est le plus costaud de l'équipage.

— Timothy est fort comme un Turc, mais il n'est pas assez rapide pour prendre en chasse une proie aussi agile qu'un renard.

— Alors Jeremy Ives fera l'affaire. C'est un vrai acrobate.

Georges secoua la tête.

— Jeremy n'est pas assez rusé. Il se fera avoir à son tour.

— Eh bien, postons des gardes à la porte de la cale, et laissons-le y moisir quelques jours. Ça lui apprendra l'humilité.

Georges n'était pas davantage convaincu.

— Non. Cela voudrait dire que nous n'osons plus l'affronter. Il aurait le triomphe trop facile...

— Dans ce cas, que faire ?

— Proposons-lui de l'embaucher. Une recrue aussi habile ne pourra que nous être utile. Une fois qu'il aura appris à tenir sa place, je suis convaincu que ce lascar fera un excellent marin.

Vance pouffa, comme s'il avait entendu une absurdité.

— Tenir sa place ? Ce garçon semble au contraire prendre plaisir à défier toute autorité. Il s'est joué des deux officiers de ce bateau, par pur amusement. Ça en dit long sur son caractère. J'ai dans l'idée que ce mécréant n'hésiterait pas à défier Dieu lui-même !

Georges haussa les sourcils.

— Dois-je comprendre que tu es prêt à hisser le drapeau blanc et laisser ce garçon arpenter le navire à sa guise ?

Vance jeta un regard misérable à son habit souillé.

— Ça vaudrait peut-être mieux...

— Nous ne pouvons pas abandonner aussi facilement. Sinon, nous deviendrons la risée de l'équipage.

— Tu as raison, concéda Vance. Mais, en attendant de reprendre les hostilités, j'ai besoin d'un bon bain et d'une bonne nuit de sommeil.

Après son départ, Georges fit mentalement le point. La précieuse cargaison qu'il comptait vendre à Savannah était empilée dans un compartiment séparé de la cale, ce qui la mettait – en principe – à l'abri des facéties du passager clandestin. Il avait acheté tout un lot de soieries indiennes, dont il espérait tirer un bon prix à Savannah, où son bateau ferait escale le lendemain, avant de reprendre la route de Charles Town.

Rasséréné, il se déshabilla pour se coucher. Mais, au moment d'ouvrir son lit, il faillit exploser de rage en constatant que ce maudit chenapan s'était attaqué à ses draps !

Il ne perdait décidément rien pour attendre. Tôt ou tard, il commettrait une erreur, et Georges en profiterait pour le piéger et lui faire payer la monnaie de sa pièce.

Mikaela riait encore des embûches qu'elle avait tendues au capitaine et à son ami. Cette partie de cache-cache était devenue un agréable passe-temps, qui égayait la monotonie du voyage.

Cependant, si la jeune femme n'avait aucun scrupule à s'en prendre au capitaine, elle était intriguée par ce qu'elle connaissait de lui, et son chagrin pour cette fameuse Cecilia...

Bah ! Après tout, cela ne la regardait pas, et cela n'avait pas grande importance. Une fois qu'elle aurait quitté ce bateau, elle ne reverrait plus jamais son capitaine. Mais lui ne serait pas près d'oublier ce passager clandestin qui lui avait donné tant de fil à retordre !

Pour être tout à fait honnête, Mikaela devait s'avouer que le capitaine lui manquerait un peu. Et qu'elle serait triste de ne plus pouvoir l'admirer à la dérobée, la nuit, alors qu'il tenait la barre sous le ciel étoilé...

La jeune femme en était là de ses rêveries, quand un bruit de bottes la fit sursauter. Le capitaine ! Elle eut tout juste le temps de s'abriter derrière un empilement de cordes. Malgré le manque de clarté, elle put voir qu'il s'était immobilisé et avait croisé négligemment les bras sur sa poitrine, comme si cette fois il était sûr de gagner la partie.

— Alors, gredin, on se cache toujours ? lança-t-il.

— Si vous m'attrapez, vous comptez me pendre ? demanda-t-elle, imitant toujours la voix d'un garçon des rues.

— Tu aimerais finir au bout d'une corde ?

— Pas vraiment, non. Je tiens à mon cou, rétorqua Mikaela, qui voyait les prunelles bleues du capitaine briller dans l'obscurité. Avez-vous bien dormi cette nuit, capitaine ?

— Très bien. Merci de m'avoir préparé mon lit.

Georges se surprenait lui-même à s'amuser de cette joute verbale. L'intrusion de cet inconnu dans sa vie l'avait distrait de ses noires pensées.

— Capitaine ! le héla Beecham dans son dos. Vous pourriez monter une minute ?

Georges se retourna, hocha la tête pour son timonier, avant de reporter son attention sur les yeux émeraude qui le défiaient avec amusement.

— Tu ne perds rien pour attendre, mon garçon…

— Pas de problème, capitaine. Je vous attends pour la prochaine manche.

Georges n'en revenait pas de voir ce chenapan si sûr de lui. Mais une chose était certaine : lui-même prenait de plus en plus de plaisir à ce petit jeu du chat et de la souris.

Le navire avait accosté à Savannah afin de décharger une partie de la cargaison. Tandis que les matelots profitaient de quelques heures de délassement sur la terre ferme, Mikaela se trouva une nouvelle cachette dans un recoin de la cale. Puis elle construisit un tunnel, en alignant une succession de barriques vides, de manière à se ménager une sortie, au cas où le capitaine chercherait à la coincer.

Elle mangea la viande froide et les fruits qu'elle avait dérobés dans les cuisines pendant que le cuistot avait le dos tourné. Son appétit apaisé, elle s'assoupit lentement, en songeant à l'avenir.

Elle se voyait déjà narguer triomphalement le capitaine, sur le quai de Charles Town. Elle était certaine, désormais, de parvenir à quitter cette goélette sans que personne se fût aperçu qu'elle était une femme. Du reste, cela valait mieux ainsi. Si le capitaine découvrait la véritable identité de son passager clandestin, nul doute qu'il réagirait très mal...

Mikaela fut réveillée en sursaut par une main qui lui secouait l'épaule. Elle poussa un cri indigné lorsque la main frôla sa poitrine.

— Par le diable ! s'écria Georges, abasourdi.

Il avait deviné que le passager clandestin ferait un petit somme dans l'après-midi, et il en avait profité pour s'introduire discrètement dans la cale. Cette fois, il n'avait eu aucune difficulté à mettre la main dessus, avant que l'intrus ne lui fausse compagnie par un tour de sa composition. Mais Georges ne s'était pas attendu à tomber sur une femme, sous ce déguisement masculin. Pourtant, le doute n'était pas possible, au contact des formes rondes que sa main avait frôlées. C'était bien une femme !

Il était si médusé par sa découverte, que Mikaela eut le temps de lui mordre méchamment la main. Il recula d'un bond, heurta un sac de grain, et tomba à la renverse sur le plancher, tandis que l'inconnue disparaissait dans un tunnel formé de barriques vides.

Il se redressa et, non sans avoir marmonné quelques jurons bien sentis, essaya de poursuivre sa proie. Or il était trop large d'épaules pour emprunter le même chemin. Changeant de tactique, il courut vers la porte de la cale, renversant tout ce qui barrait son passage. Il arriva juste au moment où le chapeau pointait à l'extrémité du tunnel, et pensa crier victoire. Mais tout ce qu'il attrapa, ce fut ce chapeau. La créature qui le portait s'était aussitôt rétractée dans le tunnel, comme un escargot dans sa coquille.

Protégée par les barriques, Mikaela se maudissait de son inconscience. Elle s'était endormie tranquillement en plein jour, certaine que le capitaine serait trop occupé par le déchargement de la cargaison pour la traquer. Elle s'était joliment fourvoyée. Non seulement elle était maintenant prise au piège comme un rat mais, pire que tout, il savait qu'elle était une femme. Le souvenir de sa main effleurant sans vergogne ses seins lui rappela les baisers écœurants de Carlos Morales... Que Dieu lui vienne en aide, il n'était pas question qu'elle finisse dans le lit de cette brute !

Refusant de céder à la panique, la jeune femme recula dans le tunnel, pour sortir par l'entrée alors que le capitaine l'attendait toujours à l'autre bout. Puis elle tenta de se dissimuler derrière un amoncellement de cordes. Mais il l'aperçut et se précipita dans sa direction. Un court instant, leurs yeux se rencontrèrent, et Mikaela eut la détestable impression qu'il la déshabillait du regard. Le diable l'emporte !

Georges était fasciné par le spectacle qui s'offrait à lui. La perte de son chapeau avait libéré une cascade de boucles d'un blond éclatant. Qui donc était cette femme ? Et pourquoi avait-elle embarqué secrètement sur son bateau ?

Pendant qu'il restait à se poser des questions sans pouvoir y répondre, Mikaela en profita pour tenter de gagner la sortie, en zigzaguant au milieu des obstacles. Elle n'était plus qu'à quelques mètres de la porte, quand une main attrapa son bras. La jeune femme se débattit farouchement, et les deux adversaires roulèrent à terre.

Georges était beaucoup plus fort. Il n'eut aucune peine à l'immobiliser sur le dos, et à s'asseoir sur elle d'un air de triomphe.

— Et maintenant, jeune dame, vous allez tout me raconter...

— Et si je refuse ? rétorqua Mikaela, qui n'avait pourtant aucune marge de manœuvre.

Georges la dévisagea, amusé par tant de combativité. Il n'avait encore jamais rencontré de femme au caractère si belliqueux.

— Si vous abusez de moi, je vous jure que vous le regretterez ! reprit-elle. Je ne suis pas comme ces courtisanes que vous torturez dans votre cabine.

Georges sursauta. Abuser d'une femme ? Cela n'était pas dans ses habitudes. Mais... comment cette coquine pouvait-elle savoir ce qui s'était passé à La Nouvelle-Orléans ? À moins que... Nom d'une pipe ! Se pouvait-il qu'elle se fût trouvée dans sa cabine pendant qu'il lutinait la catin ?

Mikaela devina à quel instant précis le capitaine comprit. Ses yeux, tout à coup, parurent sortir de leurs orbites, et il la regarda d'un air d'incrédulité qui était presque comique. Sauf qu'elle n'était pas d'humeur à rire. Elle n'avait aucune envie de connaître le même sort que l'infortunée courtisane !

Georges était sous le choc de deux découvertes, en fait. Cette jeune créature s'était trouvée dans sa cabine à un moment où elle n'aurait jamais dû y être. Toutefois, si elle en avait déduit qu'il avait *torturé* la catin, c'est qu'elle ne connaissait rien aux emportements de la passion. Cette beauté était donc d'une totale naïveté, concernant les choses de l'amour...

Bizarrement, une telle idée l'émouvait. Ces cinq dernières années, il s'était livré à la débauche sans le moindre souci de sa réputation. Il croyait se moquer éperdument de ce que les autres pensaient à son sujet. Mais, tout à coup, il aurait aimé que cette jeune femme ait une bonne opinion de lui...

Plongé dans ses pensées, à se demander comment il allait lui expliquer les choses, il relâcha son attention, et sa prisonnière en profita pour tenter une nouvelle évasion. Ses contorsions firent vaciller une pile de cageots qui les surplombait. Avant de pouvoir réagir, Georges vit arriver l'avalanche sur lui. L'un des cageots le frappa juste entre les deux yeux, il sentit une vive douleur lui vriller le crâne... et perdit connaissance.

Mikaela, épargnée par l'avalanche, se dégagea de l'amoncellement de cageots et s'empressa de s'échapper. Après avoir récupéré son chapeau, elle se mit à la recherche d'une nouvelle cachette. Demain, le bateau arriverait à Charles Town. Il fallait qu'elle puisse tenir jusque-là sans être capturée. Sinon, Dieu seul savait quel sort le capitaine lui réserverait...

— Ça va, Georges ?

Georges, encore groggy, essayait de fixer son regard sur le visage de Vance, penché au-dessus de sa tête.

— Ça va, marmonna-t-il en se massant le front.

Vance eut un sourire entendu.

— M'est avis que tu as de nouveau croisé le chemin de ce gredin...

— C'est une fille, Vance.

Son ami écarquilla les yeux de surprise.

— Quoi ?... Tu en es sûr ?

Georges se contenta de hocher la tête.

— Je n'ai jamais rencontré de femme aussi agile, ni aussi combative. Tu es vraiment sûr de ce que tu avances ?

Georges tenta de se redresser.

— Oui. Et il faut la retrouver.

— Nous pourrions appeler l'équipage à la rescousse. Tous ensemble, c'est bien le diable si…

— Non, coupa Georges.

— Pourquoi, non ?

— Parce que ce ne serait pas correct.

Vance crut avoir mal entendu.

— Pas *correct* ? Parce que, maintenant, il faut prendre des gants pour arrêter un passager clandestin ?

Georges se refusait à appeler son équipage en renfort. S'il le faisait, il perdrait le peu de respect que la jeune femme devait lui porter – ce qui n'était déjà pas beaucoup ! Il ne voulait pas l'obliger à se rendre, comme un animal traqué par une meute. Mais il ne voulait pas davantage capituler. Il s'agissait de la capturer dans les règles.

— Je vais passer la cale au peigne fin, et les ponts intermédiaires par la même occasion, décréta-t-il.

Une heure plus tard, cependant, il n'avait pu retrouver la trace de la créature, et sa frustration était à son comble. Bonté divine ! Elle ne s'était quand même pas évanouie dans les airs !

Il reprit ses recherches, méthodiquement, en retournant tout sur son passage. Vance et l'équipage devaient commencer à se demander s'il n'avait pas perdu la tête, mais Georges n'en avait cure. Il ne dormirait pas, tant qu'il n'aurait pas retrouvé cette maudite créature…

Pendant qu'il continuait à chercher, Mikaela était lovée sous un empilement de sacs de grain. Elle avait commencé par quitter la cale tandis que Georges la fouillait, puis, quand il était remonté sur les ponts intermédiaires, elle avait réussi à redescendre dans la cale. Là, elle avait pris bien soin de se cacher dans un endroit qu'il avait déjà inspecté. Avec un peu de chance, elle était donc assurée de pouvoir y rester tranquillement, jusqu'à la fin du voyage.

Quoiqu'elle ait peu d'estime pour les hommes en général, elle ne pouvait s'empêcher d'admirer l'honnêteté du capitaine. Alors qu'il aurait pu dépêcher tout son équipage pour la traquer, il avait refusé de le faire. C'était peut-être un monstre au lit, mais du moins savait-il respecter ses adversaires. Et Mikaela le remerciait de lui avoir donné une chance de s'échapper du bateau.

Le lendemain matin, lorsque le navire accosta à Charles Town, Mikaela avait élaboré un plan d'évasion. Elle le trouvait simple et, toute modestie mise à part, ingénieux. Confiante dans ses chances de succès, la jeune femme rédigea la petite lettre qu'elle comptait laisser au capitaine. Elle aurait aimé être encore là pour voir sa tête, quand il découvrirait qu'elle avait réussi à lui fausser compagnie, mais la sagesse lui commandait de ne pas prendre un tel risque.

4

Adrian Saffire s'installa plus à son aise sur la banquette de son attelage. Puis il ôta ses besicles, les essuya à l'aide d'un mouchoir portant ses initiales brodées, avant de les remettre pour jeter un œil à travers l'entrebâillement du rideau de la portière.

Les voyages de ces derniers jours l'avaient épuisé. Il avait fait trois allers et retours entre la plantation familiale au bord de la rivière Cooper, et l'hôtel particulier qu'il possédait dans Charles Town. Et il n'avait cessé de se demander si sa dernière tentative pour rompre le silence de son petit-fils serait enfin couronnée de succès. Ces cinq dernières années, il avait pratiquement tout tenté, mais Georges était demeuré intraitable.

Cette fois, Adrian était décidé à en finir. Le temps lui était compté : il allait sur ses soixante-quatorze ans, et sa santé ne lui accorderait sans doute pas cinq années supplémentaires.

Parvenu à ce stade de sa vie, le vieil homme n'espérait plus qu'une seule chose : assister au mariage de son petit-fils puis, quelques mois plus tard, à la naissance d'un arrière-petit-enfant. C'était pour lui une obsession de tous les instants. Malheureusement, Georges, loin de vouloir prendre le chemin de l'autel, semblait s'ingénier à semer une épouvantable réputation de débauché dans les ports où il passait. Et cela, uniquement pour punir son grand-père d'avoir voulu se mêler de sa vie privée, et d'avoir du même coup provoqué accidentellement un désastre.

Au début, Adrian avait imploré le pardon de son petit-fils – en vain. Puis il avait essayé de garder le contact avec lui par le biais des affaires familiales, sans plus de succès. Rien ne semblait pouvoir décider Georges à reprendre le chemin de la plantation : il avait fait de son navire sa demeure.

À bout de frustration, Adrian avait finalement sorti sa dernière arme, en menaçant de le déshériter. Mais son petit-fils avait appareillé pour La Nouvelle-Orléans sans même répondre à sa lettre. Adrian n'avait donc plus d'autre choix que de commencer à mettre sa menace à exécution, pour obliger Georges à revenir le voir.

Voilà pourquoi, au cours de la semaine écoulée, il s'était rendu trois fois dans sa maison de Charles Town, afin de trouver la perle rare qui mériterait d'hériter de sa vaste fortune. Ayant passé une annonce dans la presse locale, il avait reçu plusieurs candidates, toutes très intéressées par la perspective de remplir le poste de « dame de compagnie » qu'il offrait. Évidemment, il n'entendait pas révéler à quiconque pourquoi il souhaitait embaucher une dame de compagnie. Georges, lui, comprendrait tout seul, dès que la nouvelle arriverait à ses oreilles.

Cette « dame de compagnie » devrait posséder des qualités très précises : être jeune, jolie, intelligente, et de bonne famille. Le genre de créature capable de tourner la tête à Georges, en somme... Dès qu'il aurait trouvé la personne idéale, Adrian laisserait le piège se refermer de lui-même. Cette fois, il fallait que ça marche !

Hélas, jusqu'ici, les candidates ayant frappé à sa porte étaient loin de remplir les conditions requises.

Beaucoup étaient très belles, mais elles ne possédaient ni l'intelligence ni l'indépendance d'esprit susceptibles de séduire Georges, et qui leur permettraient de lui tenir tête à l'occasion. Ou alors le caractère convenait, mais pas le physique ! S'il en avait eu la possibilité, Adrian aurait pris le meilleur de chacune d'elles pour forger lui-même la créature idéale. Mais, pour l'instant, il n'était pas plus avancé.

Par la vitre de la portière, le vieil homme assista à l'accostage de la goélette. Dès que la passerelle fut jetée, les marins commencèrent à décharger la cargaison sur le quai. Il frappa alors sa canne contre le plafond de l'habitacle, pour donner à Otis, son fidèle majordome, le signal d'aller porter une nouvelle lettre à Georges. Bientôt, Adrian saurait comment son petit-fils allait réagir à cette menace plus précise de perdre son héritage...

Il observa Otis attendre stoïquement, au bord du quai, que les matelots chargés de caisses ou de barriques le laissent passer pour monter à bord. Cette lettre ne pouvait rester sans réponse, se persuada Adrian. La perspective de perdre sa flotte forcerait le jeune homme à réagir d'une manière ou d'une autre. N'avait-il pas fait de son travail de marin toute sa vie ?

Oui, cette fois, il était confiant. Son petit-fils allait lui revenir. Et tout rentrerait dans l'ordre.

Mikaela se lova dans une barrique à moitié remplie de ferraille, avant de replacer soigneusement le couvercle au-dessus de sa tête. Puis elle attendit tranquillement que l'équipage commence à débarquer la cargaison. Une fois sa barrique posée sur le quai, la jeune femme resterait dans l'obscurité pour s'échapper discrètement. Le capitaine ne saurait jamais comment elle avait réussi à lui fausser compagnie !

— Bon sang ! s'exclama Timothy Toggle. Il y a quoi, dans cette barrique ? Elle pèse une tonne.

— Des clous, je crois, répondit Jeremy Ives en gratifiant son compagnon d'un sourire ironique. Elle est trop lourde pour toi, Timmy ?

Timothy, qui tenait à son titre de matelot le plus fort de l'équipage, cala la barrique sur son épaule.

— Pas du tout, Jim. Occupe-toi donc de ton travail.

— Tu as raison, approuva Jeremy. Plus vite nous aurons déchargé, plus vite nous serons libres d'aller lutiner quelque coquine...

— Parce que tu crois que les filles auront envie de toi, avec ta mine patibulaire ?

— Ma mine patibulaire, comme tu dis, leur plaît plus que tes allures de gros lourdaud.

Pendant que Timothy et Jeremy échangeaient leurs insultes habituelles, Mikaela, cachée dans la barrique, ne perdait rien de leur conversation. Cette obsession des hommes pour le sexe demeurait un mystère, à ses yeux. Pourquoi attachaient-ils plus d'importance à leurs prouesses au lit qu'à leurs capacités intellectuelles ? Ils étaient décidément de bien étranges créatures...

Plus elle y réfléchissait, plus la jeune femme se disait que le mariage n'était pas pour elle. Un mari ne lui témoignerait aucune attention, et se soucierait comme d'une guigne de ses sentiments ou de ses désirs. Quant à l'intimité conjugale, elle en connaissait assez pour en être dégoûtée. Les baisers de Carlos l'avaient positivement révulsée, et ce n'était pas la brutalité avec laquelle le capitaine avait possédé sa catin qui risquait de la faire changer d'avis !

Quand Timothy se débarrassa de son fardeau pour le poser sans ménagement sur le quai, la tête de Mikaela heurta la paroi de la barrique. Mais elle était trop heureuse pour songer à se plaindre. Son plan avait marché. Elle avait pu quitter le bateau à la barbe du capitaine. Celui-ci, en s'apercevant qu'elle n'était plus à bord, serait sans doute tenté de croire qu'elle était capable d'apparaître et de disparaître à son gré…

Les taquineries avec le capitaine étaient terminées, à présent. Le temps était venu de songer à organiser sa nouvelle existence.

Elle disposait d'assez d'argent pour se loger et se nourrir pendant une bonne semaine. Il faudrait que, d'ici là, elle se soit trouvé un travail. C'était d'autant plus urgent que sa garde-robe était réduite au strict minimum : son baluchon, qu'elle n'avait pas oublié de prendre avec elle, ne contenait en tout et pour tout que la robe qu'elle portait le soir du bal des Espagnols.

Mais elle était déterminée à s'en sortir sans se marier, sans avoir à trouver un homme pour l'entretenir financièrement. Une femme devait bien avoir d'autres moyens de survivre, et elle était résolue à les découvrir.

Tandis que Mikaela était convoyée clandestinement sur le quai par Timothy Toggle, Georges avait repris ses recherches dans la cale. À son réveil, il avait trouvé la lettre glissée sous la porte de sa cabine, dans laquelle l'inconnue lui faisait ses adieux. Non seulement cette coquine estimait avoir triomphé de lui, mais en plus elle disparaissait avant qu'il ait pu la détromper sur la manière dont il traitait les femmes !

Il se demandait comment cette jeune créature parviendrait à tracer son chemin dans la société, en partant avec de tels préjugés sur les hommes. D'autant qu'elle était trop séduisante pour ne pas être amenée à croiser beaucoup d'hommes sur son chemin !

— Alors ? lança Vance qui venait à son tour de pénétrer dans la cale, désormais aux trois quarts vide. Tu ne l'as pas retrouvée ?

— Non, avoua Georges. J'ai pourtant cherché partout.

Désignant le livre et les deux chandelles qu'il avait ramassés par terre, il ajouta :

— Voilà tout ce qui reste de son passage...

Et, se grattant le crâne, il se demanda une nouvelle fois où diable cette coquine avait pu avoir l'idée de se cacher.

— Enfer et damnation ! lâcha-t-il soudain en repartant vers l'escalier.

Vance lui emboîta le pas.

— Tu crois qu'elle aurait réussi à quitter le bateau à la barbe de l'équipage ?

— J'en ai peur...

Georges avait atteint le pont supérieur et, agrippé au bastingage, il scrutait le quai. Une partie de la cargaison avait été débarquée, mais tout semblait normal.

— Bon sang ! tonna-t-il. Si elle m'a échappé, je...

Mais il n'eut pas le temps de laisser éclater davantage sa frustration. Otis s'avançait vers lui, une lettre à la main.

— De la part de votre grand-père, dit-il en lui tendant la lettre. Il insiste pour que j'attende votre réponse.

Georges laissa échapper un juron. Il ne manquait plus que cela ! Il ouvrit la lettre et la parcourut rapidement. Son grand-père lui annonçait qu'il avait décidé de léguer sa fortune à quelqu'un d'autre. Il lâcha un autre juron.

— Que t'écrit-il, cette fois ? questionna Vance.

Georges lui tendit la lettre.

— Bonté divine ! s'exclama son ami. Ainsi, il aurait mis sa menace à exécution ? J'ai du mal à le croire.

— C'est pourtant tout à fait sérieux, intervint Otis. M. Adrian a rédigé un testament, privant M. Georges de tout droit sur sa fortune. Il n'y manque plus que le nom du bénéficiaire.

Et, se tournant vers Georges, il ajouta :

— À moins que vous ne consentiez à parler à votre grand-père, le document sera enregistré devant notaire avant la fin de la semaine.

Comme le jeune homme restait silencieux, Otis reprit :

— Alors, monsieur ? Que dois-je répondre à M. Adrian ?

— Vous pouvez dire à ce maudit...

— Surveille ta langue, Georges ! le coupa Vance. Il s'agit de ton avenir. Tu ne peux pas laisser les bateaux de la compagnie tomber dans des mains étrangères.

— Il n'osera pas aller jusqu'au bout, rétorqua Georges. Adrian a déjà essayé toutes sortes de méthodes pour me faire sortir de mon silence. Celle-ci n'est jamais qu'une de plus. Lorsqu'il verra qu'elle a échoué comme les précédentes, il tentera autre chose.

— Ne sous-estimez pas M. Adrian, le mit en garde Otis. Cette fois, il est décidé à conclure cette histoire d'une manière ou d'une autre. Je n'avais jamais vu votre grand-père aussi déterminé.

— À mon avis, il perd surtout la tête. Je vois mal comment son testament pourra résister devant un tribunal, quand j'expliquerai que mon grand-père l'a rédigé en n'ayant plus toute sa raison.

— Vous oseriez traiter votre grand-père de fou ? se récria Otis, choqué.

— Va lui parler... juste lui parler, insista Vance. Il est grand temps que vous enterriez la hache de guerre, tous les deux. Si tu ne fais pas un effort, tu risques de le payer très cher. Voudrais-tu voir la fortune amassée par ton père et ton grand-père entre des mains étrangères ? Pour l'amour de Dieu, sois un peu raisonnable...

Georges contempla pensivement le livre et les deux chandelles qu'il tenait toujours à la main. Après s'être laissé berner par une femme, il se retrouvait maintenant acculé par son grand-père. Soit il rompait un silence de cinq ans, soit il perdait l'héritage.

— Réfléchissez à ce que Vance et moi avons dit, renchérit Otis. Refuser de voir au moins une fois votre grand-père vaut-il le risque de perdre toute une fortune ?

Et, un sourire attendri aux lèvres, le domestique ajouta :

— Comme je vous ai vu grandir, je suis bien placé pour connaître votre entêtement. Vous avez hérité du caractère obstiné de votre grand-père. Cela explique d'ailleurs cet antagonisme entre vous. Mais M. Adrian se fait vieux. Le temps de la réconciliation est venu...

Georges médita longuement ces paroles. Perdre l'héritage de son grand-père ne l'empêcherait pas de se reconstruire une fortune. Mais pour qu'Adrian envisage sereinement d'aliéner les biens familiaux à une personne étrangère, il fallait vraiment qu'il soit désespéré... Soudain, une idée lui traversa l'esprit : et s'il essayait de se jouer du vieil homme, exactement comme cette coquine, montée clandestinement à bord de son bateau, s'était jouée de lui ?

— Que dois-je répondre à votre grand-père ? insista Otis.

Tandis que Vance et le majordome attendaient anxieusement sa réponse, Georges contempla à nouveau le livre et les deux chandelles. Le souvenir d'un visage espiègle aux yeux verts dansait dans sa mémoire. Il regrettait déjà de ne plus pouvoir jouer au chat et à la souris avec cette étonnante créature, et il se demandait comment son grand-père aurait réagi face à elle...

Finalement, il releva les yeux sur Otis.

— Demandez à Adrian s'il est libre pour dîner jeudi.

Otis semblait partagé entre le soulagement et l'inquiétude.

— Jeudi prochain ? Mais... c'est dans cinq jours !

— Si Adrian a pu attendre cinq ans avant de me revoir, il peut attendre cinq jours de plus.

— Je suppose que vous avez raison, concéda Otis, qui ne paraissait toutefois pas convaincu.

— J'ai du travail, Otis. Je peux me libérer jeudi, mais pas avant. Prévenez-le que c'est à prendre ou à laisser.

En réalité, plutôt que du travail, Georges s'était fixé une mission : retrouver la trace de la jeune femme qui lui avait un peu trop vite faussé compagnie. Il ne voulait pas en rester là avec elle.

— Vous êtes sûr que ce dîner ne pourrait avoir lieu lundi ? suggéra Otis.

— Jeudi, décréta Georges. Et dites bien à Adrian de ne pas me servir des huîtres. Je déteste ça.

Otis esquissa un sourire.

— Rien d'autre, monsieur ?

— Si, encore une chose : Vance assistera à ce dîner. Il n'aime pas non plus les huîtres.

Le majordome hocha la tête, puis s'empressa de tourner les talons pour aller porter le message à son maître.

Georges allait repartir vers sa cabine, quand Timothy Toggle l'interpella :

— Capitaine, que transportons-nous, cette fois ?

— Des pommes de terre, de la soie, des clous, de la mélasse... énuméra Georges. Les mêmes choses que d'habitude, pourquoi ?

— Parce que tout à l'heure, j'ai porté une barrique qui pesait bien le double de son poids habituel. Je me demandais ce qu'il pouvait y avoir dedans...

Georges échangea un regard entendu avec Vance.

— Il ne faut pas chercher plus loin. Voilà comment elle nous a faussé compagnie.

Et, se ruant vers la passerelle qui menait au quai, il ajouta :

— Suis-moi, Vance ! Il faut la retrouver avant qu'elle n'ait définitivement disparu !

Mikaela souleva précautionneusement le couvercle de la barrique, afin de s'assurer que la voie était libre et qu'elle pouvait sortir sans se faire remarquer. À peine eut-elle aperçu le capitaine et son ami dévaler la passerelle, qu'elle comprit qu'elle était démasquée. Elle bondit alors de sa cachette et se mit à courir sur le quai, zigzaguant entre les badauds… jusqu'à ce qu'elle aperçoive, devant elle, un attelage tiré par deux splendides chevaux noirs qui semblait inoccupé. N'ayant même pas pris la peine de vérifier que l'habitacle était vide, elle grimpa sur le siège du cocher, s'empara des rênes et lança les bêtes au galop, pour mettre le plus de distance entre elle et ses poursuivants.

L'attelage roulait à toute allure lorsque Mikaela, voulant éviter une rue embouteillée, obliqua brusquement dans une autre. Le véhicule suivit la manœuvre, non sans tanguer fortement sur ses essieux, et les chevaux repartirent au galop. Un clocher sonnait dix heures, mais elle ne prit pas le temps d'admirer la cathédrale de Charles Town.

Tout à coup, un jeune homme et sa petite amie traversèrent la chaussée. Pour les éviter, elle freina si brusquement qu'elle faillit être catapultée de son siège. Au même moment, elle perçut un bruit sourd, suivi d'un grognement, qui provenaient de l'habitacle.

Mon Dieu… Il y avait donc quelqu'un à l'intérieur ! La jeune femme blêmit en songeant aux frayeurs qu'elle venait de procurer à son passager – et surtout aux ennuis qui l'attendaient maintenant, pour avoir dérobé un attelage.

N'en menant pas large, elle descendit de son perchoir et jeta un coup d'œil par la vitre de la portière. Un vieil homme, habillé avec soin, était couché face contre le plancher. Elle ouvrit la portière. Le vieil homme se redressait déjà, mais ses besicles étaient tombées par terre avec lui et, par malchance, l'un des verres était brisé.

— Je suis désolée, monsieur. Je… j'ignorais que vous étiez là.

Elle grimpa à l'intérieur, pour l'aider à se rasseoir sur la banquette. Constatant sa pâleur, elle ôta son chapeau et s'en servit pour l'éventer.

— Vous vous sentez bien ?

Adrian, étourdi, essayait de comprendre ce qui lui arrivait. Cet inconnu, habillé en garçon, lui parlait avec une voix de femme et avait des cheveux de femme !

Il voulut ouvrir la bouche pour dire quelque chose, mais aucun son ne sortit de sa gorge.

Mikaela l'obligea à s'allonger sur la banquette. Puis elle lui dénoua sa cravate et l'éventa de plus belle.

— Vous n'avez pas reçu un coup sur la tête, au moins ? Ou alors vous vous êtes mordu la langue ?

Adrian la regardait, hébété.

— Je suis vraiment désolée, répéta-t-elle. Je pensais que l'attelage était vide. Quelqu'un me poursuivait, et je cherchais un moyen de m'échapper. Si j'avais su que vous étiez là, croyez bien que je ne me serais jamais permis de prendre votre voiture, même si j'avais dû être rattrapée par mes poursuivants. Je ne suis pas une voleuse. J'étais juste dans de vilains draps. Mais le pire est passé…

Et, risquant un sourire, elle ajouta :

— J'espère que, pour vous aussi, le pire est passé.

Comme le vieil homme la contemplait, les yeux fixes, elle se pencha pour écouter s'il respirait toujours.

— Vous m'entendez, monsieur ? Et est-ce que vous me voyez ? (Elle lui prit la main.) Si vous m'entendez, bougez vos doigts...

Il y eut un instant de flottement, pendant lequel Mikaela commença à vraiment s'inquiéter, puis la main du vieil homme remua dans la sienne.

— Quel soulagement ! lâcha-t-elle dans un grand soupir. J'ai eu peur de vous avoir tué !

Après avoir ramassé les besicles, elle précisa :

— Je vous paierai le verre cassé. Pour l'instant, je suis un peu en manque de fonds, mais je vous promets de vous rembourser les dégâts dès que je le pourrai...

Sans même se rendre compte de ce qu'elle faisait, elle continua de jacasser, à propos de tout et de rien, comme pour se libérer de sa nervosité. Quand elle s'arrêta pour reprendre son souffle, elle s'aperçut que le vieux monsieur la regardait en souriant.

— Êtes-vous toujours aussi exubérante, ma chère ?

— J'en ai peur, admit la jeune femme. Cela vous choque ?

— De nos jours, plus grand-chose ne me choque, répondit Adrian en se redressant sur la banquette. Avez-vous l'habitude de vous habiller en homme, ou s'agit-il d'un déguisement destiné à confondre vos poursuivants ?

Mikaela sourit à son tour. Ce vieux monsieur semblait prendre les choses du bon côté. Si seulement son père – non, son *oncle* – avait pu être aussi tolérant ! Arnaud aurait été ivre de rage, s'il lui était arrivé la même mésaventure qu'à ce vieillard.

— Parfois, certaines situations nous obligent à recourir à des stratagèmes, répondit-elle.

— Et, en l'occurrence, la situation s'y prêtait, déduisit Adrian.

— Mais je vous assure que je ne voulais pas vous embarquer dans mes ennuis. Je peux très bien me défendre toute seule.

Adrian sourit de nouveau.

— Oh, ça, je n'en doute pas une seconde. Et même, je ne parierais pas un liard sur les chances de vos poursuivants. Je crois que non seulement vous êtes parfaitement capable de vous débrouiller seule, mais que vous y tenez. Je me trompe ?

Mikaela pouffa.

— Vous ne vous trompez pas.

Il lui prit son chapeau pour s'éventer lui-même. Il appréciait cette jeune femme à l'esprit vif et à la beauté indéniable. Après avoir passé une semaine à recevoir des candidates désirant devenir dame de compagnie, il se sentait capable de juger la valeur d'une femme au premier coup d'œil. Et celle-ci paraissait mériter qu'on s'y intéresse...

En fait, Adrian venait de décider qu'il n'avait plus besoin de poursuivre ses recherches : cette jeune personne remplissait à l'évidence toutes les qualités requises. Sa franchise naturelle et sa compassion sincère étaient à ajouter au crédit de ses qualités. C'était bel et bien la candidate idéale.

— Je vais vous ramener chez vous, proposa Mikaela. Si vous m'indiquez la direction, je remplacerai votre cocher.

Il lui prit le bras.

— Puisque vous semblez ne pas avoir d'endroit où vous réfugier, vous êtes la bienvenue chez moi.

Elle hésita.

— Je ne voudrais pas m'imposer. Je vous ai déjà causé assez de soucis comme cela. J'aurais l'impression de creuser ma dette à votre égard...

— Ne me parlez pas de dette, se récria Adrian. Vous serez mon invitée. Et je me permets d'insister. Cela faisait des années que je n'avais pas savouré une compagnie aussi stimulante que la vôtre.

Mikaela le dévisagea d'un œil soupçonneux, se demandant si cette proposition ne cachait pas quelque sous-entendu malhonnête. Elle le mit en garde :

— Je n'ai pas l'habitude de faire des concessions aux hommes...

Il rit si fort qu'il en eut mal aux côtes.

— Vous vous méprenez, ma chère. Je suis un homme seul, certes, mais je suis aussi un vieillard. Pour moi, le temps de la bagatelle est passé. Je vous propose simplement de vous engager en tant que dame de compagnie, dans l'acception la plus honorable du terme. Vous seriez une précieuse amie.

Mikaela écarquilla les yeux.

— Vous voulez m'embaucher pour être votre amie ?

— Oui, ma chère. La vie m'a appris que tout se payait.

— Sauf l'amitié.

Il fronça ses sourcils argentés.

— Aurais-je choqué votre idéalisme ?

— Oui, admit la jeune femme. J'aurais préféré continuer de penser que, au moins, l'amitié pouvait s'obtenir sans rien gagner en retour...

Adrian appréciait de plus en plus cette jeune femme. Outre qu'elle était intelligente, elle savait défendre son point de vue.

— Je vous engage dès cet instant, décréta-t-il. Et maintenant, reconduisez-moi à la maison. Vous m'expliquerez, devant une bonne tasse de thé, pourquoi vous vous êtes déguisée en garçon. J'adore les histoires originales.

Mikaela était surprise par l'attitude si peu conventionnelle de ce vieillard. Le destin lui avait fait croiser son chemin et, du même coup, elle y avait gagné le gîte et le couvert. Le capitaine ne songerait jamais à la chercher dans la demeure d'un vieil aristocrate.

— J'accepte, dit-elle avec un sourire. Et je vous promets de conduire moins vite, dorénavant.

Lorsqu'elle fut remontée sur le siège du cocher, Adrian arbora un sourire ravi. La Providence lui avait apporté la plus parfaite des dames de compagnie. Maintenant, il ne restait plus qu'à espérer que son entêté de petit-fils consentirait à une rencontre...

Mais, pour la première fois depuis cinq ans, il se sentait tout à coup confiant en l'avenir. Son plan pour faire revenir son petit-fils était excellent, et cette jeune créature promettait de le faire réussir. Il avait hâte de voir la tête de Georges, quand il découvrirait quelle « dame de compagnie » il avait embauchée !

Georges ouvrit une à une les barriques descendues sur le quai, et finalement, à la dernière, laissa éclater une bordée de jurons. Cette fois, la coquine avait bel et bien disparu. Mais il refusait de baisser si vite les bras. Il la retrouverait, dût-il fouiller toute la ville !

Avisant les membres de son équipage qui l'entouraient, il décida de les enrôler dans cette tâche :

— Je veux que vous passiez en revue toutes les auberges de la ville, pour savoir si une jeune fille blonde aux yeux verts, débarquée aujourd'hui, n'a pas été repérée. Si jamais vous retrouvez sa trace, surtout, ne la sous-estimez pas. Elle est d'une agilité surprenante. Ne la quittez pas un instant des yeux, et envoyez quelqu'un me prévenir. J'arriverai sur-le-champ.

Quand les matelots se furent éclipsés, Vance tapota affectueusement l'épaule de son ami.

— Tu prends cette affaire trop à cœur. Elle nous a eus, tant pis. Laissons-la vivre sa vie.

— Non, objecta Georges. Je refuse qu'elle ait le dernier mot.

Vance le regarda, interloqué.

— Y aurait-il un détail que j'ignorerais ?

— Non, assura Georges un peu trop vite. Mais ne t'inquiète pas, Vance. Je sais ce que je fais.

— Cela fait cinq ans que tu ne sais plus ce que tu fais, le railla son ami. Pourquoi ça devrait changer tout d'un coup ?

— Eh bien, ça a changé...

— Pourquoi ?

— Parce que, s'entêta Georges, en repartant déjà vers le bateau.

— Bien sûr, ironisa Vance. Voilà une réponse qui a au moins le mérite d'être claire !

5

Mikaela descendit de voiture et contempla, médusée, l'hôtel particulier où habitait le vieil homme. Elle n'en croyait pas sa bonne fortune. Adrian Saffire, son nouvel employeur, appartenait de toute évidence à la meilleure société de la ville.

Adrian lui montra les pièces du rez-de-chaussée, avant de l'envoyer découvrir ses appartements à l'étage. Greta, la gouvernante, introduisit la jeune femme dans une élégante suite, composée d'un vestibule, d'un petit salon, d'un cabinet de bains, et d'une chambre où trônait un lit à baldaquin. Tout le mobilier était de style Chippendale.

Des soubrettes s'empressèrent de remplir d'eau chaude le tub du cabinet de toilette, et Mikaela se plongea avec ravissement dans un bon bain chaud. Elle appréciait d'autant plus ce luxe qu'elle en avait été privée durant les quelques jours de voyage.

Au moment de se rhabiller, elle se trouva face à un dilemme. Sa seule robe, qu'elle portait au bal des Espagnols le soir de sa fuite, était beaucoup trop habillée pour un simple thé. Mais c'était cela, ou revêtir ses habits d'homme. Drapée dans une serviette, elle ouvrit à tout hasard la penderie, dans l'espoir d'y découvrir une tenue plus appropriée. Elle n'y trouva que des chemises et des pantalons, comme si la chambre avait autrefois appartenu à un homme.

Greta revint dans la pièce sur ces entrefaites, apportant une somptueuse robe de satin vert pâle, à la dernière mode, qu'elle déposa sur le lit.

— Un cadeau de M. Saffire, expliqua la gouvernante.

— Je ne peux pas accepter cela ! se récria la jeune femme.

La gouvernante lui sourit.

— Bien sûr que si. Notre maître a ordonné que vous ne manquiez de rien. La robe n'est peut-être pas exactement à votre taille, mais je peux faire des miracles avec une poignée d'aiguilles. Vos futures toilettes seront coupées à vos mesures. Le maître souhaite vous rendre aussi belle qu'une sirène au sortir de l'eau.

Mikaela était bouleversée par la générosité du vieil homme. Son prétendu père ne s'était jamais montré aussi attentionné avec elle. La vie, décidément, réservait toujours des surprises...

— Où est Adrian ? Je voudrais lui parler. Je ne peux pas le laisser engager toutes ces dépenses pour moi.

Elle partait déjà vers la porte, mais la gouvernante se précipita pour la retenir par le bras.

— Si vous tenez absolument à voir M. Saffire, je vous suggère de commencer par vous habiller. Monsieur m'a prévenue que vous n'étiez pas très conventionnelle, mais à Charles Town, il est d'usage de ne pas se promener tout nu, même chez soi.

Mikaela rougit jusqu'à la racine des cheveux. Dans sa hâte, elle avait oublié qu'elle ne portait qu'une serviette !

Tandis que Greta l'habillait avec la robe de satin, la jeune femme acheva de se sécher les cheveux, puis elle rassembla ses boucles en un chignon qu'elle épingla au sommet de son crâne.

Une fois prête, elle descendit au rez-de-chaussée, où elle trouva Adrian dans son bureau.

Elle surgit dans la pièce avec la vivacité qu'un coup de vent printanier, et le vieillard faillit en laisser échapper son verre de whisky. Il s'était douté que la jeune femme, une fois débarrassée de ses oripeaux de garçon, serait la séduction incarnée, mais il n'aurait jamais imaginé que la transformation serait aussi stupéfiante. Le plus ravissant des papillons avait surgi de sa chrysalide comme par enchantement, et il se félicita en son for intérieur d'avoir su choisir la bonne personne.

— Monsieur… commença-t-elle en venant vers lui.

— Appelez-moi Adrian, tout simplement. Et vous-même ? Je m'aperçois que j'ai oublié de vous demander votre nom.

— Mikaela Rouchard. J'apprécie beaucoup cette robe, mais sincèrement il n'était pas nécessaire de…

Il agita la main, pour lui intimer le silence.

— Cela fait partie de votre nouvel emploi, ma chère. Vous ne pouvez quand même pas songer m'accompagner en ville, à des réceptions, dans vos haillons de garçon ! Considérez ces toilettes comme votre uniforme.

— Vous êtes trop généreux. Je suis sûre qu'une autre femme pourrait vous servir de dame de compagnie, sans que vous ayez à dépenser des fortunes pour elle. Peut-être devrais-je m'effacer et…

— Ne dites pas de sottises, la coupa Adrian. Il n'y a aucune raison que vous refusiez ce travail. À moins, bien sûr, que vous ne détestiez les vieillards tyranniques…

— Vous n'êtes pas tyrannique, monsieur. Juste un peu entêté. Mais moi aussi.

— Dans ce cas, l'affaire est conclue, décréta-t-il.

— Mais…

Il sourit.

— Ma chère Mikaela, cet arrangement nous profitera à tous les deux, croyez-moi. Alors ne discutons plus de cela, laissez-moi vous acheter des robes et, dans l'immédiat, prenons tranquillement le thé.

Mikaela renonça à insister. Le vieil homme avait évidemment raison : elle aurait été idiote de refuser une proposition aussi généreuse, surtout dans sa situation.

— Très bien, Adrian. J'accepte votre offre. Mais je souhaiterais au moins payer une partie de ma garde-robe...

— Il n'en est pas question.

Elle releva le menton d'un air de défi.

— Dans ce cas, je travaillerai pour rien.

— Certainement pas !

Quoi qu'il fût au moins aussi obstiné qu'elle, Mikaela l'appréciait de plus en plus. Alors qu'elle venait à peine de le rencontrer, elle éprouvait à son égard des sentiments plus tendres que ceux qu'avait pu lui inspirer Arnaud en dix-huit ans. Mais, pour ce qui était du salaire, elle aurait le dernier mot. Si Adrian refusait de se faire rembourser les robes, elle le couvrirait de cadeaux avec l'argent qu'elle recevrait chaque mois !

— J'adore cette robe, avoua-t-elle tandis qu'il lui servait une tasse de thé.

— Parfait. Vous aimerez toutes les autres toilettes que je vais commander.

— Adrian, même la générosité doit avoir des limites...

— Ne faites pas de peine à un vieillard, ma chère.

Il se servit à son tour, puis s'installa face à la jeune femme.

— Le dîner est servi tous les soirs à huit heures précises, annonça-t-il. Ensuite, j'apprécie souvent de faire une petite promenade en ville. À une allure raisonnable ! Vous m'accompagnerez, mais nous laisserons les rênes à Otis… Grands dieux ! Je l'avais complètement oublié, celui-là !

Médusée, Mikaela vit le vieil homme bondir de son fauteuil et quitter la pièce en trombe. Ignorant ce qui avait bien pu se passer, elle resta quelques minutes dans le salon, à boire son thé.

Puis, Adrian n'étant pas réapparu, elle remonta dans sa chambre pour écrire à son vrai père. Elle expliquerait à Jean ce qui était arrivé, et où elle se trouvait. Elle lui faisait toute confiance, et savait qu'il ne dirait rien à Arnaud.

Adrian soupira de soulagement en voyant Otis regagner la maison à bord d'une voiture de louage. Il ne parvenait pas à croire qu'il ait pu oublier son plus fidèle serviteur !

— Qu'est-il arrivé, monsieur ? s'inquiéta le majordome en descendant de voiture.

Adrian l'accueillit sur le perron.

— Rien de grave, Otis. Ne vous tracassez pas, tout va bien.

Plongeant son regard dans celui du domestique, il ajouta :

— Avez-vous pu parler à Georges ?

— Oui, monsieur. Votre désir est exaucé. M. Georges a accepté de venir dîner ici jeudi prochain.

Adrian aurait volontiers sauté de joie, si ses vieux os lui avaient permis un tel exploit. Avant que son majordome ait pu l'interroger sur les raisons de son départ précipité du port, Adrian l'envoya chercher un avocat. À présent que tous les éléments de son plan étaient en place, il convenait de faire les choses dans les règles.

Georges comprendrait que ses années de débauche étaient terminées. Soit il épouserait la jeune femme que son grand-père lui avait choisie, soit il perdrait la fortune familiale.

Tandis qu'Otis redescendait le perron, le vieil homme se surprit à sourire. Voilà bien longtemps qu'il ne s'était senti d'humeur aussi enjouée... Décidément, cette journée était à marquer d'une pierre blanche !

Georges se servit un verre de whisky, qu'il but d'une seule traite. Mais l'alcool ne suffit pas à le calmer. Après cinq jours passés à chercher dans toute la ville, il n'avait pu retrouver la trace de sa mystérieuse passagère clandestine, et cet échec le mettait en rage. Comment avait-elle réussi à s'évanouir en fumée ? Mais, surtout, *pourquoi* l'obsédait-elle à ce point ?

Il ne parvenait pas à comprendre l'importance qu'avait prise cette femme pour lui. Ce n'était pas comme s'ils avaient eu ne serait-ce que l'amorce d'une liaison. Il ignorait tout d'elle, comme elle ignorait tout de lui. Et son intérêt n'était pas davantage lié à une pulsion physique, puisqu'il ne l'avait touchée qu'une seule fois, et encore par accident...

Une attirance purement mentale, alors ? un fantasme ? Cette idée le déconcertait. C'était absurde ! D'ailleurs, s'il s'en ouvrait à Vance, il était convaincu que son ami lui rirait au nez.

Et cependant, pour une raison qu'il était incapable de s'expliquer, Georges avait été marqué par cette jeune femme au point qu'il n'arrivait pas à l'oublier. C'était pourtant le plus souhaitable, d'autant qu'il était attendu chez son grand-père dans moins d'une heure. Avec un peu de chance, il persuaderait Adrian de renoncer à nommer un nouveau légataire, après quoi il reprendrait ses affaires là où il les avait laissées.

Lorsque Vance le rejoignit, il avait déjà enfilé une chemise blanche et un pantalon noir, et il achevait de nouer sa cravate.

— Serais-tu un peu nerveux ? lui demanda son ami, amusé, en remarquant que ses doigts tremblaient légèrement.

— Vaguement anxieux, avoua Georges. Je ne sais pas du tout comment je vais réagir quand je reverrai Adrian.

Vance arbora un air grave.

— Je pense sincèrement que tu as eu tort de faire grief à ton grand-père de ce dont il n'était pas responsable. Après tout, c'est Cecilia qui a pris seule cette décision. Pas Adrian.

— Peut-être, mais c'est Adrian qui l'a poussée à agir ainsi, marmonna Georges. S'il ne s'était mêlé de rien, Cecilia serait toujours là.

Il enfila veste et manteau, et alla prendre son chapeau dans le hall.

— Le problème avec toi, c'est que tu t'obsèdes facilement, reprit Vance qui marchait sur ses talons. Quand tu as une idée en tête, il est très difficile de t'en distraire... C'est comme avec cette fille aux yeux verts. Pourquoi ne veux-tu pas accepter de refermer l'épisode ?

— Parce qu'il reste entre elle et moi certaines choses en suspens.

Les deux hommes dévalèrent le perron, pour monter dans l'attelage qui les attendait.

— Quelles choses ? questionna Vance lorsqu'ils furent installés sur la banquette.

— C'est d'ordre privé.

Vance roula les yeux en soupirant. Georges avait la détestable habitude de clore abruptement les discussions qui l'embarrassaient.

L'attelage s'ébranla, et pendant quelques minutes les deux amis demeurèrent silencieux. Puis Vance tenta un autre sujet de conversation :

— Je me demande ce qu'Adrian va nous servir à dîner...

— Je m'en moque. Je ne vais pas là-bas pour me remplir l'estomac.

— Oh, là, là ! Si tu as décidé d'être grognon toute la soirée, j'aurais aussi bien fait de rester chez moi. D'ailleurs, pourquoi as-tu tenu à m'inviter à vos retrouvailles familiales ?

Georges esquissa un sourire carnassier.

— Parce que je te fais confiance pour m'empêcher d'étrangler ce vieux vautour. Ma réponse te satisfait-elle ?

— Ce que tu peux être sarcastique, des fois !

— As-tu d'autres compliments en réserve ?

— Autant que tu veux. À quoi cela servirait-il d'être amis, sinon ?

Finalement, Georges exhala un si grand soupir qu'on aurait pu croire qu'il le retenait depuis cinq jours.

— Bon sang ! Je voudrais que cette épreuve soit déjà terminée...

Vance lui tapota affectueusement l'épaule.

— Je sais. C'est parce que votre réconciliation a trop tardé à venir. Mais si vous êtes disposés à faire un minimum d'efforts, vous avez une vraie chance de connaître un nouveau départ.

L'optimisme de Georges n'allait pas jusque-là. Il se contenterait d'une conversation polie autour d'une table.

Dès qu'Adrian entendit frapper, il se leva de son fauteuil et jeta un regard anxieux à Otis, qui attendait près de la porte.

— Il est à l'heure, nota le majordome après avoir consulté sa montre.

— Georges a toujours été ponctuel, se souvint Adrian en épiant la porte à travers ses nouvelles besicles.

L'enjeu de ce dîner le rendait nerveux. Mais les cinq jours qui venaient de s'écouler l'avaient au moins rassuré sur un point : il avait eu raison de choisir Mikaela Rouchard. La jeune femme incarnait si bien ses espoirs que sa présence avait contribué à lui redonner le moral. À présent, il suffirait que Georges y mette un peu du sien, et tout réussirait.

Au moment où Otis ouvrit la porte, Adrian plaqua un sourire de bienvenue sur ses lèvres et tendit les bras.

— Georges ! Je suis si heureux que tu sois venu.

Celui-ci resta immobile sur le seuil. Cinq pas le séparaient de la main tendue de son grand-père. Un pas pour chaque année de silence… Mais le premier pas serait le plus difficile à accomplir : dans l'esprit de Georges, il symbolisait sa reddition.

Les deux hommes se dévisagèrent un long moment sans rien dire, et Georges put noter la transformation de son grand-père. Ses épaules s'étaient voûtées, et ses cheveux avaient entièrement blanchi. Mais ses prunelles continuaient de briller d'une lueur acérée.

Adrian, de son côté, se disait que son petit-fils avait mûri, sans rien perdre de sa beauté physique. Il possédait, en les magnifiant, tous les traits des Saffire : un visage bien ciselé, des lèvres sensuelles, un teint foncé et des cheveux d'un noir de jais. Il pourrait engendrer des descendants magnifiques.

Résolu à combler le fossé qui les séparait, Adrian fit le premier pas. À son grand soulagement, Georges l'imita, et ils purent enfin se serrer la main.

Des domestiques surgirent alors de toutes les portes, pour venir congratuler Georges et se féliciter de le revoir. Quelques soubrettes versèrent même une larme.

— C'est un grand jour, décréta Otis d'une voix solennelle, avant de désigner la salle à manger où l'argenterie avait été sortie pour l'occasion. Je suggère que nous débouchions une bouteille afin de porter un toast à cette réconciliation !

Ni Georges ni Adrian ne souhaitaient prendre le risque de rompre le charme en abordant un sujet de conversation qui aurait pu fâcher. Ils s'en tinrent donc à parler de la pluie et du beau temps, et de toutes les banalités du même genre.

Mais Adrian ne pouvait reculer indéfiniment l'échéance. Mikaela descendrait d'ici à quelques minutes, et il fallait aborder le vif du sujet.

Il s'éclaircit la voix.

— En ce qui concerne mon testament... commença-t-il.

Georges lui adressa un regard intéressé.

— Eh bien ? Je suppose que maintenant il n'est plus question de me déshériter ?

Adrian déglutit péniblement. Il redoutait la réaction de son petit-fils, mais il fallait en finir.

— Euh... c'est-à-dire qu'en fait, j'ai désigné un nouveau légataire, ainsi que je l'avais annoncé.

Georges bondit de sa chaise, comme un diable hors de sa boîte.

— Quoi ! C'est une plaisanterie ? Ou alors si c'est vrai, à quoi rime cette mascarade de réconciliation ?

— Aurais-tu consenti à venir ici ce soir uniquement pour t'assurer de ton héritage ?

Le jeune homme se rassit, mais ses prunelles brillaient d'une rage sourde.

— Je ne sais pas exactement pourquoi je suis venu, admit-il. À présent que je suis là, dis-moi à qui tu comptes léguer la fortune des Saffire.

— Mon légataire est une personne tout à fait convenable, et très intelligente, qui n'est ici que depuis quelques jours, mais qui a tout de suite su prendre en charge le gouvernement de cette maison.

Adrian n'exagérait pas. Mikaela s'était révélée d'une efficacité redoutable, et son sens de l'ordre avait fait merveille parmi la domesticité. Même le budget de la maisonnée ne lui avait pas résisté. Elle avait su tout de suite le gérer au mieux, dans un esprit d'économie, sans léser personne. Toutes ces transformations, en si peu de temps, avaient proprement ébloui Adrian.

— Et où se cache cette merveille ? Il a peur de me voir ? persifla Georges, qui avait du mal à contenir son exaspération.

— Cette merveille ne se cache nullement. Elle est pour l'instant dans ta chambre, mais je l'attends à cette table d'une minute à l'autre. Sauf qu'il ne s'agit pas d'un...

Avant qu'Adrian ait pu expliquer que « le » légataire était en fait « une » légataire, le jeune homme s'était déjà rué vers l'escalier, pour aller étrangler le maudit bâtard qui occupait son ancienne chambre et espérait lui voler sa fortune.

Adrian avait de toute évidence perdu la tête, et un méchant larron n'avait eu aucune peine à le persuader de revoir son testament en sa faveur. Mais Georges allait y mettre bon ordre !

Mikaela laissa échapper un soupir navré en découvrant la somptueuse robe que Greta lui avait sortie. Encore un achat d'Adrian ! Le salaire de la jeune femme ne suffirait jamais à le rembourser de ses folles extravagances.

Mais, pour l'heure, elle avait une autre urgence en tête. Le vieil homme lui ayant annoncé qu'ils recevraient deux invités à dîner, elle avait supervisé la préparation du repas, attendant la dernière minute avant de monter en vitesse dans sa chambre, se changer. Il fallait qu'elle se dépêche.

Même si Adrian exagérait ses dépenses pour elle, Mikaela ne pouvait s'empêcher d'apprécier la bonté avec laquelle il la traitait, comme si elle avait été un membre de sa famille. Plus que tout, c'était la confiance du vieil homme qui l'émouvait. Il l'avait laissée prendre en charge les comptes de sa maisonnée alors qu'ils se connaissaient depuis seulement cinq jours. En dix-huit ans, pas une seule fois Arnaud Rouchard n'avait daigné écouter les avis de la jeune femme sur la façon d'améliorer les revenus de la plantation.

Ici, à Charles Town, elle se sentait enfin utile, songea-t-elle en se débarrassant de sa robe de la journée pour revêtir celle du dîner. Elle avait désormais tout loisir de mettre ses idées en action, sans se voir railler ou dénigrer. Et Adrian…

La jeune femme fut brutalement tirée de ses pensées par une intrusion inattendue. La porte du vestibule venait de s'ouvrir à la volée, et elle eut juste le temps de presser sa robe contre sa poitrine avant que le nouvel arrivant ne pénètre dans la chambre.

Mikaela faillit vaciller sur ses jambes quand elle se retrouva nez à nez avec le dernier homme qu'elle souhaitait revoir…

— Vous ? s'écria-t-elle en essayant de se couvrir du mieux possible.

— Vous ? fit écho Georges, qui ne pouvait s'empêcher de détailler la silhouette exposée à ses yeux.

Parler d'« étonnement » n'aurait pas suffi à décrire sa surprise. La jeune femme qu'il avait cherchée en vain dans toute la ville se tenait là, devant lui, au milieu de *sa* chambre. Et le pire, c'est qu'il la trouvait plus belle encore que dans son souvenir. À moitié dévêtue, elle ressemblait à une déesse enchanteresse, échappée d'un tableau romantique.

Pour avoir fréquenté nombre de femmes ces cinq dernières années, il était capable de reconnaître la vraie beauté au premier coup d'œil. Et cette créature était indéniablement l'une des plus éclatantes réussites de Dame Nature !

Tandis que Georges laissait libre cours à sa fascination, Mikaela était plus partagée. Sur le bateau, chaque fois qu'elle avait vu le capitaine, elle avait été impressionnée par la beauté un peu sauvage qu'il dégageait. Aujourd'hui, c'était tout différent : il portait un costume taillé sur mesure dans les plus fines étoffes, et ses cheveux coiffés en arrière lui donnaient un air de grand séducteur. Si elle n'avait pas su comment il se comportait avec les femmes, elle aurait sans doute été irrésistiblement attirée par lui.

Aurait, répéta mentalement la jeune femme. Car cet homme était un fieffé démon, qui cachait ses vices sous une belle enveloppe. Et elle en savait trop sur son compte pour se laisser prendre au piège des apparences.

— Veuillez sortir de cette pièce, capitaine. J'ignore ce que vous faites ici, mais vous devriez comprendre que vous violez mon intimité.

— Comme vous avez violé la mienne, la nuit où vous vous êtes cachée sous le lit dans ma cabine, répliqua-t-il avec un sourire narquois. Nous sommes quittes, ma chère...

Mikaela, se sentant rougir, détourna un instant le regard.

— J'étais montée par hasard sur votre bateau. Si j'avais su que j'étais entrée dans une chambre de torture, croyez bien que j'aurais cherché un autre refuge.

Puis, croisant à nouveau son regard, elle insista :

— Je vous ai demandé de sortir, capitaine...

Comme il ne bougeait toujours pas, elle se fit plus véhémente :

— Sortez de ma chambre ! Tout de suite !

Au grand désarroi de la jeune femme, Georges demeura insensible à ses injonctions. Au contraire, il referma la porte d'un coup de talon, avant de s'avancer vers elle.

— C'est *ma* chambre, lui apprit-il. Je suis né dans cette maison.

Mikaela, la robe toujours serrée devant elle comme un bouclier, le dévisagea, médusée.

— Votre chambre... ?

Il alla ouvrir la penderie et lui montra les chemises et les pantalons.

— Voilà mes vêtements. Coupés sur mesure par un tailleur du nom de James Phelps, dont l'échoppe est sur Broad Street.

— Je me moque que votre tailleur ait sa boutique ici ou sur la lune ! rétorqua la jeune femme. Comme je me moque de savoir qui vous êtes. Laissez-moi m'habiller.

Georges ignora sa requête.

— Puisque vous tenez à savoir qui je suis, ironisa-t-il, permettez-moi de me présenter : Georges Saffire.

— Saffire ? répéta Mikaela, éberluée. Vous êtes...

— Le petit-fils d'Adrian.

— Il ne m'a jamais dit qu'il avait un petit-fils, murmura-t-elle, suspicieuse, avant de se laisser tomber sur le lit – *son* lit. C'est vous, l'invité de ce soir ?

Il fut surpris de cette question. Ignorait-elle vraiment tout à son sujet ? À quel petit jeu se livrait donc Adrian ? Avait-il été ensorcelé par cette jeune créature, au point de lui léguer sa fortune sans même qu'elle fût au courant ?

C'était peu probable. Georges la connaissait assez pour savoir qu'elle avait plus d'une ruse dans son sac. Non, elle participait de plein gré à cette comédie...

Il avança d'un pas vers la jeune femme, qui se releva aussitôt pour reculer d'autant. C'était drôle, d'une certaine manière. D'ordinaire, les femmes ne l'évitaient pas. Au contraire. Mais celle-ci ne ressemblait décidément pas aux autres.

Mikaela, perplexe, continuait de reculer. Pourquoi Adrian ne lui avait-il pas parlé de son petit-fils ? Elle n'y voyait qu'une explication : Georges était le mouton noir qui embarrassait toute la famille. C'était logique, au fond. Qui aurait pu admettre sans sourciller sa parenté avec ce démon ?

La jeune femme s'était approchée de la porte communiquant avec le salon. Elle songeait à s'échapper par là, quand une main en bloqua soudain la poignée.

— Monsieur Saffire, je...

— Appelez-moi Georges.

Elle prit une profonde inspiration.

— S'il vous plaît, ôtez votre main de cette poignée et laissez-moi sortir.

— Vous voulez encore vous enfuir ?

— Peut-être. Cela dépendra.

— De quoi ?

— De vos intentions, bien sûr. Je n'ai aucune envie de finir crucifiée sur ce lit, comme cette pauvre femme à La Nouvelle-Orléans...

Georges eut l'impression d'être démasqué. Ses intentions du moment n'avaient en effet rien de très noble. Cette ravissante créature lui échauffait les sangs. Elle possédait la plus merveilleuse des bouches, qui appelait les baisers. Voir cette jeune femme, c'était la désirer. Mais elle, bien sûr, ne le désirait pas... parce qu'elle en était restée à ses préjugés insensés sur l'amour physique.

Comme il ne répondait pas, ni ne retirait sa main de la poignée, Mikaela le fixa droit dans les yeux.

— Cherchez-vous à vous venger de ma conduite sur votre bateau ?

— C'est possible.

Elle recula de deux pas, pour tenter de se soustraire à l'attraction de cet homme, qui l'empêchait de réfléchir posément.

— Je vous en prie... Soit vous sortez, soit vous me laissez sortir, dit-elle brusquement.

La réaction de Georges fut imprévisible. Avant que Mikaela ait eu le temps de s'échapper, il l'avait saisie à la taille et la coinçait contre la porte. Le contact de leurs corps fit paniquer la jeune femme. Elle lui donna un coup de genou dans l'entrejambe, pour tenter de se libérer de son emprise.

Il poussa un grognement de douleur, mais reprit assez vite ses esprits pour l'empêcher de lui échapper. Cette fois, il allait lui montrer qui était le plus fort. Dès l'instant où il était entré dans la chambre, il avait brûlé du désir de l'embrasser. Eh bien, il allait s'offrir cette privauté !

Du reste, si une femme avait besoin d'être embrassée, c'était bien celle-là. Il fallait qu'elle découvre qu'un baiser n'avait rien d'une torture. Autrement dit, l'expérience lui serait autant profitable qu'elle serait agréable à Georges.

Quand il lui souleva le menton, Mikaela comprit à son regard qu'il allait la punir d'un baiser. Ah non ! Ceux de Carlos Morales lui avaient suffi !

Elle tenta de le repousser.

— N'essayez pas ! Espèce de...

— Je vais me gêner ! répliqua-t-il tranquillement. Il est grand temps que vous appreniez qu'un baiser n'a rien de répugnant...

Au moment où il allait s'emparer de ses lèvres, Georges entendit s'ouvrir la porte du couloir. Il recula aussitôt, frustré. Le diable emporte ce maudit intrus, qui l'obligeait à reporter la première leçon de Mikaela... !

6

— Georges ? Mikaela ?... Où êtes-vous ?

Adrian traversa le vestibule et frappa à la porte de la chambre.

— Georges ?

Celui-ci ouvrit à contrecœur à son grand-père, tandis que la jeune femme tentait de prendre une contenance.

— Alors, grand-père, on m'avait réservé une petite surprise ?

Adrian ne put masquer un sourire satisfait.

— Je voulais que ces retrouvailles soient un grand moment, dit-il, avant d'ajouter à l'adresse de Mikaela : J'espère que mon petit-fils ne vous a pas épouvantée, Ses manières sont un peu brutales, parfois...

Georges en aurait volontiers ri, tellement ces paroles convenaient aux circonstances. Cependant, Mikaela était visiblement bouleversée par l'arrivée inopinée du vieil homme.

— Maintenant que vous avez fait connaissance, si nous nous mettions à table ? reprit Adrian, qui ne semblait pas s'être aperçu du trouble de la jeune femme. Georges, j'ai demandé à Mikaela d'organiser ce dîner... Qu'avez-vous prévu au menu, ma chère ? Des huîtres pour commencer, n'est-ce pas ?

Il ne manquait plus que cela ! songea Georges. Regardant son grand-père qui repartait déjà vers le couloir, il se demanda une nouvelle fois quelle comédie avait pu inventer Adrian... et quel rôle y tenait Mikaela.

Il le découvrirait probablement avant la fin du repas.

Vance faillit laisser échapper son verre de vin en voyant Adrian revenir dans la salle à manger, une ravissante jeune femme à son bras. Il reconnut la passagère clandestine. Comment était-elle arrivée là ? Georges l'avait cherchée partout, et voilà qu'ils la retrouvaient ici. C'était insensé !

— Mikaela, je vous présente Vance Cavendish. Il est capitaine de l'un des quatre bateaux de notre flotte, et par ailleurs un vieil ami de la famille, expliqua Adrian. Ses parents possèdent une plantation près de la nôtre, et son grand-père fut l'un de mes meilleurs amis... Vance, je te présente Mikaela Rouchard.

Georges retint un sourire en voyant celui que la jeune femme avait recouvert d'un pot de mélasse s'incliner courtoisement devant elle. Vance, instinctivement, fit semblant de la rencontrer pour la première fois, et Mikaela l'imita. Puis ils passèrent à table. Elle s'installa entre Georges et Vance.

Elle soupçonnait les deux amis d'être aussi perturbés qu'elle par la situation, car ils touchèrent à peine à leurs huîtres. Elle-même n'était pas friande de ces fruits de mer, mais comme c'était le plat préféré d'Adrian, elle avait décidé de les inscrire au menu.

Tout au long du repas, le bras de Georges ne cessa de frôler le sien, lui rappelant leur proximité – comme si elle avait pu oublier sa formidable présence physique !

Quand elle s'était trouvée prise au piège de ses bras puissants, elle avait ressenti des émotions contradictoires. Sa chair avait été troublée par ce torse musclé, pressé contre le sien. Mais son esprit n'avait cessé de lui rappeler que Georges Saffire avait la beauté du diable...

— Mikaela, que diriez-vous d'une promenade ? suggéra Adrian tandis que les domestiques débarrassaient la table.

Elle en fut soulagée. Cette promenade serait la bienvenue pour échapper à la présence de Georges.

— Un peu d'air frais me fera le plus grand bien, répondit-elle.

— Vance et Otis vous accompagneront, déclara Adrian. Pendant ce temps, je resterai ici avec Georges. Nous avons à parler, tous les deux.

Se tournant vers son petit-fils, il continua :

— Je suppose que tu as une ou deux choses à me demander, mon garçon, n'est-ce pas ?

Le jeune homme sourit le plus poliment possible.

— Hmm... oui, maintenant que tu me le rappelles, j'aimerais en effet éclaircir quelques points avec toi.

— Je m'en doutais.

Georges aida galamment Mikaela à se lever de table, et en profita pour lui baiser la main.

— Ce fut un plaisir, Mikaela, lui chuchota-t-il avant de s'éloigner vers le bureau.

Adrian le suivit et referma la porte derrière lui, puis les deux hommes s'assirent face à face.

— Si nous commencions tout de suite ? proposa Georges, d'un ton détaché qui masquait son impatience.

— Commencer par quoi ? Dois-je encore formuler des excuses, que de toute façon tu ne voudras pas plus entendre que les autres fois ?

Le visage de Georges se ferma.

— Je veux savoir à quel jeu tu t'amuses. Pour que je sache si j'ai envie d'y participer.

Adrian s'empara d'un pion du jeu d'échecs en ivoire, posé sur la table basse, et le déplaça d'une case.

— J'ai rédigé un nouveau testament qui te déshérite, Georges. Es-tu fâché ?

Le jeune homme observa l'échiquier, avant de bouger à son tour un pion.

— Tu sais bien que je dispose de mes propres revenus, grâce à mes activités.

— Dans ce cas, tu ne vois pas d'objection à ce que je lègue mes biens à Mikaela ?

— Tout dépend des modalités de ce testament, répondit Georges qui déplaça sa reine.

Durant les minutes qui suivirent, les deux hommes se concentrèrent sur l'échiquier, sans plus parler. Adrian, dans un moment d'audace, laissa sa reine sans défense. Mais Georges se demanda si ce n'était pas un piège.

— Mikaela ignore pour l'instant qu'elle va hériter de ma fortune, déclara le vieil homme. Je ne lui ai rien dit, et je ne lui ai même pas parlé de notre famille. Elle ne savait rien de ton existence, avant ce dîner. En retour, j'ai respecté son silence sur sa vie antérieure. Je l'ai embauchée comme dame de compagnie. Je n'ai qu'à m'en féliciter. Elle a pris les rênes de la maisonnée avec une compétence qui force l'admiration. Et, comble de ses qualités, c'est une jeune personne totalement désintéressée. Elle ne me demande jamais rien et me gronderait plutôt, au contraire, pour ma générosité à son égard. Si tu veux récupérer la fortune qui est désormais attachée à son nom, il faudra que tu la courtises avec succès. Je lui annoncerai bientôt mes dispositions testamentaires...

Georges s'adossa à son fauteuil, pour contempler Adrian avec incrédulité. Espérait-il vraiment le faire renoncer à la navigation pour courtiser Mikaela ? Et pensait-il que son plan avait des chances de réussir ?

Dès lors qu'il lui annoncerait sa bonne fortune, la jeune femme serait fondée à voir en tout prétendant – y compris lui-même – un vulgaire coureur de dot. Ce qui rendrait les choses d'autant plus difficiles...

Enfer et damnation ! Le plan d'Adrian était finalement assez machiavélique !

Georges n'avait toutefois nullement l'intention de courtiser Mikaela. Voilà cinq ans qu'il s'était juré de ne plus jamais aimer aucune femme. Il estimait avoir payé trop cher la perte d'un être aimé, et ne souhaitait pas revivre les mêmes épreuves. Il préférait de loin naviguer sur les mers du monde.

— Si je comprends bien, tu voudrais disposer de nos vies à tous les deux, Mikaela et moi, comme le ferait un tyran de ses sujets ?

Adrian secoua la tête.

— J'ai choisi Mikaela en pensant à toi, répondit-il, tout sourires. Elle est belle, charmante, intelligente et, ce qui ne gâche rien, elle a beaucoup d'esprit, malgré une certaine innocence.

Georges ne partageait pas ce point de vue. Mikaela détestait les hommes et ne devait apprécier que les saints. Or il était loin d'être un saint.

— Quand bien même j'accepterais de relever le défi pour tenter de gagner son cœur, elle s'imaginera forcément que je ne cherche qu'à remettre la main sur l'héritage. Cela prendra des années pour gagner sa confiance.

— Précisément, approuva Adrian, qui d'un seul coup venait de dégager sa reine de sa position délicate. D'autant que Mikaela, d'une manière ou d'une autre, apprendra ta conduite déplorable de ces dernières années avec les femmes. Ce qui veut dire que tu vas être obligé de changer radicalement de vie. Et que tu devras désormais vivre ici, au lieu de parcourir les mers... À toi de choisir, mon garçon. Ou tu acceptes, ou la moitié de la flotte passera entre les mains de mon héritière.

Georges balaya l'échiquier d'un revers de main rageur, et tous les pions volèrent sur le tapis.

— Tu ne tireras donc jamais aucune leçon de rien, grand-père ? Cela ne t'a pas suffi de vouloir te mêler une fois de ma vie privée ? Tu peux donner à Mikaela tout l'argent que tu voudras, parce que je n'en ai pas besoin. Mais demande-toi au moins une chose : et si elle était déjà mariée ? Tu as dit que tu ignorais tout de son passé... Et ne néglige pas non plus l'hypothèse qu'elle puisse être une très bonne comédienne, qui ne cherche qu'à te plumer. J'ai bien peur que ton piège ne finisse par se refermer sur toi, le jour où tu réaliseras qu'elle t'a dépouillé de toute ta fortune.

Adrian se renfonça dans son siège, méditant les paroles de son petit-fils. Cependant, il ne lui fallut pas longtemps pour confirmer ses choix. Mikaela était tout, sauf une manipulatrice. Et il écartait l'idée qu'elle puisse être déjà mariée. Elle possédait une innocence qu'il était impossible de contrefaire. Il était convaincu qu'elle n'avait jamais été intime avec un homme.

— De nous trois, je suis sûr que Mikaela est la plus pure dans son cœur et dans ses intentions, répondit-il finalement. Si tu avais été ici, ces derniers jours, tu ne douterais pas une seconde de ses qualités. Les domestiques se sont entichés d'elle, ils redoublent d'assaut pour la servir. Et elle est si pétulante que je me sens moi-même revivre !

Georges faillit éclater de rire devant sa véhémence à prendre le parti de la jeune femme.

— Si elle est si merveilleuse que tu le prétends, pourquoi ne l'épouses-tu pas ?

— Elle mérite mieux qu'un vieillard, répliqua Adrian, sourcils froncés. Quand même, Georges ! Tu dois convenir qu'elle est plus que séduisante...

— Ce n'est pas le sujet.

— À supposer que je n'aie rien manigancé... de toi-même, n'aurais-tu pas eu l'idée de la courtiser ?

— J'ai fait le vœu de ne jamais me marier après...

Georges n'alla pas plus loin, mais décocha à son grand-père un regard lourd de reproches.

— Il n'est pas interdit de changer d'avis, répondit celui-ci tranquillement.

— Tu es resté le même, Adrian. Tu aimes toujours autant comploter et tirer les ficelles.

— Et toi, tu es toujours aussi entêté.

Ils se défièrent du regard, comme deux duellistes s'apprêtant à se tirer dessus.

— Eh bien, réprit Adrian, puisque tu n'as même pas le cran de gagner le cœur d'une vraie lady, retourne donc à ta vie dissolue. J'ai trouvé en Mikaela un bien meilleur soutien que mon petit-fils. J'estime avoir assez imploré ton pardon pour ce qui s'est passé il y a cinq ans. De toute façon, je pensais à l'époque avoir bien agi, et c'est toujours mon avis aujourd'hui. Tu continues de m'attribuer la responsabilité de la tragédie, parce que tu t'obstines à croire que Cecilia était parée de toutes les vertus. Tu refuses d'admettre que...

— Ne salis pas sa mémoire ! explosa Georges en tapant rageusement du poing sur la table. J'aimais Cecilia, et tu l'as tuée.

— Je ne l'ai pas tuée ! Et tu le sais très bien.

Georges ne l'écoutait plus. Il poursuivit son réquisitoire :

— Et maintenant, tu agites devant moi le spectre de l'héritage comme une carotte devant une mule, me mettant au défi de courtiser la femme que *tu* as décidé que je devrais épouser.

Prenant conscience qu'il criait presque, le jeune homme s'obligea à se calmer :

— Puisque tu as choisi de lui léguer ta fortune, c'est à elle de savoir ce qu'elle veut en faire.

Adrian secoua la tête.

— Le testament stipule que Mikaela ne pourra pas disposer de mes biens à sa convenance. Elle ne pourra les léguer qu'à son mari ou à ses enfants. Mais, dans la mesure où j'ai confiance en son jugement, je veux croire qu'elle épousera un homme capable de gérer la fortune des Saffire. De la même manière que je l'estime capable d'être la petite-fille que je n'ai pas eue...

Un lourd silence suivit cet échange. Chacun campait sur ses positions et refusait d'en bouger.

— Alors, Georges ? murmura finalement Adrian. Tu acceptes, ou tu refuses ? J'ai besoin de connaître ta réponse ce soir.

— Je refuse.

— Pourquoi ? Parce que Mikaela est trop bien pour toi ?

— Non. Parce que tu m'as servi des huîtres à dîner, alors que tu sais pertinemment que je n'aime pas ça.

Satisfait de sa réponse ridicule, Georges abandonna son fauteuil et quitta la pièce.

Sa décision était prise : il allait prendre Adrian à son propre jeu. Au lieu de perdre des mois à courtiser Mikaela, il allait s'en emparer tout de suite, comme un vulgaire pirate !

Mikaela rentra à la maison, pour apprendre que Georges était parti. La nouvelle la soulagea et, en même temps, elle aurait aimé savoir ce que s'étaient dit Adrian et son petit-fils. Elle avait tenté d'obtenir des informations auprès de Vance et d'Otis, mais aucun des deux hommes n'avait voulu lui divulguer quoi que ce fût, sinon qu'Adrian et Georges ne s'étaient pas vus depuis cinq ans.

Elle trouva le vieil homme dans le salon, d'humeur maussade. Il contemplait le portrait de son épouse en sirotant le verre de citronnade qu'il buvait chaque soir, avant de monter se coucher.

De toute évidence, sa confrontation avec Georges s'était mal passée. Ce que Mikaela pouvait du reste très bien comprendre : Georges Saffire l'avait elle-même mise hors d'elle, surtout avec ce scandale évité de justesse dans sa chambre !

Après lui avoir souhaité bonne nuit, elle monta dans sa chambre. Mais, à l'instant où elle poussa la porte, une ombre fondit sur elle, alors qu'un mouchoir était plaqué sur sa bouche pour l'empêcher de crier. La jeune femme eut beau se débattre, elle se retrouva bâillonnée, ligotée, puis enroulée dans la descente de lit comme une momie !

L'identité de son agresseur ne faisait aucun doute. Malgré l'obscurité, elle avait reconnu Georges. Et elle savait où il l'emmènerait : dans la cabine de son bateau, sur son lit de torture... Le monstre !

À défaut de pouvoir lutter physiquement, elle donna libre cours à sa rage en incendiant son agresseur du regard. Ce qui le fit rire.

— Du calme, moussaillon, dit-il en lui tapotant l'épaule.

Du calme ! Comment aurait-elle pu garder son sang-froid, sachant le sort qui l'attendait ?

Georges sortit par la terrasse et descendit l'escalier extérieur, son fardeau sur les épaules. Quand Adrian découvrirait que son appât avait disparu, il serait trop tard...

Il se dirigea droit vers sa voiture qui l'attendait. Vance, déjà à l'intérieur, sursauta en voyant son ami déposer son fardeau sur le plancher.

— Qu'as-tu fait ? Si c'est ce que je suspecte, je...

— C'est ça, confirma Georges, qui s'empara lui-même des rênes et lança les chevaux au trot.

— Es-tu devenu fou ? s'étrangla son ami. Qu'espères-tu obtenir en agissant ainsi ?

— Tu ferais mieux de me demander ce qu'Adrian a fait pour que j'en arrive à ces extrémités, répliqua tranquillement Georges.

— Quoi ? Qu'a-t-il fait ?

— Je t'expliquerai plus tard.

Arrivé sur le quai, il déchargea son colis et le monta à bord. Vance le suivit dans sa cabine. Mais Georges se contenta de déposer Mikaela sur le lit, sans la libérer de ses liens, avant de ressortir sur le pont, entraînant Vance avec lui pour que leur conversation ne parvienne pas aux oreilles de la jeune femme.

— Vas-tu enfin m'expliquer ce qui t'a pris ? s'impatienta son ami.

— Adrian veut me faire épouser Mikaela pour s'assurer que je rentrerai dans le rang. Son nouveau testament la désigne comme unique héritière.

Vance écarquilla les yeux.

— Est-elle au courant de ce plan ?

— Pas encore. Et elle ne le sera pas, tant que je n'aurai pas décidé de l'en informer. Adrian espérait que je lui ferais la cour, pour gagner son cœur dans les règles.

— Si elle sait que tu dois l'épouser afin de récupérer l'héritage, il faudra du temps pour la convaincre de la sincérité de tes intentions, commenta Vance. À supposer bien sûr que tes intentions soient sincères, ce dont je me permets de douter…

— C'était ce qu'avait pressenti Adrian. Il avait compris que je ne pourrais courtiser sérieusement Mikaela en continuant à naviguer. Le vieux renard pensait avoir trouvé ce moyen pour me garder à la maison.

Vance éclata de rire.

— Reconnaissons-lui une certaine ingéniosité. L'âge n'a pas altéré ses facultés mentales.

— Malheureusement pour lui, j'avais prévu de partir pour les Caraïbes dans deux jours, et je n'ai nullement l'intention de renoncer à ce projet. N'ayant pas de temps à perdre pour courtiser Mikaela, j'ai décidé de procéder autrement.

Vance le considéra avec suspicion.

— C'est-à-dire ?

— C'est-à-dire que je vais avoir besoin de toi.

— De moi ? répéta Vance, indigné. Ah non, Georges, ne me mêle pas à cette histoire, s'il te plaît !

Georges ne se laissa pas impressionner par la réaction de son ami.

— En tant que capitaine de vaisseau, tu as autorité pour marier des passagers. Et c'est précisément ce que tu vas faire ce soir même. Tu vas me marier à Mikaela.

— Georges, tu n'es pas sérieux ! se récria Vance. Il ne s'agit pas seulement de contredire le plan de ton grand-père. Un mariage implique des liens pour la vie. Pour la vie !

— Je n'ai jamais été aussi sérieux que maintenant, je t'assure. De cette manière, je garderai le contrôle de mon héritage. Mais, dès demain matin, je rendrai ma nouvelle épouse à mon grand-père. Il n'est pas question que je renonce à ma passion de la mer juste pour satisfaire Adrian.

— As-tu envisagé que Mikaela pourrait désapprouver tes projets ?

Les désapprouver ? Georges était convaincu que la jeune femme, en effet, serait contre ce mariage. Voilà pourquoi il ne s'était pas donné la peine de lui poser la question. De toute façon, elle lui était hostile.

— Mikaela ne perdra rien de sa liberté après notre échange de vœux. Ce n'est qu'un mariage de convenance.

— Ce mariage est une folie ! rétorqua Vance. Du reste, je n'ai autorité pour célébrer un mariage qu'en pleine mer. Or je te ferai remarquer que nous sommes à quai !

Georges eut un sourire diabolique.

— Ça ne m'avait pas échappé, mon vieux... C'est pourquoi nous allons tout de suite lever l'ancre.

Vance secoua la tête, incrédule.

— Si tu comptes vraiment mettre ton plan à exécution, tu risques de le regretter très vite. Mikaela Rouchard ne m'a pas paru être le genre de femme qui se laisse imposer une conduite. Elle possède un caractère indépendant. Mon petit doigt me dit qu'elle avait embarqué clandestinement sur le bateau, parce qu'on l'avait forcée à faire quelque chose qu'elle ne voulait pas. Si tu l'épouses contre son gré, elle fuira encore.

Georges haussa les épaules, comme si ce problème ne le concernait pas.

— Une fois nos vœux prononcés, elle sera libre de faire ce qu'elle voudra.

— Tu as tort de la forcer, insista Vance. À mon avis, tu commets une grossière erreur...

Georges n'avait pas le temps de continuer cette discussion. Plus vite les choses seraient réglées, mieux cela vaudrait. Mikaela deviendrait sa femme, qu'elle le veuille ou non. C'était l'unique point qu'il acceptait de concéder au plan de son grand-père.

Décidé à en finir au plus vite, il redescendit dans sa cabine pour libérer sa « fiancée ».

À peine eut-il ôté son bâillon que la jeune femme explosa :

— Comment avez-vous osé ! Relâchez-moi tout de suite, ou je demanderai à votre grand-père...

Georges secoua la tête.

— Adrian souhaitait que je vous épouse, lui révéla-t-il. Et c'est ce que je vais faire. Seulement, un peu plus vite qu'il ne l'avait envisagé.

Comme prévu, elle en resta d'abord sans voix. Mais cela ne dura pas longtemps.

— Je refuse qu'un homme me gouverne ! Et surtout pas un monstre dans votre genre...

Se retenant à grand-peine de sourire, Georges voyait la poitrine de la jeune femme se soulever au rythme de son indignation.

— Je ne veux pas de mari, m'entendez-vous ! Ni aujourd'hui ni jamais.

— Mais que diriez-vous d'un mari qui n'aurait pas l'intention de vous « gouverner », pour reprendre votre expression ? Rien ne changera à votre situation, sinon votre nom. Vous aurez toute liberté de mouvement, et de l'argent pour profiter de cette liberté. En fait, ce mariage vous protégera de tous les hommes qui pourraient avoir des visées sur vous.

Mikaela le considéra d'un œil suspicieux.

— Mais vous, alors, que gagneriez-vous dans l'histoire ?

— Une ravissante épouse, répondit Georges en traçant du doigt le contour de la bouche de la jeune femme, avant qu'elle ne repousse violemment son bras. Et c'est tout. Pour tout vous dire, je me trouve extrêmement généreux à votre égard.

— Moi, je crois plutôt que vous êtes fou, rétorqua-t-elle.

— Nous sommes l'un et l'autre pris au piège du plan de mon grand-père. Mais dès que la cérémonie sera terminée, nous reprendrons chacun notre existence, comme si de rien n'était.

On frappa à la porte. Vance pénétra dans la cabine, arborant une triste mine, comme si la situation ne le réjouissait nullement.

— Finissons-en avec cette farce, dit-il à Georges.

Il avait oublié de refermer la porte derrière lui, et Mikaela se précipita, dans l'espoir de s'enfuir.

Georges la rattrapa et lui serra si fort le poignet que la jeune femme se mordit la lèvre pour ne pas crier.

Vance ouvrit la bible qu'il avait apportée, et prononça devant eux les paroles d'usage, avant d'en venir à l'échange des vœux :

— Georges, désires-tu prendre cette femme pour épouse ?

— Je le désire.

— Mikaela, désirez-vous prendre cet homme pour époux ?

Comme elle ne répondait pas, Georges lui pinça sévèrement la taille.

— Aïe ! Le diable vous emporte, sale brute !

— Nous prendrons cela pour une réponse positive, décréta Georges.

Il retira de son doigt l'anneau qu'il avait eu autrefois l'intention de donner à Cecilia, pour le passer au doigt de Mikaela. Celui-ci était trop grand, mais tant pis : cette alliance symboliserait les liens très lâches que les nouveaux époux entendaient entretenir...

— Par le pouvoir qui m'est conféré, reprit Vance, je vous déclare mari et femme, unis pour le meilleur et pour le pire.

Et, s'adressant à Georges, il conclut :

— Tu peux embrasser ta femme... à tes risques et périls.

Là-dessus, Vance referma sa bible et repartit vers la porte.

— La loi m'autorise également à prononcer un sermon de funérailles en pleine mer, ajouta-t-il. Je vous dis cela, au cas où l'un de vous deux ne survivrait pas à sa nuit de noces...

Quand la porte se fut refermée derrière son ami, Georges se dépêcha de la verrouiller. Mais lorsqu'il voulut revenir vers Mikaela, il fut accueilli par une volée de livres lancés comme autant de projectiles. Malgré son agilité, il ne réussit pas à tous les éviter.

— Arrêtez, maintenant ! cria-t-il.

— Je vous maudis, Georges Saffire ! Et je jure que vous regretterez votre geste !

Il savait qu'elle avait du tempérament, mais il ne se serait pas douté que cela irait aussi loin. À en juger par son regard, la jeune femme devait méditer un moyen de se débarrasser de lui à la première occasion. Il fallait donc réagir sur-le-champ.

Déterminé à lui faire entendre raison, il se rua sur sa nouvelle épouse dans l'espoir de la calmer. Mais elle se débattit si bien que Georges, à bout de ressources, n'eut d'autre solution que de lui faire un adroit croche-pied pour la renverser.

La jeune femme s'écroula à terre. Il la suivit dans son mouvement, et remarqua alors qu'elle semblait paniquée. Sans doute devait-elle se rappeler cette nuit, à La Nouvelle-Orléans, où elle l'avait entendu « torturer » la prostituée. Il étouffa un juron de frustration. Mikaela l'obligeait à se conduire comme la bête sauvage qu'elle croyait qu'il était. Malheureusement, il n'avait pour le moment pas d'autre alternative.

Après quelques nouveaux instants de lutte acharnée, il s'assit sur ses hanches en lui maintenant les bras plaqués sur le plancher.

— Sale bâtard ! l'insulta Mikaela. Je vous hais pour toujours !

Georges tenta de parlementer.

— Je promets de vous lâcher, dès que vous vous serez calmée.

— Je refuse de me calmer tant que vous ne m'aurez pas lâchée !

Il ne souhaitait pas se montrer violent, mais leur mariage ne serait pas vraiment consacré tant qu'ils ne seraient pas mari et femme dans toutes les acceptions du terme. Si leur union n'était pas consommée, Adrian se chargerait de la faire annuler au plus vite.

Du reste, l'idée de sacrifier au devoir conjugal ne répugnait nullement à Georges. Elle l'attirait depuis leur première rencontre. Cependant il n'avait jamais forcé une femme – malgré les préjugés de Mikaela sur ce point – et il ne voulait pas commencer une carrière de violeur aujourd'hui.

Comment la persuader qu'il n'était pas un monstre ? La séduction était probablement la meilleure arme à sa disposition. Mais, pour séduire Mikaela, encore faudrait-il que celle-ci coopère un minimum, ce qui semblait très mal engagé.

En trente ans d'existence, Georges ne s'était jamais retrouvé devant un tel défi. Déjouer les ruses de son grand-père était un jeu d'enfant, en comparaison. Évidemment, une solution consisterait à l'attacher aux montants du lit. Mais cela ne ferait qu'accroître la détestable opinion que la jeune femme avait de lui.

Alors, comment faire ?

Malheureusement, il ne voyait pas d'autre issue que la contrainte. Mikaela l'avait déjà obligé à se montrer brutal, alors autant continuer jusqu'au bout…

Il récupéra les cordes qui avaient servi à ligoter la jeune femme lors de sa capture, et s'en servit pour l'attacher au lit. Georges avait craint qu'elle n'éclate en sanglots et n'implore sa pitié, mais apparemment elle était trop furieuse pour pleurer. Plus les minutes passaient, plus il se disait que sa nouvelle épouse ne ressemblait décidément pas aux autres femmes. Elle ne se servait pas de ses larmes comme d'une arme, et ne s'avouait jamais vaincue.

En tout cas, il ne serait pas près d'oublier sa nuit de noces !

7

Georges abandonna un instant le lit pour aller remplir deux verres de whisky. Quand il revint vers Mikaela, la jeune femme lui lança un regard incendiaire, qu'il décida d'ignorer.

— Buvez ceci, ça va vous apaiser, ordonna-t-il en approchant le verre de ses lèvres.

Elle but à contrecœur.

— Sans vous en avertir, Adrian a rédigé un nouveau testament, vous désignant comme unique légataire de toute sa fortune.

— Mais... je n'ai rien demandé ! se récria-t-elle. Et si j'avais été au courant de l'existence de ce document, je me serais dépêchée d'en signer un autre pour tout vous rétrocéder.

— Vous n'auriez pas pu. Adrian a tout prévu : vous ne pourrez disposer de votre héritage qu'en faveur de votre mari ou de vos enfants. Il voulait se servir de vous comme d'un appât, pour m'attirer à sa merci.

Georges marqua une pause, afin de lui faire boire une autre gorgée d'alcool, puis il reprit :

— Adrian est obsédé par l'idée de me voir quitter mes bateaux pour fonder une famille et assurer notre lignée. Comme je refusais de céder à ses injonctions et de prendre femme, il a décidé d'en choisir une pour moi. Et c'est vous qu'il a choisie, Mikaela...

— Adrian s'est toujours montré gentil et généreux avec moi. Je refuse de croire qu'il m'aurait forcée à ce mariage.

Il esquissa un sourire.

— Le vieux renard a su vous amadouer... Vous l'aimez, n'est-ce pas ?

— En tout cas, il semble que je tienne plus à lui que son petit-fils. Pourquoi vous êtes-vous disputés ? Vance m'a raconté que vous êtes restés cinq ans sans vous voir.

Georges refusa d'évoquer la tragédie qui le tourmentait encore.

— C'est une histoire qui ne concerne qu'Adrian et moi. Quant à nous deux, il faut convenir d'un arrangement pour ce mariage dont nous ne voulions ni l'un ni l'autre. Le fait de nous savoir unis va calmer Adrian. Mais cela ne doit pas nous empêcher de continuer à vivre comme nous l'entendons. Gouvernez la maison de Charles Town et même la plantation, si le cœur vous en dit. Pour ma part, je continuerai à naviguer sur cette goélette comme par le passé.

— Donc, vous ne me forcerez qu'une seule fois sur ce lit de torture ? demanda la jeune femme avec une brutale candeur.

Georges soupira.

— L'intimité entre un homme et une femme n'a rien d'une torture, Mikaela.

— Pour les hommes, peut-être.

Comme elle évitait de le regarder, il lui souleva délicatement le menton.

— Supposons que vous vous aperceviez que vous donner à moi peut vous apporter plus de plaisir que de souffrance ?

— Vu ce que je sais, cela m'étonnerait beaucoup. En revanche, ça ne me gênerait pas de mentir et de laisser croire à tout le monde que notre mariage a bel et bien été consommé...

Ce mensonge suffirait peut-être à la jeune femme, mais pas à Georges. Et pour une raison très simple : il la désirait. Depuis l'instant où il avait été tout près de l'embrasser, il rêvait de pouvoir enfin goûter ses lèvres...

— Je vais vous embrasser, Mikaela, la prévint-il en se penchant délibérément sur elle.

Elle le regarda comme s'il s'apprêtait à lui plonger un poignard dans le cœur.

— Je préférerais que vous vous en dispensiez.

Il secoua la tête, incrédule.

— J'aimerais savoir qui a pu vous donner cette aversion pour les baisers.

— Mon ancien fiancé, figurez-vous. On voulait me marier contre mon gré à Carlos Morales. Dans cette affaire, je n'étais qu'un vulgaire pion, qui devait servir des intérêts purement financiers. Cette situation ne vous rappelle rien, Georges ? Malheureusement, je n'ai échappé à un désastre que pour en connaître un autre...

Georges n'appréciait pas d'être comparé à ce maudit Espagnol. Mais il comprenait mieux, à présent, pourquoi Mikaela tenait tant à sa liberté. Jusque-là, elle avait toujours été utilisée pour le profit des hommes.

Tout à coup, il se sentit envahi d'une vague de tendresse pour son épouse. Il s'était pourtant juré de ne mettre aucun sentiment dans cette union, qui n'avait d'autre but que de contrer les plans de son grand-père. Mais à présent, il désirait compenser les tourments qu'il lui infligeait. Dans cette histoire, elle n'était qu'une innocente victime, qui méritait égards et considération.

En outre, il tenait à effacer le détestable souvenir qu'avaient laissé les baisers de Carlos Morales. Et il voulait la convaincre qu'il pouvait partager avec elle une passion charnelle sans avoir à l'abuser.

Il se pencha à nouveau, très lentement cette fois, jusqu'à ce que ses lèvres effleurent celles de la jeune femme. Il y déposa un premier baiser furtif, avant de lui embrasser les joues, les paupières, le nez.

Puis, s'écartant légèrement, il étudia sa réaction, et esquissa un sourire en voyant l'étonnement se peindre dans les prunelles émeraude. Il aurait juré qu'il la surprenait...

En effet, Mikaela prenait conscience du fossé qui séparait les baisers répugnants de Carlos des manières séductrices de Georges. Sa virilité commençait à agir sur elle. Et alors qu'elle était encore si tendue tout à l'heure, redoutant avec appréhension qu'il ne la touche, elle sentit ses défenses fondre lorsqu'il traça du bout des doigts le contour de sa bouche. Quand il embrassa une seconde fois ses lèvres, Mikaela se surprit à lui rendre son baiser, comme une rivière suivant irrésistiblement son cours. Et cependant, Georges n'en profita pas pour la posséder sauvagement. Il se contentait de prendre ce qu'elle lui offrait.

Ses baisers étaient comme des caresses divines, qui éveillaient chez elle des sensations jusque-là inconnues, et elle s'efforça d'imiter sa technique parfaite.

Puis il commença à lui caresser la poitrine à travers le tissu de sa robe, et Mikaela sentit cette fois une étincelle de désir lui enflammer l'échine. Quand il entreprit de la dénuder pour offrir les globes de ses seins à ses regards et à sa langue experte, elle crut défaillir de plaisir.

— C'est une torture, oui, murmura-t-il, mais une exquise torture et c'est ça qui fait toute la différence. Mon intention n'a jamais été de te faire du mal, Mikaela, seulement de te donner du bonheur...

La nouveauté de ces caresses constituait pour la jeune femme une révélation, qui effaçait ce qu'elle avait pu penser de l'intimité physique entre un homme et une femme. Mieux encore, elle brûlait d'aller plus loin, et lorsque Georges lui titilla les tétons avec la pointe de sa langue, elle s'arqua instinctivement contre lui.

Elle aurait voulu explorer son corps, comme lui-même explorait le sien, malheureusement ses liens l'en empêchaient. Elle était réduite à subir ses caresses sans pouvoir lui rendre le plaisir qu'il lui procurait.

Soudain, il introduisit une main sous sa robe et remonta le long de sa cuisse. Cette fois, Mikaela crut étouffer. Mais à l'instant où ses doigts approchèrent de la fleur de sa féminité, Georges fit taire ses gémissements en s'emparant à nouveau de ses lèvres.

Elle avait maintenant l'impression de se consumer de désir, tandis qu'il continuait de lui caresser son bouton de rose, et elle pensa qu'elle allait mourir s'il ne satisfaisait pas l'envie qu'il avait fait naître.

— Georges, je vous en prie... chuchota-t-elle, ne sachant comment formuler son impatience. Faites quelque chose, s'il vous plaît...

Il partageait son extase et se consumait de passion à l'unisson de la jeune femme. L'innocence de Mikaela lui ouvrait les portes d'une volupté inégalée. Il savait, à son regard, qu'il avait gagné son pari au-delà de toute espérance, et qu'il pouvait satisfaire son propre désir sans devoir l'affronter. Mais il ne s'agissait plus seulement, désormais, de consommer leur union. Mikaela, par sa pureté et sa fierté, avait réveillé en lui des émotions qu'il pensait depuis longtemps oubliées. Il voulait lui offrir une nuit inoubliable, et lui apprendre que tous les hommes ne se servaient pas des femmes sans rien leur donner en retour.

— Georges... implora-t-elle. J'ai l'impression de brûler de l'intérieur...

— Et ce n'est qu'un début, ma belle...

Mikaela ne comprenait pas comment il pourrait attiser davantage ce brasier incandescent qui menaçait de la rendre folle. Ses caresses faisaient battre le sang à ses tempes, elle avait l'impression de sombrer dans un brouillard, seulement traversé d'ondes fulgurantes.

Tout à coup, elle prit conscience que ses poignets n'étaient plus entravés et, instinctivement, elle noua les bras dans le dos de Georges, comme une naufragée s'agrippe à une bouée. Puis il libéra ses chevilles, et il acheva de lui ôter ses vêtements, la laissant nue, offerte à ses regards.

Elle essaya de se couvrir le corps et de détourner la tête, mais il saisit son visage entre ses mains.

— Il n'y a pas de honte à avoir, dit-il. Tu es belle, Mikaela. Très belle. Tu es la femme la plus pure et la plus parfaite que je connaisse.

Il l'embrassa avec une sorte de révérence, avant d'ajouter :

— Et maintenant, caresse-moi comme tu aimerais être caressée, que je sache ce qui te donnerait le plus de plaisir.

Mikaela tendit la main pour explorer son torse bronzé, laissant ses doigts courir le long de la ligne de fin duvet qui disparaissait sous la ceinture de son pantalon. Quand la jeune femme approcha ses lèvres de son ventre, Georges crut que son cœur allait exploser dans sa poitrine. Jamais il n'avait pris autant de temps avec une femme. Jamais non plus il n'avait ressenti chaque geste, chaque caresse, avec une telle intensité.

Mais cette lenteur devait continuer. Mikaela découvrait pour la première fois la nudité masculine, et il décida qu'il ne devait pas se débarrasser de ses vêtements avec précipitation. Il dégrafa la ceinture de son pantalon d'une main presque hésitante, se défit du vêtement sans brusquerie. Mikaela s'était reculée et le contemplait avec des yeux médusés. Georges lui prit la main, mais il attendit que l'embarras de la jeune femme fût passé avant de la presser sur sa virilité érigée.

— Nous sommes à la merci l'un de l'autre, chuchota-t-il en se penchant pour l'embrasser. Tu as le pouvoir de me donner du plaisir, mon amour...

Mikaela palpa timidement le membre de son compagnon. Cette simple caresse fit pousser à Georges un gémissement de pur plaisir, qui rappela à la jeune femme les gémissements qu'elle avait entendus le soir où elle s'était cachée sous son lit.

Mais à peine avait-elle commencé d'explorer sa virilité qu'il l'obligea à se rallonger sur le dos.

— Je n'en peux plus d'attendre, murmura-t-il d'une voix rauque. J'ai trop envie de toi.

Avec ses genoux, il lui écarta les cuisses. Mikaela le serra contre lui, prête à lui donner ce qu'il réclamait. Mais au moment où Georges la posséda, elle ressentit une douleur si intense qu'elle tenta de le repousser.

Il eut le cœur déchiré en lisant dans le regard de la jeune femme un désarroi mêlé de souffrance. Il eut l'impression d'avoir brisé sa confiance et d'avoir violé son serment de ne pas la brusquer. Il aurait été prêt à tout pour effacer en elle ce sentiment de trahison.

— Je te demande pardon, dit-il à son oreille. Mais c'était impossible d'éviter cela, malgré toute la douceur que j'ai pu y mettre. Je te jure que tu vas très vite oublier cette douleur, mon amour. Il suffit maintenant que tu te détendes...

Il commença à se mouvoir lentement en elle, avant d'ajouter :

— Si j'avais pu endurer cette douleur à ta place, crois-moi, je n'aurais pas hésité une seconde...

Et il s'empara de ses lèvres, en même temps qu'il s'introduisait plus profondément en elle, brisant la dernière barrière de son innocence. Mikaela retint un cri, et Georges suspendit un instant ses mouvements, le temps de la laisser s'habituer à cette intrusion. Puis il lui chuchota d'autres paroles de réconfort, et finalement elle se détendit peu à peu. Il reprit alors ses assauts, toujours lentement, comme s'il voulait être sûr de ne plus lui causer la moindre souffrance.

Mikaela était bouleversée par tant d'égards. Elle découvrait que, sous ses dehors cyniques, Georges cachait un cœur plein de tendresse et de compassion, et qu'il n'était pas du tout le monstre froid qu'elle s'était imaginé.

Transportée par l'idée que ce bel Américain était son mari, la jeune femme s'abandonna totalement, et son corps, instinctivement, se mit à bouger au même rythme que celui de son compagnon.

Tout à coup, une vague de plaisir plus forte que les autres la submergea. Elle laissa échapper un cri de jouissance, qui résonna dans le silence de la nuit, et au même instant Georges la rejoignit dans l'extase...

Ensuite, quand leurs deux corps se furent séparés comme à regret, Mikaela sourit en repensant à sa naïveté. Dire qu'elle avait pris cette cabine pour une chambre de torture !

— Pourquoi souris-tu ? s'étonna Georges. Ai-je fait quelque chose d'amusant ?

— Non, c'est moi. Je riais de mon ignorance, confessa la jeune femme. La prochaine fois que je me trouverai *sous* un lit, je comprendrai mieux ce qui se passe *dessus* !

Elle perdit subitement son sourire en songeant à l'existence dissolue de son époux. L'idée qu'il puisse partager la même intimité avec d'autres femmes chiffonnait son orgueil. Certes, elle n'avait aucun droit d'être jalouse, et elle le savait. Georges ne lui avait pas parlé d'amour. Elle ne devait pas oublier qu'il n'avait couché avec elle que pour garder la fortune de son grand-père.

— Mikaela... qu'y a-t-il ? s'inquiéta-t-il en voyant la tristesse assombrir ses beaux yeux émeraude.

Elle avait le sentiment d'avoir reçu deux leçons d'un coup. D'un côté, elle avait appris que l'amour charnel n'avait rien d'une torture ; d'un autre côté, elle avait plus que jamais l'impression d'être restée un instrument dans la main des hommes. Et toutes les belles pensées qu'elle avait nourries pour lui dans le feu de la passion s'évanouirent.

— Combien d'innocentes as-tu ainsi possédées, Georges ? Et combien...

— Ne gâche pas ce moment unique, Mikaela, la coupa-t-il.

— Unique ? Mon œil ! ironisa-t-elle. Je suis sûre que tu ne saurais même pas compter tous les moments *uniques* que tu as connus dans ta vie. Pour moi, oui, cette nuit a été unique. Mais pour toi, en quoi a-t-elle été différente des autres, sinon que c'était notre nuit de noces ?

Un sentiment d'humiliation aveuglait la jeune femme. Elle se sentait blessée dans sa fierté, et regrettait de s'être donnée aussi facilement, sans avoir davantage combattu.

Georges étouffa un juron de frustration en devinant les larmes que Mikaela essayait de lui cacher. Il aurait souhaité se présenter à elle aussi pur et innocent qu'elle était venue à lui, mais c'était impossible, bien sûr. Et elle ne pouvait pas comprendre qu'il s'était conduit envers elle d'une manière particulière. Elle était trop inexpérimentée pour savoir qu'un homme pouvait donner très peu à une femme, lorsqu'il ne cherchait qu'à satisfaire ses besoins.

Pour la première fois depuis longtemps, il n'avait pas envie de rompre déjà cette étreinte. Il aurait voulu la tenir encore dans ses bras et la réconforter, même s'il était conscient que le stratagème d'Adrian et leur mariage précipité avaient dressé entre eux des obstacles insurmontables.

— Je ne me suis pas comporté avec toi comme avec les autres, murmura-t-il. Peut-être un jour le comprendras-tu... Mais, en attendant, tu es maintenant ma femme et cela ne pourra plus être changé.

Mikaela, retenant un sanglot, roula sur le côté du lit.

— Le contrat est rempli, dit-elle. Demain matin, je compte avoir le droit de mener ma vie, comme tu auras le droit de mener la tienne.

— Mikaela...

— C'est toi-même qui as décidé des termes de notre marché, lui rappela-t-elle. Alors apprends à faire avec, Georges. Tu as eu mon innocence, mais n'en demande pas plus, car je ne t'en donnerai pas plus.

Il laissa retomber sa tête sur l'oreiller et resta à contempler le plafond. Il maudissait Adrian de l'avoir entraîné dans ce guêpier, et se maudissait lui-même d'avoir aggravé les choses. Mais cc qui était fait était fait, et il était libre d'aller où bon lui semblerait, dorénavant.

Alors pourquoi éprouvait-il l'impression que laisser Mikaela derrière lui, pendant qu'il sillonnerait les mers du globe, ne serait pas aussi facile que prévu ?

Les mains croisées dans le dos, Adrian Saffire faisait les cent pas dans son bureau, s'arrêtant seulement de temps à autre pour boire une gorgée de son café matinal. Il en profitait pour jeter un regard anxieux par la fenêtre, avant de reprendre sa déambulation.

Depuis que Greta l'avait informé, une heure plus tôt, que Mikaela ne le rejoindrait pas pour le petit déjeuner parce qu'elle était introuvable, il se rongeait les sangs. Il avait alerté toute la domesticité, bien sûr, mais sans grand espoir de retrouver la jeune femme. En fait, il avait sa petite idée sur ce qui avait pu lui arriver...

Maudit soit ce gredin ! Il aurait dû se douter que Georges, en sortant de chez lui hier soir, projetterait quelque chose.

Comme pour lui donner raison, un attelage s'immobilisa soudain devant la maison, et son petit-fils en descendit, accompagné de la jeune femme. Aussitôt, Adrian se précipita dans le hall et ouvrit la porte à la volée.

— Qu'as-tu fait ? lança-t-il à Georges.

Et, jetant un regard inquiet à la jeune femme, comme s'il cherchait sur elle des traces de coups ou de blessures, il ajouta :

— Si tu as osé porter la main sur Mikaela, je te jure que tu le paieras cher !

— Je me contentais de ramener mon épouse chez elle, avant d'appareiller pour les Caraïbes, répondit tranquillement Georges.

Le mot « épouse » fit tressaillir Adrian.

— Quoi ? s'étrangla-t-il.

Georges sourit jusqu'aux oreilles.

— Tu as bien entendu. J'ai dit « mon épouse ». Nous nous sommes mariés cette nuit, en pleine mer. Vance s'est chargé de la cérémonie.

Adrian aurait volontiers étranglé son petit-fils. À cause de ce renégat, Mikaela, au lieu de lui sourire comme chaque matin, le regardait avec indifférence, comme s'il n'était qu'un étranger dont elle se méfiait.

Maudit soit ce garçon ! Il avait forcé la jeune femme à l'épouser et, du coup, plus rien ne marchait comme Adrian l'avait prévu.

Le gredin éclata de rire.

— J'étais certain que l'annonce de mon mariage avec la fiancée que tu m'as choisie te plairait beaucoup, grand-père. Le ravissement se lit sur ton visage...

Adrian se retint de le gifler.

— Tu t'imagines m'avoir joué ? Attends que je dise mon dernier mot, Georges.

— Tu veux continuer la partie, grand-père ? Je suis impatient de savoir quel prochain défi tu me prépares.

Tandis qu'Adrian demeurait figé, les dents serrées, Georges attira Mikaela dans ses bras pour lui donner un baiser d'adieu quelque peu théâtral. Toutefois, Adrian nota que son petit-fils témoignait d'une certaine tendresse envers la jeune femme. Ce qui avait commencé comme un baiser de comédie se termina en étreinte voluptueuse...

Ce spectacle rassura le vieil homme. Finalement, tout n'était peut-être pas perdu. Georges semblait éprouver un réel attachement pour sa nouvelle épouse, et c'était un début encourageant, même s'il s'apprêtait déjà à repartir sur son bateau. Adrian espérait vivre assez vieux pour voir comment évolueraient les rapports du jeune couple.

— J'admets que tu m'as battu, dit-il. Mais, en contrepartie, je souhaiterais présenter ta nouvelle épouse à la bonne société de la ville. Et je compte sur toi pour assister à la fête que je donnerai à la plantation, en l'honneur de votre mariage.

Georges avait eu du mal à se séparer des lèvres de Mikaela. Il ne songea même pas à contrecarrer son grand-père une fois de plus.

— Entendu, marmonna-t-il, son regard rivé sur le ravissant minois de la jeune femme. À moins qu'une tempête tropicale ne nous retienne, je serai là.

— Parfait, répondit Adrian. La fête aura lieu dans quinze jours. Cela devrait te laisser le temps d'aller dans les Caraïbes et de revenir.

Puis, retirant Mikaela à son petit-fils qui la tenait toujours par le bras, il la poussa à l'intérieur et referma la porte sur elle, avant de reprendre, la mine sévère :

— Ne va pas t'imaginer que je n'ai pas deviné le sort que tu as réservé à cette pauvre créature innocente, Georges. Si jamais tu te permets de la traiter comme ces catins que tu entraînes dans ta cabine, je te jure que je te le ferai regretter. Tu as peut-être récupéré ton héritage, mais compte sur moi pour faire découvrir à Mikaela ce que c'est qu'être aimée.

Georges fronça les sourcils, et ses prunelles bleues s'assombrirent.

— Ce qui veut dire ?

— Tu as très bien compris, répliqua Adrian. Si une femme est mariée à un homme dont la débauche est notoire, je ne vois pas pourquoi elle n'aurait pas le droit de prendre des amants pendant les absences de son époux. Tant qu'elle vivra sous mon toit, je veillerai à ce qu'elle ne manque jamais d'attentions masculines.

Cette menace ébranla le jeune homme, mais il ne voulut pas donner à son grand-père le plaisir d'avoir remporté la bataille.

— Je m'en moque, lâcha-t-il avec un haussement d'épaules.

— C'est ce que nous verrons. J'attends de voir comment réagira ta fierté de mâle en découvrant, à ton retour, que ton épouse est l'objet des sollicitudes de tous les plus beaux jeunes gens de la ville, qui se seront empressés de prendre ta place – y compris dans ton lit – auprès d'elle.

Satisfait de sa tirade, Adrian claqua la porte au nez de son petit-fils. La partie n'était pas terminée, et il ne s'avouait pas vaincu. Il avait toujours la ferme intention de ramener ce gredin à la maison, et il savait qu'il avait une chance de gagner.

Georges retourna à son attelage, un rictus aux lèvres. Que lui importait que Mikaela collectionne les galants dans toute la ville ? Il avait atteint son but, c'était l'essentiel. Ce mariage expédié en une nuit avait suffi à lui faire regagner ses droits sur l'héritage.

Adrian avait obtenu ce qu'il désirait : voir son petit-fils marié. Georges gardait ce qu'il souhaitait le plus au monde : sa liberté. Et ce mariage ne pouvait également que convenir à Mikaela. Tout bien considéré, ils étaient parvenus tous les trois à une sorte de compromis. La vie de Georges poursuivrait son cours. Adrian aurait une charmante compagne pour égayer ses vieux jours. Mikaela profiterait de la sécurité et du confort que lui apporterait la fortune des Saffire.

Oui, c'était une bonne affaire pour tout le monde.

Rasséréné, il lança ses chevaux au trot. Mais, deux pâtés de maisons plus loin, il arborait de nouveau une mine sombre. En fait, il ne parvenait pas à se sortir Mikaela de l'esprit, et tous les détails de cette merveilleuse nuit passée dans ses bras l'obsédaient au point de raviver son désir.

Ce n'était qu'une question de temps, se persuada-t-il. Bien vite, cette nuit d'amour ne lui apparaîtrait plus que comme un interlude parmi d'autres. Cinq ans plus tôt, il s'était juré de ne plus jamais laisser son cœur s'ouvrir aux sentiments, et il était décidé à tenir cette promesse. L'amour n'apportait que du chagrin et des angoisses. Et la mer était la seule maîtresse dont il ne voulait pas se passer.

Comme promis, il viendrait à la plantation honorer la réception donnée par Adrian pour fêter son mariage. L'espace d'une soirée, il jouerait au parfait époux. Mais dès le lendemain, il regagnerait son navire pour un nouveau voyage.

Définitivement soulagé, Georges se dirigea vers le quai où l'attendait son bateau.

8

Mikaela comprit, à son regard, qu'Adrian se sentait coupable d'avoir joué un rôle dans ce mariage précipité.

— Je vous faisais confiance, Adrian, lui dit-elle. Je vous croyais mon ami...

— Je suis désolée, Mikaela... Je m'excuse.

Il lui étreignit la main et, découvrant l'alliance à son doigt, fronça les sourcils. Mikaela comprit que l'anneau avait sans doute été destiné à une autre femme, et que sa vue devait lui rappeler de pénibles souvenirs. Mais elle n'osa pas poser de questions.

— L'amitié ne peut s'encombrer de calculs, reprit-elle. Pour votre petit-fils, je ne suis qu'un pion dans un jeu d'échecs. Et j'ai peur que vous n'ayez raisonné comme lui. Mes sentiments n'ont donc aucune importance ?

— Si j'étais encore en état de me mettre à genoux, je le ferais volontiers pour vous demander pardon, assura le vieil homme. Malheureusement, mes pauvres articulations ne me le permettent plus. Sachez que je suis réellement désolé, ma chère. J'étais tellement obsédé par l'idée de voir revenir mon petit-fils que je n'ai pas pensé au reste.

— Maintenant que le mal est fait, et que vous m'avez utilisée l'un et l'autre pour régler vos comptes, j'estime avoir au moins le droit de connaître l'origine de votre querelle.

Il acquiesça d'un hochement de tête et l'entraîna au salon.

— Vous avez raison, mon enfant. Vous méritez d'entendre ce qui s'est passé.

Je vais enfin savoir ! se félicita Mikaela que la curiosité démangeait.

Elle s'installa sur le sofa, et Adrian se laissa tomber à son côté. Il demeura un moment silencieux, le temps d'organiser ses souvenirs.

— Notre querelle a éclaté voilà cinq ans, commença-t-il, lorsque Georges s'est entiché d'une ravissante jeune femme nommée Cecilia Dellano.

Ce prénom rappela à Mikaela sa première nuit dans la cabine de Georges. Avant de s'endormir, il l'avait murmuré plusieurs fois.

— La famille de Cecilia ne possédait qu'une très petite plantation, sans commune mesure avec celle des Saffire, poursuivit Adrian. Mais Cecilia avait beaucoup de charme, et elle ne manquait pas de prétendants honorables. C'est cependant sur Georges qu'elle a jeté son dévolu, car lui seul pouvait lui procurer tout le luxe dont elle rêvait. C'était le genre de femme pour qui le prestige social et la fortune représentent tout. Et qui se servent de leur beauté pour obtenir ce qu'elles désirent...

Mikaela savait bien sûr que de telles femmes existaient, mais pour l'instant elle voulait se garder de juger Cecilia, car elle suspectait Adrian de partialité. De toute évidence, il ne l'avait pas appréciée. Et de toute évidence aussi, Georges avait été d'un avis différent.

— Cecilia a vraiment commencé à s'intéresser à Georges après que mon fils et son épouse ont péri en mer, continua le vieil homme. Ils faisaient route vers Savannah, quand une tempête a envoyé leur bateau par le fond. Georges a été bouleversé par la perte de ses parents. Il avait désespérément besoin de quelqu'un pour remplir le vide affectif qui s'était ouvert en lui.

Il s'interrompit, le temps de soulager son dos avec un coussin.

— Nos rapports se sont détériorés à cette époque, reprit-il. Je n'arrivais pas à croire à la sincérité de Cecilia quand elle disait aimer Georges. J'ai tenté de le mettre en garde, en lui faisant comprendre qu'elle ne s'intéressait qu'à sa fortune et que, de toute façon, elle avait d'autres fers au feu, dans le cas où Georges n'aurait pas succombé à ses charmes.

Mikaela fronça les sourcils.

— Pouvez-vous préciser vos paroles, Adrian ? J'ai peur de ne pas bien saisir.

Il toussota, un peu embarrassé.

— Cecilia voyait d'autres hommes pendant que Georges était en mer.

— Comment étiez-vous au courant ?

Il toussota de nouveau, évitant de croiser le regard de la jeune femme.

— J'avais chargé quelqu'un de la suivre. Cecilia avait trop besoin de sentir son pouvoir de séduction sur les hommes. Je suis convaincu que si elle avait épousé Georges, elle ne lui aurait pas été fidèle.

Adrian ne brossait décidément pas un tableau flatteur de Cecilia Dellano... Mais ne forçait-il pas le trait parce qu'il l'avait jugée indigne – à cause de la piètre fortune de sa famille – d'épouser son petit-fils ?

— Le jour où Georges m'a officiellement annoncé son projet de l'épouser, je m'y suis formellement opposé. Je lui ai raconté ce qu'elle faisait pendant qu'il était en mer, mais il ne m'a pas cru. Cecilia avait réussi à le convaincre de sa pureté et de sa sincérité. Lorsqu'elle a appris mon opposition, elle a dressé Georges contre moi.

— C'est donc elle qui est à l'origine de cette brouille entre vous ?

Adrian hocha la tête.

— Elle l'a persuadé que je ne la trouvais pas assez bien pour lui, simplement à cause de sa naissance plus modeste, alors que je n'avais rien dit de tel ! C'était sa duplicité qui me révoltait. Devant Georges, elle n'était que sourires adorables et dévotion amoureuse. Mais avec ceux qui lui résistaient, elle était capable de s'emporter violemment, et de prononcer des mots qui auraient fait rougir les oreilles d'un prêtre. Je n'ai jamais vu quelqu'un changer aussi vite d'attitude et de personnalité en fonction des circonstances.

Même si la version de Georges aurait sans doute été très différente, Adrian mettait une telle passion à narrer cette histoire que Mikaela devinait qu'il disait vrai. Georges avait dû se laisser aveugler par les manières aguicheuses de Cecilia.

— Votre petit-fils était-il sincèrement amoureux d'elle ?

Adrian médita un moment la question, avant de soupirer.

— Ce qui s'est passé ensuite me le fait penser. En réalité, Georges avait *envie* d'être amoureux, et il était trop orgueilleux pour avouer qu'il s'était trompé en choisissant Cecilia. Même Vance était au courant de ses infidélités. Il avait lui aussi tenté de raisonner Georges, mais en pure perte. Cecilia ne lui laissait jamais entrevoir son côté manipulateur. Du coup, il était persuadé que nous lui mentions tous en assurant qu'elle s'intéressait plus à sa bourse qu'à son cœur.

Adrian baissa les yeux sur ses genoux, et tout à coup il parut plus vieux que son âge, plus vulnérable aussi.

— Lors de notre dernière confrontation, j'ai annoncé à Cecilia que je refusais de léguer à Georges la totalité de la fortune familiale, et que je ne lui laisserais qu'une pension censée suffire à ses besoins. Elle a d'abord versé des larmes de crocodile, puis elle a quitté la plantation en criant qu'elle trouverait un moyen ou un autre de me le faire payer.

Le vieil homme suspendit son récit, reprit sa respiration et croisa le regard de Mikaela, avant de lâcher :

— Et puis... et puis Cecilia s'est suicidée.

Ces derniers mots tombèrent dans un silence de pierre.

Mikaela ne s'était pas attendue à cette fin tragique. À présent, elle comprenait mieux pourquoi le petit-fils et le grand-père étaient restés cinq ans sans se parler. En se tuant, Cecilia avait gagné la dévotion éternelle de Georges, et obtenu sa vengeance contre Adrian.

— Georges était tellement aveuglé par le chagrin qu'il m'a accusé de l'avoir tuée, reprit Adrian, émergeant de son silence. C'est lui qui l'a retrouvée, au pied de la falaise surplombant la rivière. Il m'a accusé d'avoir poussé Cecilia pour me débarrasser d'elle !

Le vieil homme soupira encore, et ses épaules s'affaissèrent un peu plus.

— J'ai tout essayé pour renouer avec lui, mais il refusait de me parler. Il s'est mis à rénover son bateau, pour en faire son domicile. Comme il savait que j'aurais souhaité le voir épouser quelqu'un d'autre, il s'est complu dans la débauche. Juste avant de vous rencontrer, ma petite, j'avais passé en revue des dizaines de jeunes femmes, dans l'espoir d'en rencontrer une qui mériterait de l'épouser.

— Vous auriez dû vous confier à moi, Adrian. Comme à une véritable amie...

— M'avez-vous confié votre passé ? rétorqua le vieil homme.

Elle haussa les épaules.

— Je ne veux ennuyer personne avec mes soucis. Mieux vaut les oublier.

— Je m'excuse encore, Mikaela. Dans mon désespoir, je suis devenu aussi manipulateur que Cecilia... J'espérais que Georges vous ferait la cour dans les règles, et que cette belle histoire se terminerait par un mariage. Mais, puisqu'il n'en a pas été ainsi, je veillerai au moins à ce que vous ne manquiez de rien. Je veux que vous sachiez que je tiens sincèrement à vous.

Mikaela lui pardonnait. Ses objectifs avaient été nobles, même si les méthodes employées laissaient à désirer. Adrian avait agi un peu trop avec son cœur, et pas assez avec sa raison. Mais c'est aussi parce qu'il avait du cœur qu'il lui avait offert un toit lorsqu'elle n'avait nulle part où aller, et qu'il lui avait prodigué plus d'attentions que son supposé père ne lui en avait jamais accordé.

— Ne m'abandonnez pas, chère petite, l'implora-t-il. Vous avez ramené le soleil dans mon existence. Je ne chercherai pas à vous imposer mes vues, comme j'ai pu le faire avec mon petit-fils. Je vous promets que vous jouirez de toute la liberté que vous souhaiterez.

Elle lui offrit un sourire qui fit rayonner le vieil homme.

— Moi aussi, je vous apprécie, dit-elle. Et je n'oublie pas ce que vous avez fait pour moi. Nous allons l'un et l'autre mettre le passé de côté, et débuter une nouvelle vie. D'accord ?

— D'accord.

Ils s'étreignirent chaleureusement, comme pour sceller ce deuxième départ.

— Et maintenant, reprit-il, nous allons préparer nos bagages et partir pour la plantation. Si vous arrivez à la faire tourner avec la même efficacité que cette maison, je vous en serai éternellement reconnaissant. Ces dernières années, je dois avouer que j'ai un peu négligé mon domaine. Je vous donne carte blanche pour lui faire retrouver le chemin de la prospérité. Et je suis convaincu que vous saurez aussi bien le diriger que Georges.

Mikaela était emballée par ce défi. Arnaud ne lui aurait jamais offert une telle chance, car il était convaincu que les femmes ne connaissaient rien aux affaires. L'heure était venue de prouver ce dont elle était capable.

Elle se jetterait à corps perdu dans le travail, et elle oublierait Georges. À partir de maintenant, elle s'interdisait d'ailleurs de penser à lui. Et de se remémorer leur nuit de noces. Toutes ses forces seraient consacrées à mériter la confiance d'Adrian.

Impatiente de mettre ses résolutions en pratique, la jeune femme s'empressa de remonter dans sa chambre, afin de faire ses malles.

La vie s'annonçait belle et harmonieuse.

— Où donc étais-tu passé ? marmonna Vance en désignant la petite foule de marchands qui s'impatientaient bruyamment sur le quai.

Georges leva la main pour réclamer le silence.

— Messieurs, messieurs, du calme ! La vente de notre cargaison va débuter dans quelques minutes, et je vous promets qu'aucun d'entre vous ne sera lésé. Il ne vous reste plus qu'à approcher vos chariots des entrepôts. Ainsi, la marchandise que vous aurez achetée vous sera remise sur-le-champ.

Les marchands se dispersèrent, satisfaits, et Vance soupira de soulagement.

— Je commençais à perdre patience. Tu sais bien que je déteste négocier avec ces vautours. Tu es plus doué que moi pour le commerce, et j'aurais peu apprécié que tu me laisses me débrouiller tout seul.

Comme Georges ne répondait rien, il insista :

— Tu ne m'as pas dit où tu étais... Chez Adrian, pour te faire pardonner ta bêtise de cette nuit, j'espère ? Tu sais, je n'approuve pas du tout ta conduite, au cas où tu ne l'aurais pas noté.

Comment Georges aurait-il pu ne pas remarquer les regards de reproche que n'avait cessé de lui lancer Vance, durant la cérémonie ?

— Dans ce cas, tu vas être content d'apprendre que ma femme est retournée vivre chez mon grand-père, répondit-il. Adrian ne s'attendait pas à cela, mais il en a pris son parti, comme moi j'ai pris mon parti d'avoir dû épouser Mikaela pour garder mon héritage. Ce compromis arrange tout le monde.

Georges partait déjà vers les entrepôts. Son ami lui emboîta le pas.

— Que fais-tu de Mikaela ? demanda-t-il, indigné. Le compromis dont tu parles ne concerne qu'Adrian et toi. Vous vous êtes entendus sur le dos de cette malheureuse, pour en faire la victime de vos tractations !

— Elle n'est pas si malheureuse que cela, rétorqua Georges. Outre qu'elle conserve sa liberté de mouvement, elle a gagné une jolie fortune dans l'histoire. Et je lui fais confiance pour survivre à cette épreuve. Elle nous a prouvé qu'elle avait de la ressource.

— Bon sang, Georges, comment peux-tu te montrer aussi désinvolte ? Je regrette franchement d'avoir joué un rôle dans cette sinistre farce. Quand je pense que j'ai consenti à vous marier !

Georges se retourna si brusquement que Vance, qui marchait sur ses talons, faillit le heurter.

— J'ai fait ce que je devais faire, se défendit-il. Si tu as des remords, tu t'excuseras auprès de ma femme, la prochaine fois que tu la verras. C'est-à-dire dans précisément deux semaines, puisque je t'annonce que tu es cordialement invité à venir fêter notre mariage à la plantation.

— Merci de l'invitation, mais je pense que je serai souffrant pendant au moins deux semaines, répondit Vance, sarcastique.

— Mais tu peux aussi prévoir un rétablissement spectaculaire, répliqua Georges sur le même ton.

— Je m'excuserai auprès de Mikaela, mais je ne veux plus me retrouver l'otage des querelles entre Adrian et toi. Sauf si, bien sûr, vous décidiez de vous battre en duel. Dans ce cas, je serais volontiers votre témoin, pour vous voir vous expédier mutuellement au ciel !

— Comme cela, Mikaela hériterait de la fortune, et tu pourrais l'épouser.

— Pourquoi pas ? reconnut Vance. D'ailleurs, j'aurais *dû* l'épouser. Moi, je l'aurais traitée avec tout le respect qu'elle mérite. Tu as tellement l'esprit occupé par tes chamailleries avec ton grand-père, que tu n'as même pas dû t'apercevoir combien elle est charmante, et quelle chance tu as.

— Eh bien ! À t'entendre, on jurerait qu'elle t'a fait perdre la tête ! rétorqua Georges, étonné lui-même par la note de jalousie perceptible dans sa voix.

— Je ne vois pas en quoi ça pourrait t'embêter. Je suppose que tu n'es pas décidé à rompre avec ton existence habituelle, pas vrai ? Franchement, Georges, tu ne mérites pas une femme comme Mikaela. Elle est trop bien pour toi.

— Je ne la mérite peut-être pas, mais en attendant elle est à moi, répliqua Georges, piqué dans son orgueil.

Et là-dessus, il fonça droit sur les entrepôts, maudissant d'autant plus la franchise de son ami que celui-ci avait raison. Il avait traité Mikaela sans le moindre égard, l'obligeant à l'épouser et à coucher avec lui. Le souvenir de l'avoir attachée au lit l'emplissait de remords. La jeune femme ne le lui pardonnerait sans doute jamais, même s'il s'était montré ensuite très tendre avec elle.

Du reste, leur réveil avait été pénible. Elle avait refusé de le regarder, comme de lui parler. Et elle ne l'avait laissé l'approcher que pour lui donner un baiser d'adieu, devant la porte d'Adrian.

Cependant, ces quelques heures d'intimité demeureraient comme un moment hors du temps, presque magique. Ils s'étaient mutuellement ouverts à une passion qu'ils ne pouvaient nier...

Mieux valait que cela en reste là. Dans deux semaines, il se rendrait à la plantation pour jouer au parfait mari, le temps d'une réception, puis il repartirait et il s'écoulerait au moins cinq autres années – sinon dix ! – avant qu'il ne remette les pieds là-bas.

Mikaela s'était attelée à la rénovation de la plantation avec un enthousiasme inlassable. Et, comme pour la maison de Charles Town, elle fit merveille auprès de la domesticité. Sa gentillesse pour le moindre serviteur et son désir de rendre leur travail moins pénible, mais aussi plus efficace, lui attirèrent la même dévotion qu'elle avait suscitée en ville.

En quelques jours, la maison, pourtant très grande, avait été dépoussiérée, lavée et rangée des caves au grenier. Après quoi, elle annonça son intention de badigeonner de blanc la façade, et tous les domestiques se proposèrent pour l'aider. C'était un travail long et fastidieux, mais la jeune femme eut l'idée d'organiser des batailles de pinceaux, qui transformèrent la corvée en joyeuse récréation.

Incrédule, Adrian observait les opérations depuis la grande terrasse couverte par l'avancée du toit, qui courait le long du premier étage. Cela faisait longtemps que la plantation n'avait plus résonné d'éclats de rire, et le vieil homme s'émerveillait de voir avec quelle facilité Mikaela avait gagné l'affection et le respect des domestiques.

Depuis son arrivée, la plantation renaissait. Et maintenant, cette façade toute blanche lui redonnait l'air de dignité et d'opulence qu'elle avait lors de sa construction. Même le parc avait changé. La pelouse était tondue ras, et les jardiniers défrichaient la terre avant de planter de nouveaux massifs de fleurs, suivant les instructions de Mikaela.

C'était à croire que les domestiques cherchaient davantage à plaire à la jeune femme qu'à lui-même. Mais Adrian ne s'en offusquait nullement. Il était trop content de voir son domaine reprendre vie. Et elle avait grandement gagné son titre de maîtresse de maison.

Ils étaient retournés une fois à Charles Town, pour un court séjour. Adrian en avait profité pour l'emmener à plusieurs réceptions. Comme prévu, la présence de Mikaela avait fait sensation parmi la population masculine. Et après qu'Adrian eut fait discrètement savoir qu'elle apprécierait un peu de compagnie pendant que son mari était en mer, les prétendants s'étaient presque battus afin de retenir son attention. Mikaela ne les avait pas repoussés, et avait même toléré leur empressement avec une certaine grâce.

Mais, le plus étonnant, c'étaient ces bouquets de fleurs envoyés par Georges. Adrian se réjouissait de constater que son petit-fils, malgré son entêtement, n'oubliait pas complètement son épouse. Sa conscience devait le travailler un peu – comme l'avait espéré le vieil homme, du reste. L'envoi de ces fleurs signifiait sans doute qu'il désirait que sa femme ne l'oublie pas non plus...

— Adrian ?

Il fut tiré de ses pensées par la voix de la jeune femme. Un pinceau à la main, elle s'était plantée au milieu de la pelouse, face à lui.

— Oui, ma chère ?

— Me donnez-vous la permission de repeindre le cottage du contremaître ? Barnaby ne veut pas que j'y touche, de peur que je ne mette du blanc sur ses précieuses fenêtres, mais à présent que toute la maison resplendit, le cottage fait triste figure, en comparaison.

Il dirigea son regard vers le cottage en question, et songea qu'elle avait raison. La petite maison de Barnaby Harpster n'était plus dans le ton.

Barnaby était la seule personne à mal accepter la présence de Mikaela et, surtout, son autorité. Leurs fortes personnalités étaient entrées en conflit dès le premier jour, et il refusait de concéder quoi que ce fût à la jeune femme. Sans doute devait-il estimer qu'elle constituait une menace pour son emploi de contremaître. Mikaela avait accompli plus de transformations en dix jours, que Barnaby en autant d'années, et la fierté de ce dernier était mise à mal. Mais les faits étaient les faits. Le cottage avait besoin d'un coup de peinture. Après tout, il appartenait à Adrian, et c'était à lui de décider des travaux à mener.

— Vous avez raison, acquiesça-t-il. Dites à Barnaby que c'est moi-même qui vous ai demandé de repeindre sa maison. Mais ayez la courtoisie de ménager ses vitres. Je ne voudrais pas que vos rapports s'enveniment.

Mikaela le remercia d'un sourire, puis s'empressa de diriger sa brigade de peintres vers le cottage. Adrian ne se rappelait pas avoir connu quelqu'un possédant une telle énergie – sauf peut-être Georges, quand il était plus jeune…

Avant la mort de ses parents et la perte de Cecilia, Georges était un garçon gentil et enthousiaste. Mais le chagrin et l'amertume l'avaient assombri. Quel dommage qu'il ne laisse pas le caractère enjoué de Mikaela déteindre sur lui…

Adrian en était là de ses pensées, lorsqu'il vit soudain Barnaby se ruer vers son cottage pour s'en prendre aux peintres. Aussitôt, le vieil homme s'empressa de dévaler l'escalier de la terrasse afin d'apaiser les esprits. Il y avait déjà assez de sujets de friction entre Mikaela et le contremaître, sans qu'il soit besoin d'en rajouter.

Il arriva, essoufflé, pour séparer les deux opposants qui menaçaient d'en venir aux mains. La jeune femme ne se laissait pas impressionner par les manières du contremaître, qui la dépassait pourtant d'une bonne tête. Adrian décréta haut et fort que le cottage serait repeint en blanc, que cela plaise ou non à son occupant. De toute évidence, cela ne lui plaisait pas, mais Barnaby renonça à insister. Il s'éloigna, non sans avoir jeté un regard assassin à Mikaela.

Dès qu'il eut disparu, la brigade des peintres attaqua le cottage sur ses quatre faces. Adrian repartit alors vers la maison, savourer un rafraîchissement bien mérité. C'était justement l'heure de la pause pour les domestiques qui travaillaient au ménage, et le vieillard décida de se joindre à eux. En chemin, il se félicita encore une fois d'avoir trouvé cette jeune femme, qui mettait un peu de piment dans son existence...

9

Georges, médusé, stoppa sa monture devant la plantation familiale. Elle semblait nouvelle ! Adrian avait dû embaucher une armée d'ouvriers pour restituer la demeure dans son état originel. Sans doute son grand-père souhaitait-il impressionner les invités...

Il avança jusqu'au perron et mit pied à terre. Personne ne s'étant montré pour l'accueillir, il poussa la porte. Le hall était désert, mais des rires provenaient de la cuisine. Georges y dirigea ses pas.

Il eut une autre surprise en découvrant son grand-père assis au milieu des domestiques, leur racontant ses débuts de planteur, tout en savourant avec eux de l'orangeade et des gâteaux secs.

Son arrivée inopinée interrompit brutalement le cours des réjouissances.

— Georges ? s'exclama Adrian en se relevant. Mais... je ne t'attendais que dans deux jours !

Avant que le jeune homme ait pu ouvrir la bouche, le majordome lui tendit un gâteau et un verre d'orangeade.

— Cela fait plaisir de vous voir de retour, monsieur, dit-il avec un sourire. Permettez-moi, au nom de tous les domestiques, de vous congratuler pour votre mariage et de vous féliciter pour votre ravissante épouse. Nous l'adorons tous.

Georges, ne sachant quoi répondre, suivit son grand-père qui repartait vers le hall, son gâteau et son verre d'orangeade à la main.

— À quoi rime tout cela ? demanda-t-il.

Adrian regarda le gâteau et le verre que tenait son petit-fils et sourit, amusé.

— Les domestiques ont pensé que tu avais besoin d'un rafraîchissement après ton voyage.

— Je ne parlais pas de ça, et tu le sais très bien, grommela Georges, avant de mordre dans le gâteau. Depuis quand bois-tu avec les domestiques, au milieu de la matinée ?

— La maison a beaucoup changé depuis l'arrivée de Mikaela. Elle a pris la direction des opérations avec une énergie qui s'est communiquée à tout le monde. Tu as d'ailleurs toi-même dû constater que les premiers changements sont très visibles. Je suis ravi de voir les façades repeintes. Et ces petites pauses qu'elle a instaurées, en milieu de matinée et d'après-midi, sont à la fois agréables et très utiles pour redonner le moral aux troupes.

Adrian était sorti sur le perron et respirait l'air frais à pleins poumons.

— Tu devrais lui demander conseil pour tes équipages. Je suis sûr qu'elle t'aiderait à améliorer leur efficacité dans la bonne humeur.

— Je n'ai jamais entendu mes hommes se plaindre, rétorqua Georges, offensé.

— Évidemment. Les ouvriers et les domestiques grommellent dans leur coin, mais rarement devant leurs employeurs. Si tu veux connaître leurs véritables sentiments, demande-leur franchement, comme l'a fait Mikaela en venant ici. Tu seras peut-être surpris du résultat…

Georges était stupéfié – et un peu vexé. Depuis son arrivée, son grand-père ne lui parlait que de Mikaela, alors que c'était la première fois depuis cinq ans qu'il revenait à la plantation ! Adrian aurait dû manifester sa joie... De toute évidence, son grand-père s'était entiché de la jeune femme.

— J'ignorais que mon épouse avait des dons miraculeux, se moqua-t-il.

Adrian fronça les sourcils.

— Tu ne devrais pas prendre ce ton sarcastique pour parler d'elle, Georges. Mikaela est vraiment quelqu'un de merveilleux. Il serait temps que tu le reconnaisses, comme tout le monde. Elle est en ce moment occupée à repeindre le cottage de Barnaby. Va donc lui dire bonjour.

Le jeune homme termina son gâteau, avant de descendre le perron.

— Très bien, j'y vais.

À peine eut-il fait quelques pas que son grand-père lui cria :

— Au fait, les fleurs que tu lui as envoyées étaient magnifiques ! Mais j'avoue avoir été surpris par ce geste... Je croyais que tu avais décidé de n'accorder aucun intérêt à ton épouse ?

Georges préféra ignorer les sarcasmes de son grand-père. En fait, lui-même ne savait pas très bien pourquoi il avait fait expédier des fleurs à Mikaela. Peut-être pour préparer le terrain, en vue de leurs retrouvailles ? Ou alors, pour ne pas qu'elle l'oublie ?

De son côté, il n'avait pas réussi à se la sortir de l'esprit...

Depuis l'altercation entre leur maîtresse et le contremaître, la brigade des peintres n'avait cessé de dénigrer ce dernier. Mikaela voulait mettre un terme à ces ragots, afin de ne pas créer d'antagonisme entre les domestiques et Barnaby. Ce conflit ne concernait qu'elle-même et le contremaître, et la jeune femme ne souhaitait pas qu'il gâche le climat de bonne entente qui régnait sur la plantation.

Aussi, quand un jeune valet d'écurie revint une fois de plus sur les propos de Barnaby, en les qualifiant de grossiers, décida-t-elle que le moment était venu d'une petite récréation.

— Grossiers, dis-tu, Chaney ? fit-elle en s'approchant du valet, son pinceau à la main.

Et, d'un geste vif, elle lui badigeonna le nez de blanc avant d'ajouter :

— Et ça, c'est quoi ?

Une bataille rangée éclata sur-le-champ, et Barnaby Harpster fut oublié.

Mikaela, avide de prendre sa revanche sur les deux domestiques qui venaient de lui peinturlurer le haut de sa robe, se jeta sur eux avec une telle rage qu'elle fit basculer l'échelle posée à l'angle d'un des murs, et en haut de laquelle était accroché un pot de peinture. Le pot allait s'écraser à terre : tout le monde se mit prestement à l'abri.

Or une innocente victime tournait au coin du cottage au même moment, sans se douter de la douche qui l'attendait...

Georges fut accueilli par une pluie de peinture blanche. La surprise lui fit faire un bond en arrière. Instinctivement, il voulut essuyer la peinture qui lui dégoulinait sur le visage, mais s'aperçut que ses mains étaient couvertes de peinture, ainsi que ses bras et ses habits. Hébété, il tenta alors de s'appuyer à la maison, et appliqua sa paume toute blanche sur l'une des vitres du cottage !

Mikaela essaya de ne pas rire de ce spectacle, mais Georges avait l'air si ridicule qu'elle ne put s'en empêcher. Elle fut la seule à rire, cependant. Les domestiques étaient comme pétrifiés, craignant la colère du jeune homme. Mikaela s'approcha de lui, un chiffon à la main. Mais, au lieu d'essuyer le visage de Georges, elle nettoya la vitre du cottage, ne voulant pas donner à Barnaby une raison supplémentaire de la détester. Quant à Georges, elle jugea qu'il méritait bien sa mésaventure, après s'être servi d'elle comme d'un pion, et l'avoir ensuite abandonnée derrière lui.

Une fois qu'elle eut nettoyé la vitre, la jeune femme tendit le chiffon à son mari :

— Il reste un petit coin sec, là, dit-elle en retenant un nouvel éclat de rire. Tu aurais dû t'habiller autrement, si tu avais l'intention de nous aider...

Avec toute la dignité que lui laissait la situation – c'est-à-dire assez peu –, Georges s'essuya le front, les yeux, le nez et la bouche. Puis il fusilla du regard son épouse, qui ne semblait pas se repentir le moins du monde, et avisa finalement les domestiques :

— Qui a lancé ce pot ? gronda-t-il d'une voix glaciale.

— Moi, répondit Mikaela sans hésiter. Mais je ne l'ai pas lancé, je l'ai fait accidentellement tomber de l'échelle. Tu t'es simplement trouvé au mauvais endroit, au mauvais moment.

Et, comme si elle jugeait que son explication suffisait, elle lui offrit son pinceau :

— Veux-tu participer à nos travaux de rénovation ?

Georges écarta le pinceau, pour saisir la jeune femme par le poignet.

— Non. En revanche, j'aimerais m'entretenir avec toi... en privé.

Il l'entraînait déjà vers la rivière. La jeune femme se retourna pour rassurer les domestiques du regard, mais Chaney se précipita afin de barrer la route à Georges.

— Vous n'allez pas la punir ? demanda-t-il, visiblement inquiet. Si vous voulez vous en prendre à quelqu'un, c'est à moi qu'il faut vous adresser. Tout est de ma faute. Mikaela n'a rien à se reprocher.

Georges haussa un sourcil, incrédule.

— *Mikaela* ? répéta-t-il. Pour vous, Chaney, elle est lady Saffire.

— Écoute, Georges… commença la jeune femme.

D'un geste de la main, il lui fit signe de se taire, avant de reporter son attention sur Chaney :

— Puisque vous vous êtes intronisé chevalier servant de lady Saffire, rassurez-vous, je n'avais pas l'intention de lui faire du mal. Maintenant, Chaney, occupez-vous de continuer à peindre le cottage. Je n'ai pas vu ma femme depuis bientôt deux semaines, et j'imagine que vous comprendrez mon désir de me retrouver avec elle en tête à tête !

Georges se dit que ce valet, beau garçon et bien bâti, comprenait tout à fait son désir, à en juger par les regards éloquents qu'il jetait à la jeune femme. Chaney était un domestique irréprochable, mais c'était aussi un homme…

Bon sang ! Il n'avait pas quitté son épouse depuis quinze jours, et il la retrouvait déjà avec des hommes à ses pieds ! Combien d'autres domestiques de la maisonnée étaient-ils prêts à mourir pour elle ?

— Quand nous en aurons fini tous les deux, je m'excuserai auprès de Chaney pour ton attitude, le prévint Mikaela dès qu'ils se furent éloignés vers la rivière. Nous profitions simplement d'une petite récréation dans notre travail. Je ne vois pas de mal à ça.

— Chaney est un domestique. Du moins il l'était, la dernière fois que je suis venu. Sa position ne l'autorise pas à t'appeler par ton prénom.

— Chaney est au moins aussi gentleman que toi, objecta la jeune femme. Et il sait s'amuser, lui.

— Ce n'est pas le problème. Permets-moi de te rappeler que Chaney est un homme, au cas où tu ne l'aurais pas remarqué. Si tu lui témoignes trop de familiarité, tu pourrais échauffer ses ardeurs viriles. Est-ce ce que tu souhaites ?

Mikaela était déroutée par la réaction de son mari. Elle n'avait jamais regardé Chaney que comme un grand frère, et ne comprenait pas que Georges pût voir de la lubricité dans ce qui n'était qu'une camaraderie. De toute façon, ce qu'elle faisait – et avec qui – ne le regardait nullement. N'avaient-ils pas conclu un marché en ce sens ?

Elle aurait mis sa main au feu que son cher époux ne s'était pas ennuyé, dans les ports des Caraïbes. Elle était bien placée pour savoir qu'il invitait des femmes dans sa cabine, et d'ailleurs sa réputation de coureur était notoire. Lors de son bref retour à Charles Town, plusieurs des soupirants qui l'avaient approchée ne s'étaient pas gênés pour lui narrer les frasques de son mari. Mikaela avait écouté sans broncher ces révélations embarrassantes, mais elle avait l'intention de les faire payer à leur auteur.

Ils étaient arrivés au bord de la rivière, et l'occasion se présentait de donner une leçon à ce gredin. Rassemblant ses forces, elle envoya un solide coup de pied dans le postérieur de son époux. Ce dernier s'y attendait si peu qu'il laissa échapper un cri… avant de tomber la tête la première dans l'eau.

Mikaela esquissa un sourire satisfait. Que cela lui serve de leçon ! Elle-même, en tout cas, se sentait soulagée d'avoir pu passer sa frustration sur ce mari qui l'obsédait un peu trop à son gré. Elle aurait préféré ne pas penser à lui, ces derniers jours, mais elle n'avait pu s'en empêcher. Du reste, il se rappelait à sa mémoire chaque fois qu'un bouquet arrivait à la maison. Elle se demandait bien pourquoi il avait pris cette peine, alors que d'un autre côté il affichait si peu de respect pour elle…

Georges ne parvenait pas à croire que cette sorcière ait eu l'audace de le pousser dans l'eau ! Mais, une fois remonté sur la berge, il se rendit compte qu'il n'aurait pas dû s'étonner de son geste. Mikaela était toujours ce feu follet qui l'avait nargué dans son bateau. Elle ne serait jamais une femme docile, soumise. D'autant qu'Adrian semblait encourager sa nature indépendante.

Il compta jusqu'à dix – et même jusqu'à vingt – pour laisser passer sa rage, avant d'approcher de la jeune femme, qui ne paraissait pas éprouver le moindre remords. Au contraire, il aurait juré qu'elle continuait à le défier du regard !

— Tu te sens mieux, maintenant ? grommela-t-il.

— Oui, beaucoup, merci, répondit-elle, amusée. Et merci aussi pour les fleurs.

— Ce n'était rien.

— Je m'en doute. J'hésitais d'ailleurs à t'ennuyer en te remerciant pour ça...

Georges fit un pas de plus vers elle.

— Embrasse-moi pour me souhaiter la bienvenue, Mikaela. Tu m'as manqué.

Lui manquer ? Quel hypocrite ! Et de toute façon, elle ne voulait plus des baisers de cet homme. Ses étreintes l'avaient laissée trop vulnérable. Georges pouvait avoir autant de maîtresses qu'il voulait dans chaque port où il débarquait. Il n'avait pas besoin d'elle.

Mikaela se reprochait d'avoir cédé au romantisme, lors de sa nuit de noces, mais elle ne commettrait pas deux fois la même erreur. Elle savait qu'elle n'avait pas la moindre chance de compter à ses yeux. Il fallait au moins un ciseau de sculpteur, pour espérer pouvoir graver ses initiales dans ce bloc de granit qu'il appelait son cœur ! Du reste, elle ne cherchait nullement à gagner son amour. Parce qu'elle n'y attachait aucune importance.

Si Georges l'obsédait – ce dont elle était obligée de convenir –, c'était uniquement parce qu'il avait été sa première expérience. Mais, depuis, Mikaela avait goûté à d'autres compagnies masculines. Les hommes ne l'effrayaient plus. Georges Saffire lui avait volé son innocence, mais il lui avait également appris qu'elle n'avait rien à redouter de la passion charnelle.

— Excuse-moi, lui dit-elle, mais je vais devoir te quitter. J'ai du travail. Si tu veux absolument un baiser, je te suggère d'embrasser une des grenouilles qui peuplent les berges. Avec un peu de chance, elle se métamorphosera en princesse...

Sur ces mots, elle s'éloigna.

Il en resta bouche bée. Le diable emporte cette créature ! Elle traitait les domestiques comme des égaux, mais prenait son mari de haut !

D'un autre côté, Georges était conscient de l'avoir un peu cherché. Il lui avait réclamé un baiser comme s'il lui avait donné un ordre, alors qu'il savait qu'une telle attitude ne pouvait que la braquer. Surtout après lui avoir fait une scène au sujet de Chaney...

Il décida qu'il était temps de cesser ces affrontements puérils avec la jeune femme. Il profiterait du déjeuner pour mieux se comporter avec elle. Rasséréné par cette perspective, il regagna la maison. Sa première mission serait de monter se changer sans attirer l'attention...

Adrian traversait malheureusement le hall, juste au moment où Georges entra. Le vieil homme considéra son petit-fils avec un amusement visible.

— Je constate que les retrouvailles avec ton épouse se sont merveilleusement déroulées... ironisa-t-il.

Pour toute réponse, Georges grommela un vague juron et partit tout droit vers l'escalier. Mais Adrian n'en avait pas terminé :

— La prochaine fois, pense à enlever tes vêtements avant de te vautrer dans la peinture...

Georges avait déjà monté quelques marches. Il se retourna brusquement.

— Ça suffit, maintenant ! Demande aux domestiques de me faire couler un bain. À supposer, bien sûr, qu'il leur reste du temps pour travailler, entre leur récréation du matin et leur goûter de l'après-midi !

Cette mauvaise humeur ravit Adrian, qui s'empressa cependant de commander un bain. Son petit-fils avait épousé Mikaela en coup de vent, sans se donner la peine de lui faire la cour dans les règles de l'art, mais la jeune femme lui ferait payer son ressentiment. Et Georges était trop fier pour supporter de devenir la risée de toute la plantation. Aussi Adrian était-il persuadé que, bientôt, il se verrait obligé de s'occuper réellement de son épouse, pour sauver la face. Et, du même coup, ce que Georges refusait absolument risquerait fort d'arriver : il tomberait amoureux de sa femme, et réciproquement.

Adrian serait alors comblé. Le chagrin, l'amertume et les remords du passé seraient oubliés, et ils pourraient commencer tous trois une nouvelle vie.

Quand Georges descendit dans la salle à manger, il trouva le couvert dressé, mais son grand-père était assis seul à table.

Dès que son petit-fils entra, le vieil homme agita la sonnette placée à son côté. Cette sonnette, expliqua-t-il, était une idée de Mikaela, afin que les domestiques puissent commencer le service dès que tous les convives étaient réunis. Et, effectivement, les premiers plats arrivèrent dans la minute.

— N'attendons-nous pas que Sa Majesté la reine de l'organisation nous ait rejoints ? se moqua Georges.

Adrian secoua la tête.

— Mikaela pique-nique sous les magnolias avec les domestiques. Elle ne voit pas de raison de se laver et de se changer pour déjeuner, alors qu'elle doit reprendre la peinture cet après-midi.

Avec un sourire amusé, le vieil homme ajouta :

— Bien entendu, elle s'excuse auprès de toi de ne pas être à notre table.

— Ben voyons ! grommela Georges.

Il expédia son déjeuner en moins d'un quart d'heure, et sortit dans le parc. Comme annoncé, Mikaela pique-niquait sous les magnolias, assise en tailleur dans l'herbe, son assiette posée sur ses genoux, mangeant et conversant avec les domestiques. Comme si partager le repas de son mari lui paraissait moins important que de bavasser avec des serviteurs !

Cela le faisait d'autant plus enrager que cette misérable sorcière n'avait cessé de l'obséder, tout le temps qu'il avait passé en mer. Mais, bien sûr, il préférerait encore se couper la langue plutôt que de l'admettre devant elle – ou devant Adrian.

Tout à coup, la jeune femme reposa son assiette, se leva, et disparut derrière un baraquement.

Intrigué, Georges contourna un bosquet pour découvrir ce qu'elle faisait…

Mikaela alla droit vers l'homme qu'elle avait vu l'épier dans l'ombre. C'était triste à dire, mais l'apparence physique de Barnaby Harpster était aussi repoussante que son caractère. Il avait des petits yeux enfoncés dans le crâne, un front fuyant qui rendait son nez encore plus proéminent, et des mâchoires de dogue qui donnaient perpétuellement l'impression qu'il s'apprêtait à mordre.

Malgré son dégoût, Mikaela souhaitait apaiser le conflit qui les opposait.

— Barnaby, je ne voudrais pas qu'il y ait d'incompréhension entre nous, commença-t-elle. Vous avez tort de croire que je veux m'attaquer à votre autorité. Mon seul désir est que cette plantation soit restaurée dans sa grandeur initiale.

— Je n'en crois pas un mot, répliqua-t-il. Vous essayez de me dénigrer devant Adrian et les domestiques. Je n'ai jamais entendu dire qu'une femme pouvait diriger une plantation. Ce... ce n'est pas naturel !

Ce même genre de conversation avait souvent, par le passé, engendré des disputes entre Mikaela et Arnaud. Cette fois, elle s'efforça de ne pas perdre son calme.

— Je ne vois pas pourquoi les femmes ne pourraient pas s'intéresser à la vie d'une plantation, Barnaby.

Le contremaître la dévisagea avec un regard méprisant.

— Les femmes ont été créées pour donner du plaisir aux hommes et pour leur obéir. Manifestement, votre mari n'a pas été capable de vous dresser. Ce qu'il vous manque, c'est de connaître un vrai homme, qui saurait vous remettre à votre place, c'est-à-dire couchée sur le dos, les cuisses écartées.

Ces propos eurent raison du sang-froid de Mikaela. L'attitude de Barnaby prouvait qu'il était impossible de s'entendre avec lui. Pire, il semblait littéralement la déshabiller du regard.

Avant qu'elle ait pu lui dire sa façon de penser, le contremaître l'attrapa par le bras pour l'attirer à lui. Devinant qu'il voulait l'embrasser, elle lui administra un violent coup de genou dans la partie la plus intime de son anatomie. Il poussa un cri de fureur et de douleur mêlées, mais quand il voulut la gifler pour la punir, la voix de Georges résonna soudain :

— Si vous portez la main sur ma femme, je vous tue !

C'était bien la première fois que Mikaela était ravie de voir arriver Georges. Sa présence intimidante lui épargna d'être frappée par le contremaître – sans parler de ce qui aurait suivi... Georges se sentait donc une responsabilité envers elle, songea-t-elle, étonnée.

Cela dit, lorsqu'il en aurait fini avec Barnaby, sans doute comptait-il s'accorder avec elle les privautés que le contremaître avait espéré prendre.

Barnaby lâcha sa proie à contrecœur, non sans lui jeter un dernier regard hostile, avant de s'éloigner.

— Merci, murmura-t-elle en remettant sa robe d'aplomb.

— De rien.

Georges s'approcha, prenant garde de respecter la distance qu'elle semblait souhaiter instaurer entre eux.

— Je sais que tu te crois indestructible, mais essaie quand même d'être plus prudente. Je ne serai pas forcément dans les parages, lors de votre prochaine altercation. N'oublie pas que Barnaby considère que tu empiètes sur ses plates-bandes.

— Tu devrais le remplacer. Il est cruel avec les esclaves employés dans les champs.

Il leva les yeux au ciel. Son épouse allait tout droit vers un autre affrontement avec le contremaître. Et, cette fois, il ne serait pas là pour s'interposer.

— J'aurai une conversation avec Barnaby à propos de son comportement envers les esclaves. En échange, je veux ta promesse d'éviter tout contact avec lui.

— D'accord. Mais sache que j'ai l'intention de faire la classe aux esclaves. Je veux qu'ils apprennent à lire et à écrire. Et qu'ils profitent des mêmes pauses, avec rafraîchissements à la clé, que les domestiques. D'autre part…

— Holà ! holà ! l'interrompit Georges. On se calme ! Rome ne s'est pas faite en un jour.

— Nous ne sommes pas à Rome, objecta la jeune femme. Et les changements nécessaires n'interviendront jamais, si je ne les décrète pas rapidement.

— Une fois que tu auras gagné ta croisade ici, quel sera ton prochain objectif, madame Attila ? Conquérir le monde ?

Elle le gratifia d'un sourire taquin.

— Non. Ma prochaine attaque sera pour toi.

Voilà, c'était dit... Il n'y avait plus, maintenant, qu'à le laisser ruminer cette idée, et voir comment il réagirait. Sans doute chercherait-il à l'éviter, tant qu'il séjournerait à la plantation. C'était plus ou moins ce qu'espérait Mikaela...

Or Georges lui offrit aussi un sourire taquin.

— Il n'y a nulle raison de se battre, alors que tu peux me terrasser d'un simple baiser. Mais tu es trop lâche pour tenter l'expérience.

Instinctivement, elle releva le menton.

— On peut me reprocher beaucoup de choses, mais certainement pas d'être lâche. Ni naïve. Tu t'es servi une fois de tes charmes sur moi, mais je ne me laisserai plus faire.

— Ainsi, j'ai du charme ?

— Oui... enfin, non !

Mikaela, comprenant qu'il allait l'attirer à lui, voulut s'esquiver, mais il fut plus rapide. Cependant, il la prit si tendrement entre ses bras, que vouloir lui échapper aurait effectivement été signe de lâcheté. En d'autres termes, il l'avait prise au piège.

— Si tu es si courageuse, reprit-il, pourquoi ne m'embrasses-tu pas ? Me serais-je montré aussi brutal que Barnaby ?

La jeune femme déglutit péniblement. Elle avait du mal à ne pas réagir à la virilité puissante de cet homme.

— Non...

— Ne t'ai-je pas montré, lors de notre nuit de noces, qu'en fait de tortures, celles que je pouvais t'infliger étaient tout à fait exquises ?

Elle avait l'impression de manquer d'air.

— Si...

— Refuses-tu d'échanger ces deux semaines d'entière liberté contre un simple baiser ? murmura-t-il d'une voix rauque. N'es-tu pas aussi curieuse que moi de savoir si nous réagirons l'un à l'autre comme la première fois ? Pour ma part, j'aimerais savoir si tu es capable de ranimer en moi ce brasier que je ne suis pas près d'oublier...

Le cœur battant la chamade, Mikaela attendit, s'imaginant qu'il allait l'embrasser. Mais non. Il avait manifestement davantage de patience qu'elle... Oh, et puis zut ! Quel mal y aurait-il à lui donner un seul petit baiser ? Cela resterait sans conséquence. D'autant qu'ils se trouvaient dehors, en plein jour, et que les domestiques s'activaient non loin. Et puis, c'était vrai, elle se demandait si ce gredin saurait raviver son désir... De toute façon, elle n'était plus innocente : elle s'estimait donc immunisée contre les charmes de Georges. Elle lui donnerait ce baiser et s'éloignerait aussitôt après, certaine d'avoir remporté une victoire.

Elle noua les bras au cou de son mari et approcha ses lèvres des siennes. Son intention était de se montrer aussi détachée que lui, mais elle ne tarda pas à sentir que c'était intenable. À l'instant où leurs lèvres se frôlèrent, elle se retrouva transportée durant cette nuit où elle avait bu pour la première fois à la coupe de la passion. Et quand Georges glissa les mains en bas de ses reins pour la serrer fort contre lui, Mikaela sentit la brûlure du désir lui incendier l'échine.

Nom d'une pipe ! Cet homme produisait toujours autant d'effet sur elle – peut-être même encore plus ! Elle était incapable, tout à coup, de se concentrer sur autre chose que sur ce baiser passionné, tandis que son corps réclamait davantage que ce simple contact !

Lorsqu'il la relâcha enfin, Mikaela crut qu'elle allait flageoler sur ses jambes. Le pire, c'est que ce gredin était parfaitement conscient du trouble qu'il lui causait !

— Pardonne-moi, chérie, dit-il, amusé de la voir rougir. Je ne réclamais qu'un simple baiser. Nous terminerons ce soir ce que nous avons commencé. Quand nous serons seuls... dans notre lit.

— Non, répliqua la jeune femme, d'une voix qu'elle aurait aimée plus assurée. J'ai rempli ma part du contrat, ça suffit comme ça.

Voyant Georges s'éloigner, elle eut au moins la satisfaction de remarquer la bosse qui déformait son pantalon. Il avait eu beau jouer les indifférents, il était fou de désir. Mais cela n'avait pas grande importance. Il était hors de question qu'il s'imagine pouvoir la mettre dans son lit, après avoir passé quinze jours à courir la gueuse dans tous les ports des Caraïbes ! Mikaela n'était peut-être pas autant immunisée contre lui qu'elle l'aurait cru, mais elle gardait assez de raison pour ne pas lui céder à la première injonction. D'ici à ce soir, elle se tuerait au travail, afin que son corps soit trop épuisé pour la trahir au cas où son époux s'aventurerait à la toucher.

Ravie de cette idée, la jeune femme rejoignit la brigade de peintres et reprit son pinceau de plus belle. Avec un peu de chance, elle s'endormirait dès qu'elle poserait la tête sur l'oreiller, et Georges ne tirerait rien d'autre de sa part que quelques ronflements.

De toute façon, il n'avait pas vraiment envie d'elle. Mikaela portait son nom, mais elle ne gagnerait jamais son cœur. Il continuerait de vivre avec le souvenir d'une autre femme.

Mieux valait donc ne pas s'attacher à lui. Car il avait le pouvoir de la faire souffrir... Si elle commençait à l'aimer, ce serait la fin de tout !

10

— Cette femme est extraordinaire d'énergie, commenta Adrian qui regardait par la fenêtre, à côté de Georges.

Après la peinture, Mikaela avait lancé une opération jardinage. Elle tirait sur les mauvaises herbes comme un guerrier engagé dans un combat, et les domestiques qui l'accompagnaient avaient bien du mal à suivre son rythme.

— Je t'assure, Georges, reprit le vieil homme, il n'y a pas de travail qui ne soit à sa mesure. Elle veut se mêler de tout, comme si on l'avait privée de la moindre initiative pendant des années. Parfois, je regrette d'avoir promis de ne pas fouiller dans son passé. J'aimerais bien savoir ce qu'était son existence, avant qu'elle arrive ici...

Georges se tourna vers son grand-père, l'air soudain solennel.

— Comme je ne pourrai pas être tout le temps là pour la surveiller, j'aimerais que tu t'en charges à ma place. Elle a *un peu trop* d'énergie, à mon goût. Si on la laisse faire, elle finira par s'épuiser complètement.

Adrian feignit d'être offensé.

— Tu voudrais que je me mêle de la vie de Mikaela ? Toi ? Toi qui t'es permis de me bouder durant cinq ans, parce que tu me reprochais de m'être mêlé de ton existence en pensant que c'était pour ton bien ?

Le jeune homme serra les dents. La satisfaction de son grand-père le mettait en rage. Mais, après tout, Adrian avait raison.

— Je suis désolé, mon garçon, mais je me suis assez occupé des autres comme cela. Je ne tiens pas à rééditer les erreurs du passé. Mikaela est ta femme. Tu en es l'unique responsable. Pour ma part, je me contente d'apprécier sa présence dans cette maison.

— Bon sang, je ne serai pas toujours là pour la surveiller ! grommela Georges. Elle s'est déjà disputée plusieurs fois avec Barnaby, mais ça ne l'empêche pas de continuer à le provoquer.

Adrian abandonna la fenêtre, pour aller récupérer son verre de whisky posé sur son bureau.

— Si tu t'inquiètes pour elle, dans ce cas arrange-toi pour être plus souvent ici, ou emmène-la quand tu seras en mer. Je suis trop vieux pour suivre Mikaela à son rythme. Mon cœur n'y résisterait pas. Tu ne veux quand même pas me voir mourir à cause d'elle ?

Georges était médusé de constater qu'il pouvait discuter avec Adrian sans qu'ils aient envie de se sauter mutuellement à la gorge. La présence de Mikaela les avait conduits à une coexistence pacifique qu'ils n'avaient pas connue depuis des années. La jeune femme était le lien qui les réunissait à nouveau. Et, malgré le passé, il n'était en effet pas pressé de voir mourir son grand-père. Parce que, tout simplement, il tenait à lui.

— Ce que je veux, répondit-il, c'est que Mikaela vive moins dangereusement, mais surtout pas au détriment de ta santé. C'est vrai qu'elle va trop vite. Il faudrait réussir à la calmer…

— D'un autre côté, tu ne peux pas lui reprocher de faire plus de choses en une semaine que la plupart des gens en un mois ! Toi-même, tu t'es toujours comporté ainsi dans tes affaires. Mikaela regorge d'enthousiasme, c'est tout.

Georges regarda de nouveau par la fenêtre. Son épouse s'acharnait toujours sur les mauvaises herbes, tirant dessus à deux mains. Il suspectait cette frénésie jardinière d'avoir un rapport avec leur conversation de tout à l'heure. Ou il se trompait, ou elle cherchait à s'épuiser pour pouvoir s'excuser ce soir de ne pas satisfaire au devoir conjugal...

Non seulement la jeune femme le défiait ouvertement, mais elle refusait de reconnaître l'attirance qu'ils éprouvaient l'un pour l'autre. Après tout, ils étaient mari et femme. Ce n'était pas un crime, dans ces conditions, d'avoir des relations charnelles. Une seule nuit avec elle n'avait pas suffi à contenter Georges, malgré toutes ses promesses de la bannir de son existence dès qu'il reprendrait la mer. Elle exerçait sur lui un étrange pouvoir, dont il ignorait la cause.

Il s'écarta finalement de la fenêtre. Il était grand temps que son épouse se plie à son autorité !

Ses pas le menèrent directement au jardin. Il n'avait pas quitté son bateau, à peine l'ancre jetée, laissant à Vance le soin de veiller au déchargement de la cargaison, juste pour voir Mikaela arracher des mauvaises herbes ! Il avait envie de passer du temps avec sa femme. Et c'est ce qu'il ferait, qu'elle le veuille ou non. Dompter cette tigresse était devenu un défi, devant lequel il ne reculerait pas !

Mikaela ne s'aperçut que Georges se trouvait derrière elle que lorsqu'il toussota pour attirer son attention. La jeune femme jeta un regard par-dessus son épaule, s'attendant à ce que son mari désapprouve sa séance de jardinage. Mais, curieusement, il souriait.

Il lui offrit son bras, en même temps qu'il s'adressait à Chaney :

— Je vous confie la direction des opérations, pendant que mon épouse m'accompagnera pour une promenade à cheval.

Mikaela n'osa refuser le bras de son mari devant les domestiques, mais elle se contenta de s'y accrocher de deux doigts seulement. Toucher cet homme la troublait à chaque fois. Elle aurait préféré éviter tout contact physique.

— Je ne sais pas monter à cheval, Georges. On ne m'a jamais appris.

— Tu ne sais pas monter ? s'étonna-t-il. Ça doit être la seule chose que tu ne sais pas faire... Qu'à cela ne tienne, nous allons résoudre immédiatement le problème.

— Mais...

— Viens, chérie. Je vais t'apprendre. Je suis sûr que tu aimeras.

Mikaela en avait toujours voulu à Arnaud de ne jamais lui avoir permis de monter à cheval. Mais elle n'était pas certaine de souhaiter avoir Georges pour professeur. Et pourquoi éprouvait-il ce soudain désir d'être avec elle ? C'était suspect.

— Je ne peux pas le faire dans cette tenue, remarqua-t-elle. Je suis trop sale. Mon cheval va s'en offusquer.

— Ton cheval se moque bien de ton apparence, répliqua Georges en riant.

Tandis qu'il sellait deux montures, elle essaya de nettoyer un peu sa robe. Puis il l'aida à grimper en selle, et la jeune femme s'empara des rênes, comme elle avait si souvent vu les cavaliers le faire. Aussitôt, la jument partit au trot dans le sentier qui sinuait entre les champs de coton, secouant Mikaela comme un prunier.

— Tiens-toi bien droite dans tes étriers, lui commanda Georges qui chevauchait juste à côté. Et ne tire pas trop sur les rênes. Tu vas obliger ta jument à lever la tête, et elle ne pourra plus garder le cap si elle a les yeux tournés vers le ciel.

Elle s'employa à suivre ces instructions à la lettre.

— Maintenant, serre les genoux sur ses flancs, pour bien tenir ta position et guider ton cheval par de légères pressions. Elle se tiendra correctement dès lors qu'elle aura compris que tu domines la situation, et que tu ne toléreras pas d'écarts de conduite.

Mikaela se tourna vers son mari.

— Parles-tu de la jument, ou de moi ?

Il esquissa un sourire entendu.

— La remarque valait pour toutes les deux.

— Qu'attends-tu de moi, Georges ?

— Simplement le plaisir de ta compagnie. En t'apprenant à monter à cheval, par exemple…

— Excuse-moi, mais j'ai du mal à croire à tes paroles.

— Nous sommes mari et femme. Si nous souhaitons offrir l'image d'un couple uni, pendant la réception d'Adrian, autant commencer tout de suite à nous familiariser l'un à l'autre.

— Je comptais sur mes dons d'actrice pour donner le change lors de cette soirée.

— Es-tu toujours aussi entêtée ?

— Oh, parfois c'est pire… Tu as de la chance d'être tombé sur l'un de mes bons jours.

Georges fit s'immobiliser leurs montures, afin de regarder la jeune femme droit dans les yeux.

— Pourquoi fais-tu tant d'efforts pour me détester ? Ce matin, tu me demandais de te respecter, et de me montrer courtois à ton égard. Maintenant que je m'y emploie, ça ne suffit pas.

Et, avec un sourire dévastateur, il ajouta :

— Et si c'était tout simplement que tu m'apprécies un peu trop à ton goût ? Je me demande si je ne te trouble pas, Mikaela…

— Tu ne me troubles absolument pas ! se récria la jeune femme avec véhémence, s'imaginant que plus sa proclamation serait tonitruante, plus elle serait facile à croire.

Il relâcha les rênes de sa monture.

— Alors, prouve-le, répliqua-t-il avant de s'élancer au galop.

Comment pouvait-elle lui prouver une chose pareille ? Déroutée, elle regarda l'étalon foncer sur le chemin. Que pouvait-il bien vouloir d'elle qu'il n'eût déjà pris ? Il lui avait volé son innocence – enfin bon, pas vraiment volé, pour être honnête… Du moins, il ne lui avait pas laissé le choix de ne pas l'épouser. Et maintenant, il convoitait son cœur. Sans doute uniquement pour le plaisir de clamer qu'il l'avait gagné à son tour ! Mais cette fois, Mikaela résisterait. Malgré tout le charme de Georges, elle ne le laisserait pas lui ravir son cœur.

Imitant son époux, la jeune femme lança sa monture au galop. Ce fut une révélation. Elle filait dans le vent, avec une impression d'immense liberté, et en même temps consciente de la masse musculeuse qui la portait.

Galoper était comme voler. Et dire qu'Arnaud lui avait refusé ce bonheur !

Elle se pencha sur l'encolure de sa jument, pour mieux faire corps avec l'animal. Elle dépassa Georges, et se trouva transportée dans un monde de sensations dont elle n'aurait jamais soupçonné l'existence. Ce magnifique vertige dura jusqu'au premier carrefour. La jument partit dans un sens… et Mikaela prit la direction opposée.

Tout à coup, la panique remplaça l'ivresse de la liberté. La jeune femme eut tout juste le temps de pousser un cri, qu'elle passait déjà à travers un buisson, pour finir sa chute au bord de la rivière.

Elle demeura un moment immobile sur la berge, n'osant bouger un membre, de peur qu'il ne soit brisé. Mais, bien qu'elle se sentît moulue de partout, elle ne s'était rien cassé.

Georges la rejoignait, paniqué.

— Mikaela, ça va ?

Elle se redressa et se tourna vers lui.

— Bien sûr que ça va. Je m'entraînais simplement à sauter de cheval.

Quand il avait vu son épouse voler dans les airs, il s'était attendu à la retrouver les membres rompus – exactement comme Cecilia…

— Bon sang de bois ! Si j'avais su que tu avais des tendances suicidaires, je ne t'aurais pas laissée monter cette jument !

Mikaela comprit sa colère. Georges n'en avait pas après elle. L'incident lui avait remémoré la tragédie… Sans le faire exprès, elle lui avait rappelé son amour perdu.

— Me méprises-tu à ce point que tu préférerais encore perdre la vie plutôt que rester mariée avec moi ? reprit-il.

Elle était totalement dégrisée, à présent. Elle n'avait pas soupçonné, avant ce moment, que Georges puisse être à ce point vulnérable. Il donnait toujours l'impression d'être parfaitement maître de lui-même, affichant les seules émotions superficielles qu'il voulait bien montrer. Quoique Mikaela n'ait jamais connu de chagrin d'amour, elle pouvait imaginer que c'était une expérience terrible. Elle s'en voulait d'avoir ravivé l'angoisse qui affleurait sous sa carapace.

Elle posa la main sur son torse, mais cette caresse ne suffit pas à le tirer de sa rêverie mélancolique. Combien de fois, depuis cinq ans, avait-il ressassé le drame, en se demandant ce qu'il aurait pu dire ou faire pour l'éviter ? Mikaela comprenait qu'il avait passionnément aimé Cecilia, et qu'elle ne pourrait jamais prendre sa place.

— Georges ? murmura-t-elle sans cesser de lui caresser le torse. Vraiment, ça va... Et je ne suis pas comme Cecilia, ne put-elle s'empêcher d'ajouter. Je n'ai nullement l'intention d'en finir avec la vie, à cause de ce mariage. Je...

Il l'attira pour la serrer très fort contre lui, l'interrompant au milieu de sa phrase. Bien qu'il détestât se montrer aussi vulnérable, la tenir dans ses bras lui était devenu soudain aussi vital que sa respiration. Il avait besoin de la sentir vivante contre lui, afin de s'assurer que le passé ne se répétait pas une deuxième fois.

À l'instant où il s'empara des lèvres de la jeune femme, le désir reprit instantanément le dessus. Un désir si intense qu'il avait l'impression de ne jamais pouvoir le satisfaire totalement. Les vêtements qui les séparaient lui étaient une barrière insupportable. Il brûlait d'envie de caresser sa peau nue, de la serrer sur son cœur.

Mikaela fut surprise de la soudaine fébrilité de Georges tandis qu'il la déshabillait, mais elle était aussi impatiente que lui. Comme s'ils éprouvaient l'irrépressible besoin de connaître à nouveau la splendeur qui les avait unis une première fois. Alors qu'il l'allongeait sur ses vêtements posés à terre, elle mit le même empressement à le débarrasser de ses propres vêtements, tant elle désirait caresser sa nudité.

Cependant, elle avait conscience qu'il s'apprêtait à faire l'amour à un souvenir... Ce n'était pas le visage de Mikaela qu'il voyait en face de lui. Il était prisonnier de son passé, et elle n'était que le substitut de la femme qu'il désirait vraiment...

Et pourtant, elle l'acceptait. Seul comptait, dans l'instant présent, le plaisir qu'il lui procurait avec ses délicieuses caresses. Elle retrouvait les sensations qui l'avaient consumée la première fois, et rendait à son mari caresse pour caresse. Sans doute se reprocherait-elle sa faiblesse, plus tard. Mais tant pis.

Les lèvres de Georges avaient sur elle un effet magique. À l'instant où elles s'approchèrent des pointes de ses tétons durcies par le désir, elle crut sombrer dans un abîme voluptueux...

Georges n'aurait trop su dire comment cela était arrivé, mais une chose était sûre : il désirait Mikaela comme aucune femme auparavant. Et ce qui était le plus extraordinaire, c'est que satisfaire ses propres besoins ne lui suffisait pas : il lui fallait sentir le plaisir de la jeune femme, pour pleinement profiter du sien.

Il glissa une main entre ses cuisses et sut qu'elle était prête à le recevoir. Cependant, il décida d'attendre. Il voulait être sûr qu'elle brûlait exactement du même désir que lui.

Quand Mikaela ne put endurer davantage le tourment de ses baisers et ses caresses, elle prit son visage entre ses mains et voulut tenter l'impossible : exorciser le fantôme qui se dressait entre eux.

— Regarde-moi, Georges, l'implora-t-elle. Que vois-tu ?... *Qui* vois-tu ?

— Je vois un ange descendu tout droit du paradis, murmura-t-il. Aime-moi, mon amour. J'ai besoin de toi...

Mikaela ne put lui refuser de la posséder. C'était comme l'union de deux âmes affamées. Quels que soient les conflits qui les opposaient par ailleurs, le désir les poussait l'un vers l'autre.

À chaque assaut de Georges en elle, la jeune femme, secouée par un spasme, enfonçait les ongles dans son dos musclé. Et puis, tout à coup, le monde bascula et ils se rejoignirent, en tremblant, dans le vertige de l'extase. Mikaela en retira un sentiment de plénitude, qui dura bien après que leur passion s'apaisa.

Quelques minutes plus tard – ou quelques heures ? elle perdait toute notion du temps –, la réalité reprit peu à peu le dessus. Par compassion pour son époux, elle avait accepté d'être l'incarnation provisoire de cet amour qu'il avait perdu. Georges n'avait fait que confirmer ses craintes, lorsqu'elle lui avait demandé qui elle était à ses yeux. « Un ange descendu tout droit du paradis… » Il ne pouvait s'agir que de Cecilia.

Mikaela se disait qu'elle ne serait jamais qu'un ersatz de cette femme qu'il avait passionnément aimée. Mais il ne l'avait pas forcée. Elle s'était offerte volontairement à lui, acceptant de briser sa promesse dans l'espoir de le consoler. Elle n'avait donc à s'en prendre qu'à elle-même…

Les larmes qui mouillaient ses yeux firent à Georges l'effet d'un coup de poignard. Dans son emportement, il avait dû faire mal à la jeune femme. Même si elle n'était plus vierge, elle n'était pas habituée à l'ardeur d'un amant dévoré par la passion. Bon sang ! Pourquoi ne s'était-il pas montré plus patient ?

— Je suis désolé, murmura-t-il. Je t'ai fait mal ?

Lui faire mal ? Oui, certainement. À un point dont il ne pouvait se douter. Mikaela craignait que son abandon n'ait pas été seulement physique, mais qu'elle n'y ait laissé aussi une partie de son cœur. Elle s'était pourtant interdit toute forme de sentiment envers cet homme. Mais c'était déjà trop tard…

Dès que Georges roula sur le côté, elle récupéra ses vêtements, s'habilla prestement et partit à la recherche de sa jument.

Il la regarda s'éloigner avec le sentiment que vouloir l'attraper, ce serait comme vouloir mettre le vent en cage. Depuis le jour où il avait rencontré Mikaela, elle n'avait cessé de lui glisser entre les doigts. Même maintenant qu'ils étaient mariés, la jeune femme demeurait un mystère pour lui.

Il se leva à son tour et se rhabilla. D'ordinaire, il était toujours le premier à partir après une étreinte charnelle, mais là, c'était lui qui restait derrière ! Il aurait aimé prolonger un peu ce moment d'intimité avec elle. Or elle lui avait échappé, une fois de plus. Comme s'il était condamné à toujours la poursuivre !

— Georges ! cria-t-elle. Je ne retrouve plus ma jument !

Il la rejoignit.

— Il faut croire que cet animal est comme sa maîtresse. Elle s'enfuit toujours avant qu'on ne puisse mettre la main dessus.

La jeune femme le considéra d'un air de défi.

— Elle doit penser qu'une fois qu'elle a rempli son office, il ne lui sert à rien de s'attarder, puisqu'on n'a plus besoin d'elle…

— Mikaela…

— Inutile de tourner autour du pot, coupa-t-elle. Je sais tout sur Cecilia. Adrian m'a raconté votre histoire. J'ai conscience de ce qu'elle représentait pour toi, et j'ai compris que chaque fois que tu regardes une autre femme, c'est elle que tu vois.

Voilà, c'était dit. Mikaela se sentait soulagée. Il était grand temps que Georges affronte la réalité, et qu'elle-même l'accepte.

Il y eut un long – très long – silence, avant qu'il murmure finalement :

— Ce n'est pas vrai.

Comme elle tournait les talons, il la retint par le bras et répéta, plus fort cette fois :

— Ce n'est pas vrai.

Il avait beau essayer de se montrer convaincant, Mikaela secoua la tête.

— Ne me raconte pas d'histoire. Quand un homme passe cinq ans à…

— Je n'ai pas envie d'avoir cette conversation avec toi, l'interrompit Georges.

— Ce qui veut dire que le sujet est trop douloureux pour que tu souhaites en parler...

— Ça ne veut rien dire de la sorte !

— Alors pourquoi refuses-tu d'en parler ?

Il serra les dents.

— Si nous ne retrouvons pas ta jument, tu monteras avec moi...

— Ne dévie pas la conversation !

Mais il était déjà remonté en selle, et il aida la jeune femme à se jucher derrière lui.

— Tu es vraiment impossible, Georges ! marmonna-t-elle dans son dos.

— Pour ce qui est d'être impossible, tu en connais long sur la question, répliqua-t-il.

Ils gardèrent le silence durant le trajet de retour. En chemin, Mikaela aperçut Barnaby dans les champs de coton, qui invectivait méchamment l'un des jeunes esclaves qu'elle avait recrutés dans sa brigade de peintres. Quand le contremaître leva la main sur le pauvre Abraham, la jeune femme voulut descendre de cheval pour se porter à son secours.

— Non ! lui intima Georges, agrippant son bras.

— Mais cette brute...

— Ce n'est pas le moment. Je parlerai à Barnaby plus tard. Si je le réprimande devant les esclaves, la situation ne fera qu'empirer. Et tu t'es déjà trop mêlée des affaires de Barnaby.

Bien que cela lui coûtât, Mikaela se rangea à son opinion. Mais elle était plus que jamais résolue à faire cesser les violences de Barnaby contre les esclaves. S'il n'acceptait pas de changer, elle harcèlerait Adrian, jusqu'à ce qu'il accepte de renvoyer le contremaître. Elle était même disposée à faire son travail, en attendant qu'on lui trouve un remplaçant !

Tandis que Georges et Adrian jouaient au piquet en compagnie de Vance, venu dîner à la plantation, Mikaela se faufila jusqu'aux baraquements des esclaves, une trousse à pharmacie à la main. Elle se dirigea droit vers la petite maison qu'habitait Abraham, avec ses parents et sa sœur.

La jeune femme eut du mal à contenir sa rage en voyant dans quel état Barnaby avait mis le jeune esclave. Le pauvre garçon, âgé de quinze ans à peine, gisait sur son lit, le visage tuméfié et des marques de coups sur tout le corps.

Maudit soit ce Barnaby !

Elle s'agenouilla à son côté pour désinfecter les plaies, avant d'apposer un emplâtre de sa composition. Elle finissait d'enrouler un bandage sur sa jambe, quand un pas lourd résonna dehors. La seconde d'après, Barnaby poussait la porte. Il fronça les sourcils en voyant Mikaela jouer les infirmières.

— Ce garçon est sous ma responsabilité, pas sous la vôtre, lâcha-t-il.

Elle fit un nœud à son bandage, gratifia Abraham d'un sourire rassurant et se releva finalement, pour faire face au contremaître. Se souvenant que Georges lui avait demandé de ne pas le défier devant les esclaves, elle récupéra sa trousse à pharmacie et fit signe à Barnaby de la suivre dehors.

— Je ne tolérerai pas d'autres violences sur cette plantation, dit-elle fermement, dès qu'ils se furent un peu éloignés de la masure. Abraham ne méritait pas d'être traité ainsi.

— Ce chenapan me narguait, répliqua Barnaby. Les esclaves ne sont plus contrôlables, depuis que vous les montez contre moi.

— Abraham est trop timide pour narguer qui que ce soit. Quant à monter les esclaves contre vous, croyez-moi, vous n'avez encore rien vu ! J'espère que vous recevrez les mêmes châtiments que ceux que vous infligez à ces pauvres gens.

Les yeux de Barnaby lançaient des étincelles meurtrières. Mikaela recula prudemment, sachant qu'il n'hésiterait pas à la frapper.

— La garce que vous êtes oserait-elle me menacer ? gronda-t-il.

— Je vous mettais simplement en garde, rétorqua-t-elle sans relever l'insulte. Adrian n'a sans doute pas réalisé quel tyran vous étiez, mais je me fais fort de lui ouvrir les yeux. Si vous passiez moins de temps à frapper les esclaves, et plus de temps à vous occuper des cultures, cette plantation se porterait mieux.

— Et si vous saviez tenir votre place, j'aurais plus de liberté de faire le travail pour lequel je suis payé. Les femmes sont faites pour écarter les cuisses devant les hommes, pas pour leur donner des ordres !

Mikaela était aveuglée par la rage.

— Oh ! Espèce de... Comment osez-vous...

— Vous êtes comme la garce que Georges projetait d'épouser avant vous, ironisa Barnaby. Elle prenait des grands airs et jouait à la dame. Sauf qu'elle, elle ne rechignait pas à s'allonger... Vous, vous êtes trop froide pour plaire à un homme.

Médusée, elle en oublia soudain sa colère. Se pouvait-il que Barnaby ait été l'homme engagé par Adrian pour suivre Cecilia ? En tout cas, le contremaître semblait en savoir long sur l'ancienne fiancée de Georges.

— Abraham ne travaillera plus dans les champs tant que ses blessures ne seront pas guéries, décréta-t-elle, décidée à en finir avec cette pénible conversation.

— Allez-vous récolter le coton à sa place ? demanda Barnaby, qui décidément avait tous les culots.

— Non, je compte plutôt sur vous, répliqua la jeune femme.

Et là-dessus, elle tourna les talons, résolue à ce que le contremaître quitte rapidement la plantation. Son départ ne pourrait avoir qu'un effet positif sur le travail des esclaves.

Au moment de contourner le poulailler, elle poussa un cri, se retrouvant soudain happée par les bras puissants de Barnaby. Le contremaître avait coupé à travers les baraquements pour l'intercepter. Cet homme était fou ! Pensait-il qu'elle garderait le silence sur une telle agression ?

Il eut tôt fait de la bâillonner avec sa main, afin de l'entraîner vers un bosquet d'arbres. Quand il la jeta à terre pour s'allonger sur elle, la jeune femme découvrit toute la différence entre cette violence bestiale et les charmes persuasifs de Georges...

— Maintenant, on va voir si tu es aussi bonne au lit que pour commander aux autres, murmura-t-il en tirant d'un coup sec sur le bustier de sa robe. Mais si tu dis seulement un mot à quelqu'un, je te promets que tu... aïe !

Mikaela lui avait mordu sauvagement la main. Profitant de ce que Barnaby se remettait de sa surprise, la jeune femme cria à en perdre haleine, pour appeler au secours. Lorsque le contremaître essaya de la bâillonner, elle le mordit à nouveau.

Il se recula, les yeux étincelants de fureur. Elle eut le temps de crier une dernière fois, avant que Barnaby n'étouffe définitivement sa voix en lui remontant sa robe jusque sur le nez. D'un coup de genou, il chercha ensuite à lui écarter les cuisses.

Mikaela résista autant qu'elle le put. Elle savait qu'elle ne faisait que différer l'inévitable, mais elle ne se laisserait pas violer sans s'être battue jusqu'au bout !

11

Georges oublia sur-le-champ sa partie de cartes avec Adrian et Vance, en entendant Mikaela crier au loin. Il bondit hors du salon, traversa le hall en courant et sortit sans prendre la peine de refermer la porte derrière lui. Le deuxième cri de la jeune femme lui déchira le cœur.

Quelques secondes plus tard, il aperçut, à la faveur du clair de lune, les deux silhouettes allongées sous les sapins. Aveuglé par la rage, il fonça droit sur Barnaby, qu'il frappa d'un coup de botte en plein menton. Le contremaître lâcha sa proie en hurlant de douleur. Georges se jeta alors sur lui pour le bourrer de coups.

Bientôt, le visage de Barnaby fut couvert de sang. Mais Georges s'acharna encore sur cette brute immonde qui avait osé s'en prendre à Mikaela. Il aurait continué à taper, si Vance n'était accouru pour lui retenir le bras.

— Tu vas le tuer…

— C'est bien mon idée, répliqua Georges. Laisse-moi en finir avec lui…

Vance refusa d'obtempérer et le maintint éloigné de sa proie.

Pendant ce temps, Barnaby s'était redressé, tant bien que mal.

— Si tu t'avises encore d'approcher ma femme, je jure de t'envoyer rôtir en enfer ! lança Georges.

Sans un mot, le contremaître s'enfuit sous le couvert des arbres, d'un pas claudicant. Georges se libéra alors de l'emprise de son ami, pour se précipiter vers Mikaela et l'aider à se relever.

La jeune femme nicha son visage contre son torse et éclata en sanglots.

— Puisque tu l'as laissé filer, charge-toi maintenant de le retrouver, Vance, ordonna Georges. Prends des gens avec toi. Je veux que ce bâtard reçoive le châtiment qu'il mérite.

Vance s'empressa d'organiser une battue. Georges se tourna vers la jeune femme :

— Que diable faisais-tu ici toute seule ? grommela-t-il.

— J'étais venue soigner Abraham. Barnaby m'a menacée, et ensuite il...

Georges la souleva dans ses bras pour la ramener à la maison.

— C'est la dernière fois que cela se produit. Désormais, je t'interdis de sortir seule la nuit. Tu flirtes trop avec le danger, Mikaela. Vais-je finir par te perdre, toi aussi ? Est-ce le tourment que tu as décidé de m'infliger, pour t'avoir forcée à m'épouser ?

Il ne manquait pas d'air ! songea-t-elle. Comme si ce qui venait de lui arriver était de sa faute ! Il ressemblait à Arnaud, tout à coup, toujours prêt à la blâmer dès qu'il se passait quelque chose. Mikaela n'avait obéi qu'à son devoir. Le seul coupable, c'était Barnaby.

Dès que Georges entra dans le hall, son épouse dans les bras, Adrian, très pâle, se précipita à leur rencontre.

— Que s'est-il passé ? Mikaela n'a rien ?

Georges ne perdit pas de temps en explications. Il était trop pressé de porter la jeune femme dans son lit, afin de s'assurer qu'elle n'avait aucune blessure.

Il gravit l'escalier aussi rapidement que le permettait son fardeau, et fonça droit vers leur chambre pour déposer Mikaela sur les couvertures. Sa robe ayant déjà beaucoup souffert, il n'eut pas de scrupule à la déchirer jusqu'à la ceinture.

— Es-tu devenu fou ? s'étrangla-t-elle. Je n'ai même pas encore remboursé Adrian pour cette robe, et tu...

— Il n'est pas question que tu paies ta garde-robe, la coupa Georges. Tu es ma femme, et j'ai largement les moyens de te vêtir.

Finissant d'ôter ce qui restait de la robe, il s'empressa de la jeter au loin, comme si le moindre contact avec ce qu'avait touché Barnaby le répugnait.

— Je ne veux plus jamais voir cette robe, m'entends-tu ?

Puis, ignorant ses protestations, il entreprit de la débarrasser également de sa chemise.

— Bonté divine ! soupira Mikaela en voulant se glisser sous les draps. On m'a assez touchée comme ça pour ce soir. Je préférerais que tu me laisses seule.

— Je ne partirai pas avant d'avoir vérifié que tu n'es pas blessée, s'entêta Georges, qui avait blêmi en découvrant des bleus sur les épaules de la jeune femme.

Dieu merci, il ne constata pas de dommages plus sérieux, et consentit alors à ce qu'elle se love sous les draps. Puis il déposa un baiser sur ses lèvres.

— Ne me cause plus jamais ce genre d'inquiétude, murmura-t-il à son oreille. Si on te frappe, c'est moi qui saigne...

Mikaela n'en croyait pas ses oreilles. Pour un peu, on aurait pu croire qu'il tenait vraiment à elle. Mais elle n'était pas dupe. Il se serait pareillement inquiété pour n'importe quelle femme qui aurait connu la même mésaventure. Il n'avait pas enduré pendant cinq ans les tourments du chagrin, sans en avoir retiré une certaine compassion pour le malheur des autres.

— Je t'ai surprise ? reprit-il, perspicace.

— Oui, avoua-t-elle. Notre mariage ayant été forcé, je n'ai pas fait grand-chose pour que tu tiennes à moi...

S'il y avait une qualité que Georges appréciait particulièrement chez cette femme – hormis son humour et son espièglerie –, c'était bien sa franchise. Pourtant, elle se trompait. Elle était beaucoup plus ouverte aux autres que lui. Il avait passé trop d'années à contenir ses émotions. Cependant, l'incident de tout à l'heure était en train de le changer. Il ne supportait pas l'idée que son épouse puisse courir le moindre danger.

— Mikaela, j'ai une faveur à te demander, dit-il en lui caressant la joue. À compter de maintenant, et jusqu'à la réception, essayons de marquer une trêve et laissons nos différences de côté...

La jeune femme le gratifia d'un de ces sourires espiègles dont elle avait le secret.

— Tu sais comme je suis quelqu'un d'organisé, Georges. Mettons les choses au clair : cette trêve s'arrêtera à minuit pile samedi soir, d'accord ?

Une fois n'était pas coutume, Georges s'émerveilla de la voir lui tenir tête. Aujourd'hui, elle avait failli périr en tombant de cheval, et elle avait réchappé de peu à un viol. Pourtant, elle n'avait perdu ni son humour ni sa farouche indépendance. C'était fascinant.

— Disons minuit et demi, grommela-t-il. Au cas où tous nos invités ne seraient pas partis à minuit.

Elle hocha la tête.

— Et quels sont exactement les termes de cette trêve ?

— Ni défis, ni luttes de pouvoir, ni promenades en solitaire dans la nuit, pour le simple plaisir de ne pas croiser l'autre.

Mikaela se mordilla la lèvre, comme si elle soupesait chaque clause.

— Je pense que tu es conscient de me demander beaucoup, lâcha-t-elle finalement. Je suis plutôt rebelle de nature. Si tu avais mieux cherché à me connaître, avant de m'épouser, tu te serais épargné cette situation.

Il feignit l'étonnement.

— Ne pas t'épouser ? Et te laisser t'emparer de ma fortune ? J'étais tellement prêt à toutes les extrémités pour conforter mon héritage, que j'aurais épousé un crapaud !

Mikaela n'était pas dupe. Elle savait bien qu'il ne courait pas après l'argent. Il s'était du reste bâti sa propre fortune, grâce à ses bateaux. S'il l'avait épousée, c'était uniquement pour faire enrager Adrian.

— Georges, qu'attends-tu exactement de moi ? demanda-t-elle à brûle-pourpoint.

Il lui prit la main, pour la porter à ses lèvres.

— Je voudrais que tu nous donnes une chance de faire un nouveau départ. Je n'ai pas envie de demeurer éternellement ton ennemi, Mikaela.

— Je ne te déteste pas, si c'est ce que tu t'imagines, murmura la jeune femme, émue par sa soudaine tendresse.

Il se redressa, surpris de se voir sourire une fois de plus. Depuis qu'il l'avait rencontrée, il avait davantage souri qu'en cinq ans !

— Savoir que tu ne me détestes pas ne me suffit peut-être pas, Mikaela. J'aimerais peut-être que tu tiennes un peu à moi... Un mariage où chacun des époux éprouve un minimum de sentiments pour l'autre n'est pas forcément une mauvaise chose, tu ne crois pas ?

— Est-ce vraiment ce que tu souhaites, Georges ? Que je tienne à toi ?

Il répondit à sa question par une autre :

— Es-tu prête à m'offrir davantage ?

— Je...

Elle ne poursuivit pas sa phrase et, même, détourna le regard. Oui, elle pouvait offrir plus à Georges, si lui-même était capable de la voir pour ce qu'elle était, et non comme un succédané de Cecilia. Mais, pour l'instant, il n'avait pas encore rompu avec son passé, et Mikaela refusait d'endosser ce second rôle. Si elle avait la faiblesse de tomber amoureuse de lui, elle aurait le cœur brisé.

— Je me sens fatiguée, dit-elle. Je crois que je vais dormir un peu...

— Oui, tu as raison, acquiesça Georges, avant de souffler la chandelle et de quitter la chambre.

La plantation Saffire changea du tout au tout après la disparition de Barnaby, que les hommes lancés à sa poursuite ne purent retrouver. Georges et Adrian nommèrent, d'un commun accord, Chancy comme nouveau contremaître, et ce dernier se montra beaucoup plus attentif au sort des esclaves.

Le fait que les deux hommes l'aient consultée avant de prendre leur décision emplissait Mikaela d'une fierté bien légitime. Elle se sentait maintenant chez elle, ici. Georges et Adrian la traitaient en égale, alors qu'Arnaud ne l'avait jamais considérée que comme une inférieure.

Georges accompagnait chaque jour la jeune femme à cheval, pour parfaire ses rudiments d'équitation. Leur conversation roulait sur tous les sujets, sans tabou. Il ne dédaignait même pas de parler politique avec elle.

Depuis le début de cette fameuse trêve qu'il avait appelée de ses vœux, il lui manifestait une politesse respectueuse. Ses manières n'avaient plus rien de celles du séducteur, habitué à prendre ce dont il avait envie. Il se conduisait en parfait gentleman et, bizarrement, elle regrettait presque le temps où ils étaient « ennemis ». Cette cour introduisait trop de distance entre eux.

En outre, il avait décrété que Mikaela devait récupérer de l'agression de Barnaby, et il n'avait plus visité son lit depuis cette nuit-là, pour ne pas « réveiller de mauvais souvenirs » chez elle. L'idiot ! N'était-il pas capable de faire la différence entre la brutalité d'un Barnaby et la passion d'une étreinte partagée ? Il la traitait comme une fleur délicate, et elle commençait à en souffrir.

La jeune femme avait du reste décidé d'aborder le sujet avec lui ce soir, juste avant la réception prévue par Adrian. Mais le tourbillon des préparatifs et l'arrivée prématurée des premiers invités l'obligèrent à reporter cette conversation à plus tard. Quand la fête serait terminée... et que sonnerait la fin de leur trêve.

Tandis qu'elle mettait la dernière main à sa toilette – elle portail une somptueuse robe de satin vieil or, offerte par Adrian –, Mikaela songeait qu'elle serait présentée officiellement à la bonne société de Charles Town et des plantations environnantes. Une semaine plus tôt, elle avait envisagé de provoquer un scandale, pour se venger de Georges qui l'avait forcée à ce mariage. Mais depuis trois jours qu'il était arrivé, il s'était montré si charmant et attentionné qu'elle se sentirait coupable de le dénigrer devant ses pairs.

C'est peut-être justement ce qu'il escomptait... songea-t-elle, soudain suspicieuse. Et si cette histoire de trêve n'avait d'autre but que de l'amadouer, jusqu'à la fin de la réception ?

— Mikaela ? Es-tu prête à te montrer ? appela Adrian depuis le couloir.

— J'arrive !

La jeune femme contempla son reflet dans le miroir et remonta légèrement le décolleté, un peu trop plongeant à son goût. Mais Adrian avait commandé cette robe spécialement pour la réception, et elle se sentait obligée de la porter.

Elle prit une profonde inspiration – ce qui n'était pas simple, compte tenu de sa robe, terriblement ajustée –, plaqua un sourire sur ses lèvres, et se prépara à affronter les invités qui avaient déjà envahi le rez-de-chaussée.

Accoudé nonchalamment au bas de la rampe d'escalier, Georges contemplait la foule qui se pressait dans le hall. Depuis une demi-heure, il avait entendu nombre de ses amis ou connaissances le féliciter pour son épouse, qu'ils avaient eu l'occasion de rencontrer à Charles Town, dans des soirées où elle avait accompagné Adrian.

Quelques-uns de ces messieurs parlaient d'elle comme s'ils étaient des familiers. Ce qui l'ennuyait considérablement... Comme l'ennuyait l'idée que ces mêmes gentlemen n'avaient pas dû se priver de révéler à Mikaela sa réputation de débauché. Georges espérait que la jeune femme n'avait pas été trop choquée par ces ragots. Et il ne voulait pas laisser croire à ces gens qu'il ait pu la déflorer et la forcer ensuite au mariage, comme ils l'imaginaient sans doute.

Il raconta donc qu'il avait rencontré sa charmante épouse lors d'un de ses voyages. Qu'il l'avait courtisée dans les règles, et lui avait finalement demandé sa main. Ne restait plus à espérer que les mauvaises langues n'apprendraient jamais que Mikaela était montée clandestinement à bord de son bateau...

— C'est vraiment l'une des plus ravissantes créatures qu'il m'ait été donné de voir, souffla Bradford Clodfelter à l'oreille de Georges.

Celui-ci suivit le regard du dandy qui venait de prononcer ces paroles : Mikaela descendait l'escalier au bras d'Adrian, telle une reine.

Aussitôt, toutes les conversations cessèrent et tous les yeux – surtout ceux des hommes – détaillèrent la jeune femme dont le sourire semblait irradier. Sa robe, somptueuse, mettait si bien en valeur ses courbes parfaites que Georges ne fut pas le dernier à en éprouver des frissons. Elle possédait un charme particulier, qui fascinait.

Au grand désespoir de Georges, sa robe arborait un décolleté qui en montrait un peu trop à son goût – et sans doute pas assez au goût des invités, qui en étaient bouche bée. D'ordinaire, il avait toujours apprécié qu'une belle femme sache révéler ses charmes. Mais avec Mikaela, c'était différent. Il aurait préféré qu'elle ne réserve ces privautés qu'à lui seul !

— Mesdames et messieurs, annonça Adrian avec toute la pompe que requérait l'occasion, permettez-moi de vous présenter ma ravissante petite-fille, Mme Mikaela Saffire !

Georges nota, comme tout le monde, qu'Adrian avait parlé de sa « petite-fille », un lapsus forcément volontaire, destiné à faire comprendre qu'il la considérait comme parfaitement digne de sa famille et d'en recueillir, si besoin était, l'héritage.

Mais le jeune homme continuait d'être obsédé par les regards de concupiscence qu'il lisait chez tous les mâles de l'assistance. Même Vance, supposé être son meilleur ami, ne se gênait pas pour admirer Mikaela. Bon sang ! Il se serait volontiers rué pour jeter un châle sur ses épaules !

Je suis jaloux, prit-il conscience avec étonnement. Et possessif, par-dessus le marché...

C'était bien la première fois, depuis une éternité, qu'il se découvrait de tels sentiments. Il n'aurait servi à rien de les nier. D'ailleurs, si quelqu'un s'aventurait à serrer de trop près son épouse durant le bal, il se sentait capable de lui administrer une correction sur-le-champ.

Mikaela termina de descendre les marches, gratifiant chacun et chacune d'un sourire. Elle savait qu'Adrian était désireux qu'elle fasse bonne impression. C'était *sa* soirée, d'une certaine manière. Le vieil homme avait attendu des années avant de pouvoir annoncer à ses pairs que son petit-fils débauché était finalement rentré dans le rang. Rien n'était plus important pour lui. Il tenait à ce que le nom des Saffire inspire le respect.

Georges, en revanche, semblait beaucoup moins goûter la situation. Elle se demanda si elle avait fait quelque chose qui ait pu provoquer ce brusque revirement d'humeur. L'homme qu'elle avait connu si charmant, ces trois derniers jours, affichait une mine d'ours mal léché. Mais son costume noir flambant neuf lui donnait fière allure, et elle le trouvait magnifique.

Elle se rappela alors ces nuits passées en mer, quand elle admirait à la dérobée ce beau capitaine qui tenait la barre de son bateau, ses cheveux d'un noir lustré brillant sous l'éclat de la lune.

Quoiqu'il se trouvât ce soir, parmi les invités, une bonne douzaine de très beaux hommes, Mikaela jugeait en toute objectivité que Georges se détachait du lot. Et elle n'était sans doute pas la seule à le penser... Combien, parmi les femmes présentes, le connaissaient aussi intimement qu'elle-même ?

Cette idée la chagrinait, mais elle s'obligea à se souvenir que son mariage n'avait rien à voir avec la dévotion conjugale. Georges lui avait simplement demandé de s'attacher un peu à lui : en aucun cas il n'avait parlé d'amour, ni de fidélité. Mieux valait qu'elle ne perde jamais cela de vue, si elle ne voulait pas souffrir inutilement.

— S'il vous plaît, conclut Adrian avant de s'incliner devant elle, accueillez ma petite-fille dans vos cœurs comme moi-même je l'ai accueillie...

Il y eut une salve d'applaudissements – à laquelle Georges ne participa pas, ce qui n'échappa pas à Mikaela –, puis Adrian présenta sa « petite-fille » à chacun des invités. Dans les minutes qui suivirent, la jeune femme se retrouva si entourée qu'elle n'eut plus l'occasion de penser à son mari.

— Madame, vous resplendissez tellement que vous feriez presque de l'ombre au soleil, la complimenta Bradford Clodfelter en lui baisant la main.

— C'est très aimable à vous de me dire des choses aussi gentilles, répondit Mikaela.

Elle avait déjà rencontré Bradford deux fois, lors de ces soirées où Adrian l'avait emmenée à Charles Town. À chaque fois, Bradford lui avait témoigné une galanterie appuyée. Elle s'amusait de ses manières trop apprêtées, et ne le trouvait pas vraiment dangereux. Mais, comme Bradford lui avait raconté qu'il avait étudié avec Georges et qu'au collège les deux garçons étaient souvent en compétition à propos de tout et de rien, elle se demanda si elle n'allait pas constituer un nouvel enjeu entre les deux hommes.

Certaines personnes, en ce bas monde, passaient leur temps à convoiter ce que les autres possédaient, uniquement pour le plaisir de leur ravir leur bien. Elle soupçonnait le dandy d'appartenir à cette catégorie.

— Venez danser avec moi, l'invita Bradford, qui entraînait déjà la jeune femme à l'écart du cercle de ses admirateurs.

Elle parcourut la foule du regard, se demandant où était passé Georges. Il avait momentanément disparu. Mais elle ne doutait pas de le voir bientôt resurgir, pour danser au bras d'une des femmes qui lui portaient un intérêt visible.

Mikaela se souvint qu'il n'avait accepté cette réception que pour faire plaisir à son grand-père. Plus elle y repensait, plus ses soupçons de tout à l'heure prenaient corps. Georges ne s'était montré aimable, ces trois derniers jours, que pour endormir sa méfiance et s'assurer qu'elle ne lui causerait pas d'ennuis durant la soirée. Et qu'il pourrait jouer le galant à sa guise, avec les invitées de son choix...

Cette idée chagrinait Mikaela, beaucoup plus qu'elle ne l'aurait avoué. Malgré leurs différences de caractère, elle avait sincèrement désiré que Georges s'attache un peu à elle. Mais elle voyait bien, à présent, qu'elle s'était laissé abuser par le mirage de sa séduction.

— Combien de verres de sangria as-tu prévu d'engloutir avant la fin de la soirée ? demanda Vance à son ami qui vidait son sixième verre d'affilée.

Il avait retrouvé Georges dans le bureau. Celui-ci s'était mis à l'écart des invités, pour boire en solitaire.

— Suis-je censé les compter ? répliqua-t-il.

Il se resservait déjà.

— Tu es surtout censé danser avec ton épouse, lui rappela Vance. Elle sera passée dans tous les bras, ce soir. Sauf dans les tiens.

— J'imagine que toi-même, tu ne t'es pas privé d'être son cavalier ?

— Exact. Mikaela danse divinement bien. Tu devrais aller te rendre compte par toi-même...

Comme son ami, au lieu de répondre, se contentait de fixer son verre, Vance s'inquiéta.

— Qu'est-ce qui ne va pas, Georges ?

— Rien.

— Te connaissant comme je te connais, je suis sûr que tu es venu t'enfermer ici pour ruminer des idées noires.

— Je suis venu ici pour boire ! rétorqua Georges. Y a-t-il une loi contre ça ?

Vance le dévisagea longuement, avant de comprendre dans une illumination :

— J'ai trouvé ! Tu es jaloux…

— Pas le moins du monde, répliqua Georges, que cette idée semblait même amuser.

Vance éclata de rire.

— Si, si, tu es jaloux ! Ta femme brille sous les lumières et ça t'embête. Avec sa robe de satin vieil or, Mikaela a l'air…

— … à moitié dénudée, le coupa Georges en fusillant son ami du regard. Et ne prétends pas que tu ne l'as pas remarqué ! Tu la dévorais du regard, exactement comme tous ces porcs lubriques !

— Vraiment très jaloux… renchérit Vance, de plus en plus hilare. Ce vieil Adrian a réussi son coup. Tu es tombé amoureux de ta femme !

Georges aurait volontiers étranglé son ami.

— Arrête, Vance. Tes conjectures sont stupides. Il n'a jamais été question que l'amour entre en ligne de compte dans le marché que j'ai passé avec Mikaela, et tu le sais très bien. Tes idioties me donnent la nausée.

Vance ne se laissa pas impressionner par ces dénégations.

— Je crois plutôt que cette nausée est le résultat de ta jalousie, ajoutée à un abus d'alcool. L'expérience m'a appris qu'il y a deux choses qu'un homme ne peut cacher : qu'il est ivre et qu'il est amoureux. J'ai la conviction que tu es les deux.

— Et moi, je te dis que tu n'y connais rien !

— En fait, tu es venu te morfondre dans ce fauteuil parce que ta charmante épouse ne partage pas l'intense affection que tu éprouves pour elle…

Georges reposa si violemment son verre sur la table basse qu'il éclaboussa sa manche.

— Arrête tes stupidités, Vance. Quand cette maudite réception sera terminée, je repartirai en mer, et Mikaela fera ce qu'elle voudra de sa vie. Je me moque de ses faits et gestes, ça ne me regarde pas. Elle se plaît dans le rôle de la maîtresse de maison ici, et puisque Adrian en est ravi, je ne vois pas de raison de l'en décourager. Mais dès que le dernier invité sera rentré chez lui, je cesserai de jouer le mari modèle pour la galerie.

Un mouvement, derrière lui, fit se retourner Georges. Il aperçut Mikaela qui se tenait au chambranle de la porte. À en juger par son visage défait, elle était là depuis un moment et avait tout entendu de ses dernières paroles – des paroles qu'il n'aurait jamais prononcées si Vance ne l'avait poussé à bout…

Ce dernier, ayant suivi le regard de Georges, se retourna à son tour, à l'instant où la jeune femme disparaissait dans un bruissement de satin.

— Félicitations, Georges. Tu es le roi de la gaffe.

Georges avait bondi sur ses pieds.

— C'est de ta faute, grommela-t-il.

— De ma faute ? Il me semble que tu es seul responsable de tes paroles, non ?

— Tu m'as obligé à dire des choses que Mikaela n'avait pas besoin d'entendre. Elle et moi étions convenus d'une trêve jusqu'à ce soir, mais à cause de toi je vais sans doute devoir affronter une rébellion avant la fin de la réception. Si ce bal tourne au désastre, je t'en tiendrai pour responsable.

Vance se leva à son tour.

— Si tu avais admis la vérité, cela ne serait pas arrivé, Georges. Ta fierté imbécile est l'unique responsable de ce pataquès. Décide-toi, une bonne fois pour toutes, à dire à Mikaela ce que tu ressens pour elle, avant qu'il ne soit trop tard.

— Va au diable.

— Je n'y tiens pas. Je n'ai aucune envie de te retrouver en enfer…

Georges se précipita hors du bureau. S'il ne s'excusait pas immédiatement auprès de la jeune femme, la soirée risquait de mal tourner. Mais aussi, pourquoi n'avait-il pas écouté Vance, au lieu de bêtement le contredire ?

L'expression de Mikaela, à la porte, le hantait. Il aurait juré qu'elle s'était sentie trahie dans sa confiance. Et il n'était pas assez ivre pour ne pas nourrir des regrets, et comprendre qu'il allait payer très cher son erreur.

12

— Mikaela, viens danser avec moi… Tous les hommes ont eu ce privilège, ce soir. Sauf moi.

Elle se raidit instinctivement en reconnaissant la voix de Georges dans son dos. Après avoir surpris la discussion entre son mari et Vance, la jeune femme était venue se réfugier dans la salle de bal, à la recherche de n'importe quelle distraction qui soulagerait son chagrin de voir tous ses soupçons aussi brutalement confirmés. Ces trois derniers jours n'avaient été qu'une mascarade, destinée à l'aveugler, pour qu'elle n'ait pas l'idée d'humilier son époux pendant le bal.

Plus jamais elle ne serait dupe. Elle savait qu'il continuait de lui jouer la comédie, encore maintenant. Son invitation à danser n'avait d'autre but que de montrer aux gens quel couple uni ils formaient. Tout le monde devait constater que Georges était épris de sa femme. Sauf que Mikaela savait à quoi s'en tenir…

Eh bien, elle allait se venger ! Oui, elle allait danser avec lui. Mais quand ils se trouveraient au milieu du parquet, elle lui montrerait ce qu'elle pensait exactement de lui et de son hypocrisie !

Elle se retourna avec grâce, un sourire plaqué sur son visage, et accepta le bras qu'il lui tendait.

Dès qu'ils commencèrent à valser au son de l'orchestre, elle donna discrètement des coups de coude dans les flancs de son mari, lui écrasa consciencieusement les orteils, lui pinça méchamment le bras, tout cela en parfaite synchronisation avec la musique.

— Mikaela, je suis désolé… murmura Georges, qui venait d'éviter de justesse un coup de genou mal placé. Je…

— Je ne veux pas être un fardeau pour toi, coupa sèchement la jeune femme, sans cesser de sourire pour la galerie. Et je n'attends plus rien de ta part. Tu repartiras demain, et j'espère ne plus jamais te revoir.

— Ton souhait sera exaucé, répondit-il, avec le même sourire de façade que la jeune femme offrait à leurs invités. Autre chose ?

— Oui. Va donc griller en enfer, Georges.

— J'y suis déjà.

Sans doute disait-il vrai, songea-t-elle. Avoir perdu Cecilia, alors qu'il l'aimait passionnément, devait être un poids terrible à porter. Brusquement, cela relativisait la colère de Mikaela. Après tout, elle avait accepté cette trêve jusqu'à minuit et demi, en sachant pertinemment à quoi s'en tenir. Il était donc inutile de déclencher un scandale.

— À Georges et Mikaela ! cria Adrian, faisant signe à l'orchestre de s'interrompre un instant. Puisse leur mariage leur apporter tout le bonheur qu'ils méritent !

Georges s'arrêta au milieu de la piste, pour donner à son épouse le baiser rituel que ce toast réclamait. Celle-ci en profita pour lui mordre la lèvre. C'était enfantin, bien sûr, mais elle n'avait pu s'en empêcher.

Dès que la musique reprit, la jeune femme s'écarta de son mari.

— Ne t'avise plus de m'approcher, lui souffla-t-elle. Je te haïrai jusqu'à mon dernier souffle.

Là-dessus, elle sortit par l'une des portes-fenêtres qui ouvraient sur la terrasse. Agrippée à la balustrade de pierre, elle resta un long moment à contempler le ciel étoilé, se retenant de pleurer.

Qu'il aille au diable, se répétait-elle. En fait, il était comme Arnaud. Exactement pareil…

— Mikaela… ?

Elle sursauta en entendant cette voix trop familière, mais ne se retourna pas.

— Laisse-moi tranquille, Georges, si tu ne veux pas recevoir le même traitement que sur la piste de danse, lâcha-t-elle.

Georges n'aurait su dire contre qui il était le plus en colère – Mikaela, Vance, ou lui-même. Il aurait voulu effacer la demi-heure qui venait de s'écouler et reprendre tout de zéro, mais il ignorait par où commencer, comment s'excuser, et de toute façon il doutait fort que Mikaela accepte ses excuses. Elle était trop furieuse pour l'écouter. Cependant, il se devait d'essayer.

— Ce que tu as entendu n'était que des paroles d'ivrogne…

Elle pivota vers lui.

— Rien de ce que tu pourras dire ne me fera changer d'avis. Je te répète que je te haïrai jusqu'à mon dernier souffle ! cracha-t-elle, avant de dévaler l'escalier qui menait dans le parc et de disparaître derrière un buisson.

Georges décida de la suivre. Il ne savait pas ce qu'il lui dirait, quand il l'aurait retrouvée, mais il ne pouvait laisser leur conversation s'arrêter aussi brutalement.

Le plus simple serait sans doute de s'excuser de s'être conduit comme un idiot – ainsi que Vance le lui avait complaisamment fait remarquer – et ensuite de dire au revoir à Mikaela. La réception touchait à sa fin, ils avaient rempli l'un et l'autre leur contrat envers Adrian. Il ne restait plus qu'à accepter ce mariage pour ce qu'il était – une façade – et chacun repartirait de son côté, vivre sa vie.

La trêve était bel et bien terminée.

Bon sang ! songeait Georges tandis qu'il essayait – sans succès – de la repérer. Tout allait de travers. Il commençait sérieusement à se demander s'il n'était pas maudit avec les femmes.

Les yeux mouillés de larmes, Mikaela avait couru se réfugier dans l'écurie. Elle voulait monter sa jument, et revivre l'incroyable sentiment de liberté qu'elle avait expérimenté lorsque Georges lui avait appris à galoper. Une bonne chevauchée l'aiderait à chasser son tourment d'être tombée amoureuse d'un homme qui restait prisonnier d'un souvenir…

Que le diable l'emporte, lui et tous les hommes ! Si Adrian ne l'avait pas attirée dans son piège, elle n'aurait jamais vécu cette situation impossible. Et si Vance avait refusé de s'incliner, leur mariage n'aurait pas été célébré sur le bateau. Elle s'était enfuie de La Nouvelle-Orléans pour se libérer de l'influence des hommes, et tout ce qu'elle avait gagné, c'était de retomber dans leurs filets !

— Chaney ? appela-t-elle en fouillant des yeux l'écurie plongée dans l'obscurité, avant de se souvenir que Chaney habitait désormais l'ancien cottage de Barnaby.

Comme les autres valets devaient profiter de la fête à l'office, Mikaela sella elle-même sa jument, et l'entraîna silencieusement à bonne distance de la maison avant de l'enfourcher.

La jeune femme s'engagea sur le chemin qu'elle connaissait le mieux, pour l'avoir emprunté plusieurs fois avec Georges : celui qui menait à la rivière. La pleine lune éclairait sa route, et désormais elle maîtrisait assez sa monture pour ne pas tomber à terre au premier virage.

Malgré son aisance en selle et le plaisir que lui procurait cette promenade, elle avait encore le ventre noué, après tout ce qu'elle avait entendu durant la soirée. Les aveux de Georges à son ami Vance étaient venus couronner une longue liste d'indiscrétions qu'elle avait dû endurer de la part des invités. Plusieurs femmes ne s'étaient pas gênées pour évoquer devant elle la réputation de séducteur de son époux. Une garce du nom de Jessica Landberg s'était même permis de préciser que Georges, malgré son mariage, n'oublierait jamais Cecilia.

Cette Jessica prétendait avoir été l'une des proches amies de la morte, et pendant un bon quart d'heure elle avait assommé Mikaela de commentaires sur la « beauté incomparable » de Cecilia, « l'amour passionné » que lui vouait Georges, et le « couple admirable » qu'ils formaient tous les deux. Ce discours avait confirmé Mikaela dans l'idée qu'il ne s'était marié que par obligation.

Au bout d'un moment, la jeune femme, éprouvant le besoin de marcher un peu pour apaiser sa frustration, mit pied à terre. Tirant sa jument par les rênes, elle gravit un sentier qui longeait la rivière. Le cours d'eau, à cet endroit, dessinait un méandre encaissé dans un escarpement rocheux.

La jument renifla soudain, comme alertée par une présence, et Mikaela crut déceler un mouvement parmi les buissons. Son instinct lui souffla que quelque chose, ou quelqu'un, l'épiait dans l'ombre...

Georges, conclut-elle. Il avait probablement décidé de la suivre pour avoir une explication en privé. Eh bien, il ne serait pas déçu ! Maintenant que leurs invités étaient loin, elle ne se gênerait pas pour lui crier à la face tout le mal qu'elle pensait de lui !

Elle perçut un bruit et se retourna, prête à l'accueillir par une bordée d'insultes, mais elle eut un sursaut en distinguant une silhouette massive, qui ne pouvait être celle de son mari.

Reculant instinctivement, elle reconnut Barnaby Harpster.

— J'attendais une occasion de me venger, garce, lui dit-il, un mauvais rictus aux lèvres. Et voilà que tu me l'offres sur un plateau... Crois-moi, tu vas payer très cher de m'avoir fait perdre mon travail...

Georges commençait sérieusement à s'inquiéter. Il revint à la maison, quérir l'aide de Vance.

— Que se passe-t-il ? demanda celui-ci en voyant son air alarmé.

— Mikaela a disparu.

Ils ressortirent, juste à temps pour entendre un bruit de sabots. L'instant d'après, la jument de Mikaela traversait l'allée pour rentrer dans l'écurie. Sans sa cavalière, les rênes traînant par terre...

Comprenant qu'il était arrivé quelque chose, Georges et Vance coururent seller leurs montures, et partirent au triple galop dans la direction d'où était venue la jument.

Dieu tout-puissant ! Georges aurait aimé pouvoir inverser le cours du temps, et ne pas avoir prononcé ces phrases stupides qui avaient tout provoqué ! Si seulement il avait écouté Vance, au lieu de s'entêter dans son orgueil...

La piste s'arrêtait au bord de la rivière. Il mit pied à terre et commença aussitôt à chercher dans les buissons, sans succès.

— Mikaela demeurait introuvable.

Il remonta en selle et fit suivre à son cheval le sentier qui serpentait le long du cours d'eau.

Quand la falaise qui hantait ses cauchemars se profila à l'horizon, Georges sentit une sueur glacée lui couler dans le dos. Mais non... voulut-il se rassurer. Le même désastre ne pouvait le frapper deux fois au même endroit. L'histoire ne se répétait pas...

Cela faisait cinq ans qu'il n'était plus revenu dans les parages. L'envie de rebrousser chemin le taraudait. Il n'osait regarder le précipice, qui s'ouvrait en bordure du sentier.

— Vance ? interrogea-t-il, mettant de nouveau pied à terre en haut de la falaise.

— Ne tire pas de conclusions hâtives, déclara son ami, apaisant. Mikaela aura juste voulu marcher un peu, et sa jument aura décidé de rentrer toute seule à la maison. Je te parie qu'elle est en pleine forme...

Georges aurait voulu partager son optimisme, mais une sombre prémonition le persuadait qu'il était arrivé quelque chose. Prenant son courage à deux mains, il s'avança jusqu'au bord du promontoire, pour risquer un œil en contrebas.

Ce fut le moment le plus horrible. Il vit non pas un, mais deux corps allongés sur les rochers bordant le fleuve... Il crut que son cœur avait cessé de battre.

— Ô mon Dieu !

Son cri d'angoisse résonna d'une rive à l'autre. Toutes les émotions que Georges avait pu contenir jusqu'ici s'étaient brutalement libérées. Les poings serrés vers le ciel, il maudissait le destin qui avait conduit Mikaela à s'écraser sur les mêmes rochers que Cecilia, cinq ans plus tôt !

Vance s'était approché à son tour.

— Dieu de miséricorde... murmura-t-il, la voix étranglée par l'émotion.

— Donne-moi ta veste et ta chemise, lui ordonna son ami.

Vance s'exécuta aussitôt, mais il n'allait pas assez vite pour Georges, qui faisait déjà une corde de ses propres vêtements. Quand il estima la corde assez longue, il l'attacha à un tronc d'arbre et commença à descendre le long de la falaise. Vance le suivait de près.

Après quelques périlleuses manœuvres pour éviter les rochers qui dépassaient, les deux hommes se laissèrent tomber dans le vide, pour franchir les derniers mètres qui les séparaient de la berge. Ils reconnurent alors le corps de Barnaby Harpster. L'ancien contremaître gisait sur le dos, les yeux grands ouverts.

— Il est mort, constata Vance.

Georges se pencha sur le corps inerte de Mikaela, coincé entre deux gros rochers. Cette scène lui en rappelait une autre, aussi douloureuse, qu'il aurait aimé ne jamais revivre. Et tout ça, par sa faute. S'il n'avait pas été imbu d'orgueil, elle ne se serait pas retrouvée à la merci d'une brute qui cherchait à se venger. Elle s'était défendue jusqu'au bout, et Barnaby n'avait pas eu sa revanche.

Il n'osait pas la toucher. Car s'il découvrait qu'elle avait perdu la vie, il ne savait pas comment il réagirait...

Vance lui vint en aide et, unissant leurs efforts, les deux hommes réussirent à soulever délicatement la jeune femme de sa prison de rochers. Lorsque Georges aperçut le sang qui couvrait son charmant visage, il crut que ses jambes allaient se dérober.

— Elle vit encore, murmura Vance. Son pouls est faible, mais...

— Pourrons-nous la remonter sans l'achever ? s'inquiéta Georges, qui n'osait prendre aucune initiative, tellement il avait peur d'aggraver les blessures de la jeune femme.

Ce fut Vance qui s'arrogea la direction des opérations. Grimpant sur quelques rochers, il récupéra l'extrémité de la corde et se hissa sur le promontoire. Puis, détachant la corde du rocher, il la fixa au pommeau de la selle de son cheval, qu'il fit reculer au bord du précipice. Georges, qui avait juché Mikaela sur ses épaules, put alors s'emparer du bout de la corde. Il la noua autour de sa taille. Après quoi, Vance incita son cheval à avancer, tirant derrière lui Georges et son fardeau, qui remontèrent ainsi jusqu'au promontoire.

Dès que Mikaela se retrouva libérée de la corde, Georges grimpa en selle, et Vance l'aida à installer la jeune femme entre ses bras. Puis celui-ci partit en éclaireur, prévenir le Dr Thorley.

Georges guidait sa monture au pas, afin de ne pas trop secouer Mikaela, qu'il maintenait fermement contre lui. De temps en temps, il lui baisait le front, se prenant à rêver que ces contes de fées où un prince charmant réveillait d'un simple baiser une princesse plongée dans un long sommeil pouvaient être vrais. Et même s'il doutait que Mikaela, dans son inconscience, pût l'entendre, il ne cessa de lui parler tout le long du chemin. Il se raccrochait à l'idée puérile que la jeune femme ne pourrait mourir si elle percevait le son de sa voix.

— Ne crois pas un mot de ce que j'ai dit tout à l'heure, chérie, lui murmurait-il à l'oreille. C'est Vance qui m'a poussé à proférer des inepties. Tu sais comment il peut être taquin, n'est-ce pas ?

Mikaela, bien sûr, ne répondit rien. Mais il continua :

— Si tu veux la vérité, j'ai commencé à bouder dès l'instant où je t'ai vue apparaître en haut des marches, avec cet air d'ange descendu tout droit du ciel. Tu attirais trop le regard des hommes. Et cette robe était beaucoup trop décolletée. D'ailleurs, comment as-tu pu te procurer une toilette pareille ? Crois-tu que ça me plaise, de voir les autres te reluquer ?

Georges s'interrompit un instant, pour vérifier que la jeune femme respirait toujours. Rassuré, il poursuivit son monologue :

— Je sais que je n'aurais pas dû me montrer jaloux de tes admirateurs. Ce n'était pas prévu dans notre contrat. Et c'est d'ailleurs pour cela que j'ai préféré m'enfermer dans le bureau, plutôt que de causer un esclandre. La vérité, c'est que... j'ai fini par m'attacher à toi. Et si j'ai réclamé cette trêve, c'était un peu dans l'espoir qu'à ton tour, tu changerais d'avis à mon sujet. Et pas du tout pour te manipuler, comme tu as pu le croire...

Il hocha la tête, et laissa échapper un soupir.

— Oui, c'est ce que tu as cru... Je sais que je peux parfois me montrer cynique, mais je te jure qu'en l'occurrence ce n'était absolument pas le cas. Si je n'avais pas eu cette stupide conversation avec Vance, nous n'en serions pas là.

Il continua ainsi à faire les questions et les réponses, jusqu'à ce que son cheval soit revenu à la maison. Plusieurs invités, manifestant leur angoisse, étaient sortis sur le perron.

Vance se précipita.

— Georges, le Dr Thorley est prêt à examiner Mikaela. Confie-la-moi.

Voyant que son ami continuait de serrer la jeune femme dans ses bras, comme ce qu'il avait de plus précieux au monde, Vance ajouta avec un sourire ému :

— Ne t'inquiète pas. Je prendrai bien soin d'elle. Aie confiance, Georges.

Celui-ci finit par s'exécuter.

— Parle-lui, Vance, ordonna-t-il. Dis-lui toujours quelque chose. N'importe quoi...

Vance n'avait jamais vu son ami dans un tel état. Pire encore – si c'était possible – qu'il y avait cinq ans. La mort de Cecilia l'avait dévasté, mais il n'y avait pas de mots pour décrire son visage en cet instant.

Il était encore dans le hall, portant Mikaela inconsciente dans ses bras et lui murmurant des paroles apaisantes, lorsque Georges le rejoignit. Ce dernier prit la main de la jeune femme et lui parla, comme si sa vie en dépendait.

Dès que Vance eut déposé Mikaela sur son lit, le docteur ordonna à tout le monde de quitter la chambre, y compris Georges, qui s'était planté près de la porte et ne voulait plus bouger. Vance et quelques domestiques durent le sortir de force.

Georges redescendit dans le hall, à moitié hébété. Il se laissa guider par Vance jusqu'à son bureau, et son ami s'empressa de leur servir deux verres de cognac, en guise de remontant.

— Sais-tu quelles ont été ses dernières paroles pour moi ? murmura Georges, effondré.

— Non. Que t'a-t-elle dit ?

— Qu'elle me haïrait jusqu'à son dernier souffle...

La voix de Georges s'était brisée, et il demeura prostré un long moment dans son fauteuil, le visage ravagé de larmes.

Il savait que l'attendait la plus longue nuit de sa vie. Les remords et les regrets l'empêcheraient de dormir. Et l'angoisse le tiendrait éveillé. Il avait trop peur de perdre Mikaela. Il ne *voulait* pas la perdre ! Le monde n'aurait plus aucun attrait, si elle n'était plus là.

Il pria Dieu de lui pardonner d'avoir fait du mal à la jeune femme. Il avait détruit ce qu'il y avait de plus beau en elle – sa pureté, son innocence – et il se le reprocherait éternellement.

13

La plantation était comme tombée dans une profonde léthargie, depuis l'annonce de la tragédie. Esclaves et domestiques vaquaient mécaniquement à leurs occupations, l'air triste. Presque personne ne parlait, et tout rire avait déserté la maison.

Adrian avait eu une attaque, peu après que Georges eut ramené sa femme, et le Dr Thorley s'était retrouvé avec deux patients sur les bras. Georges essayait de tenir le coup, mais l'idée de perdre tout ce qui lui restait de famille était insupportable.

Ce drame, en tout cas, lui faisait mieux comprendre les tourments de son grand-père, ces cinq dernières années. Sans famille, un homme se retrouvait coupé de tout lien avec le passé et le futur… Du coup, il pardonnait au vieil homme ses manigances pour tenter de renouer avec lui. Aujourd'hui, lui-même aurait été prêt à recourir à n'importe quel expédient afin de préserver sa famille.

Quand le docteur eut dispensé ses soins au vieillard, il retourna examiner Mikaela, puis quitta enfin la chambre et redescendit au rez-de-chaussée.

Georges l'accueillit au bas des marches, rongé d'inquiétude. Le médecin expliqua qu'il réservait son pronostic. L'avenir seul dirait si la jeune femme pourrait survivre à sa chute. Pour ce qui était d'Adrian, en revanche, le Dr Thorley se montra plus optimiste : il estimait que le vieil homme était assez solide pour être tout à fait rétabli d'ici à quelques jours.

Bien que Mikaela fût inconsciente, Georges insista pour la veiller. Il resta à son chevet deux jours et deux nuits. Elle ne bougeait pas, ne remuait pas même les lèvres. C'était un véritable crève-cœur de voir cette jeune femme, qui incarnait tellement la vie, plongée dans un sommeil qui ressemblait à la mort. Un bandage lui entourait la tête, à la manière d'un turban, et d'autres pansements couvraient ses blessures aux jambes et aux bras. Elle semblait si fragile qu'il n'osait la toucher...

— Georges ?

La voix de Vance le tira de ses sombres pensées. Il se tourna vers son ami.

— Quels sont tes ordres ? lui demanda Vance. Ton bateau était censé appareiller demain. Et le mien est réparé...

— Prends le commandement de ma goélette. Repars dans les Caraïbes, comme prévu. Et confie ton bateau à Beecham. Les deux autres navires font route pour l'Angleterre. Quand ils rentreront, j'espère bien que Mikaela aura repris connaissance.

Vance hocha la tête.

— Rien d'autre ?

— Si. Prie pour son rétablissement.

— Je le fais tous les jours, Georges, répondit Vance, avant de s'éclipser discrètement.

Après son départ, Georges regarda par la fenêtre. De gros nuages gris obscurcissaient le ciel.

— Vois-tu un peu cela ? dit-il à Mikaela. Tu as fait fuir le soleil... Combien de temps vas-tu encore rester sur ce lit, à nous désespérer tous ?

Serrant la main de la jeune femme dans la sienne, il ajouta, la voix emplie d'émotion :

— Reviens-moi, petite princesse. Ton royaume et tes serviteurs t'attendent. Nous avons tous besoin que tu ramènes le soleil au-dessus de nos têtes...

Et une nouvelle fois, comme dans les contes de fées, Georges ne put s'empêcher d'embrasser la jeune femme sur le front.

Quelle ne fut pas sa surprise – et son soulagement – de voir alors Mikaela battre des paupières ! L'instant d'après, les beaux yeux émeraude regardaient dans sa direction. Georges aurait voulu crier sa joie jusqu'au ciel !

— Quel bonheur de te voir de retour à la vie, chérie ! Attends, je reviens tout de suite...

Il se précipita dans le couloir, pour appeler le docteur et annoncer à toute la maisonnée qu'elle avait repris connaissance.

Vance, qui avait descendu le perron et s'apprêtait à prendre place dans son attelage, remonta l'escalier quatre à quatre pour venir constater le prodige.

Mikaela dévisagea une à une les têtes penchées au-dessus d'elle et, humectant ses lèvres desséchées, demanda :

— Où suis-je ?

Le Dr Thorley s'assit sur le lit pour l'examiner, et Georges s'assit de l'autre côté.

— Tu es dans ta chambre, à la plantation, expliqua-t-il.

La jeune femme déglutit péniblement, s'obligeant à rester immobile pendant que le médecin lui auscultait la gorge et le fond de l'œil.

— J'ai une autre question... dit-elle ensuite. *Qui* suis-je ?

Tous les visages se figèrent d'un coup, et les domestiques accourus dans la pièce ne purent retenir un cri d'effroi.

Mikaela essaya de se redresser sur ses oreillers, mais elle ne se sentait aucune énergie, et elle commençait à s'irriter de voir autour d'elle tous ces gens qu'elle ne connaissait pas.

Elle se tourna vers le bel homme aux yeux bleus, assis à sa gauche :

— Pourrais-je avoir un verre d'eau, monsieur... ?

— Saffire. Georges Saffire, répondit-il en lui prenant la main. Je suis ton mari, Mikaela... Tu ne te rappelles pas ?

— Je m'appelle Mikaela... ? Et vous êtes... *quoi !* Comment pouvons-nous être mariés ? Je ne vous connais pas !

Le Dr Thorley lui tapota affectueusement l'épaule.

— Calmez-vous, mon enfant. Vous vous réveillez d'un long coma, consécutif à une chute qui vous a causé plusieurs blessures, dont une grave à la tête. Nous allons vous chercher un verre d'eau, mais promettez-nous de rester bien tranquillement dans ce lit en attendant notre retour.

La jeune femme fronça les sourcils en voyant toute l'assistance suivre Georges et le docteur hors de la chambre.

— Il faut donc tant de monde pour m'apporter un verre d'eau ?

Georges se retourna en souriant.

— Nous allons revenir très vite, chérie. Avec plein de verres d'eau...

Une fois dans le couloir, le Dr Thorley prit soin de refermer la porte de la chambre derrière lui, avant de s'adresser aux visages qui le regardaient anxieusement.

— Mikaela présente tous les symptômes d'une amnésie. Considérant la chute qu'elle a faite, on peut supposer que c'est la conséquence logique de sa blessure à la tête. Mais nous ne pouvons pas totalement écarter l'hypothèse d'un choc émotionnel. Dieu seul sait ce qui s'est passé entre elle et Barnaby Harpster, avant qu'ils ne s'écrasent tous deux sur les rochers.

— Combien de temps sa mémoire mettra-t-elle à revenir ? questionna Georges.

Le médecin haussa les épaules.

— Quelques jours, quelques semaines... ou peut-être plus, hélas. Si le cerveau est touché, elle ne recouvrera jamais totalement la mémoire. En tout état de cause, il est impossible d'en dire davantage pour le moment. Des visages ou des décors familiers peuvent aider au rétablissement des amnésiques. Le mieux serait sans doute de la ramener au bord de cette falaise. Mais le choc risque d'être rude, et je préfère que nous attendions qu'elle se soit parfaitement rétablie de ses autres blessures... D'ici là, montrez-vous patients et compréhensifs à son égard. Songez que ce n'est pas facile pour elle de découvrir qu'elle a une vie bien réglée, dont pourtant elle ne se souvient pas...

Le médecin fut interrompu par les appels de la jeune femme :

— Hou hou ! Il y a quelqu'un ? Vous n'avez pas oublié mon verre d'eau ?... J'ai soif, s'il vous plaît !

Les domestiques se précipitèrent pour aller chercher le fameux verre d'eau, tandis que Georges rentrait dans la chambre. Malgré les ordres du médecin, elle s'était redressée dans le lit et inspectait ses pansements.

Il ne put retenir un sourire. Mikaela ne se souvenait peut-être plus de son identité, mais elle avait gardé le même caractère indomptable. Jamais elle ne saurait obéir à un ordre !

Embusqué derrière la porte entrouverte de son bureau, Georges, amusé, regardait Mikaela traverser sur la pointe des pieds le hall désert. Nul doute qu'elle caressait l'espoir de se glisser dehors, sans éveiller l'attention des anges gardiens qui la dorlotaient depuis maintenant une semaine.

Il n'était pas vraiment surpris que la jeune femme cherche ainsi à leur fausser compagnie, comme une voleuse. Chaque jour, elle se plaignait de devoir rester consignée dans son lit, réduite à une oisiveté qui l'insupportait.

Deux fois, il l'avait descendue sur la terrasse, pour lui faire profiter de la fraîcheur matinale. Mais il s'était rangé à l'avis du docteur, qui déconseillait toute activité physique prématurée, même si elle assurait être en bonne forme.

— Où vas-tu comme ça, chérie ? demanda-t-il, sortant de l'ombre juste au moment où elle attrapait la poignée de la porte.

Mikaela se figea sur place en reconnaissant la voix de baryton qui l'interpellait. Quoique Georges prétendît être son mari – ce que tout le monde, du reste, confirmait –, elle ne se souvenait pas du tout d'avoir épousé ce bel homme aux yeux bleus. Certes, elle lui reconnaissait beaucoup de charme et de prestance. Mais il demeurait pour elle un étranger, au milieu de tous ces étrangers qui peuplaient la maison.

— J'ai besoin de respirer un peu d'air, répondit-elle, persuadée qu'il ne pourrait refuser.

— Très bien, mon amour, si c'est ton souhait... Mais tu vas être obligée d'accepter ma compagnie. Je ne voudrais pas que tu te perdes...

Georges savait se rendre indispensable et se faire apprécier. De toutes les personnes qui la soignaient, c'était la seule à lui accorder un peu de cette liberté qu'elle désirait si fort.

— Laisse-moi te prendre un manteau, ajouta-t-il en courant chercher un manteau dans la penderie du hall. Il fait un peu frais, et si tu attrapais la grippe, tu serais de nouveau confinée dans ta chambre. Or je sais bien que tu n'aimes pas ça...

Mikaela ne put retenir un sourire quand il enroula le manteau sur ses épaules. Le contact de ses mains était bizarrement réconfortant – comme si un lointain souvenir avait effleuré les confins de sa mémoire, avant de disparaître à nouveau.

— Vous devez me trouver bien ennuyeuse à toujours me plaindre de devoir rester dans ma chambre... Ai-je toujours eu cet esprit rebelle, ou est-ce mon amnésie qui provoque ce besoin de liberté ?

Il ouvrit la porte, avant de déposer furtivement un baiser sur sa joue.

— Tu as toujours eu un caractère intrépide et très indépendant, répliqua-t-il avec un sourire. C'était d'ailleurs constamment mon inquiétude de te voir courir des dangers.

Elle sortit sur le perron et respira à pleins poumons l'air du dehors.

— Étions-nous mariés depuis longtemps ?

— Depuis un mois.

Mikaela se tourna vers lui.

— Et... étions-nous heureux ?

Georges se rappela leur étrange relation, qui lui paraissait bien lointaine, tout à coup. Mais puisque Mikaela ne se souvenait de rien, il décida de déguiser la vérité. Cette amnésie providentielle lui donnait une chance de recommencer tout de zéro avec la jeune femme. Et de recommencer en mieux...

— Oui, ma chérie, nous étions très heureux, mentit-il sans ciller.

À défaut de changer le passé, il pouvait adoucir leur avenir. Et il se promettait de compenser tout le mal qu'il avait pu lui causer.

Tandis qu'il allait chercher leur attelage, Mikaela admira la grâce toute masculine avec laquelle se mouvait son mari. Pourquoi, en effet, n'aurait-elle pas été heureuse avec cet homme ? Il était séduisant, drôle, intelligent, et semblait parfaitement dévoué à son épouse. Elle en conclut qu'elle avait dû l'aimer passionnément... D'ailleurs, si elle ne l'avait pas aimé de tout son cœur, elle n'aurait certainement pas consenti à l'épouser. Ne lui avait-il pas dit qu'elle possédait un caractère très indépendant ?

Quand il revint, Mikaela était occupée à contempler la maison nouvellement repeinte.

— C'est vraiment charmant, ici... Qui s'occupe de cette demeure ?

Georges souleva la jeune femme dans ses bras pour l'installer sur la banquette.

— C'est toi qu'il faut féliciter, chérie. Tu as dirigé le ravalement des façades.

Elle écarquilla les yeux.

— Moi ?

— Oui, toi, confirma-t-il en s'asseyant à son côté. Je te rappelle que tu es la maîtresse des lieux. Ce qui, du reste, ne t'a pas empêchée de prendre un pinceau comme tout le monde, pour mettre la main à la pâte. Et tu ne t'es pas arrêtée à cette maison. Même le cottage de... Qu'est-ce qui ne va pas, Mikaela ?

Un souvenir fugitif avait tout à coup traversé la mémoire de la jeune femme. L'espace d'un instant, elle avait vu un visage horrible surgir de la pénombre. Mais avant qu'elle puisse identifier l'image ou la rattacher à un épisode de son passé, la vision avait disparu.

— Rien, dit-elle. J'ai cru me rappeler quelqu'un, mais c'est parti aussi vite que c'est venu... Vous savez, Georges, c'est très frustrant de ne pouvoir se raccrocher à un passé. Je vous connais à peine, et je me connais encore moins.

Il la serra dans ses bras pour la réconforter, et son parfum masculin évoqua de nouveau à Mikaela une impression familière.

— Sois patiente, ma chérie, murmura-t-il. Mais, s'il te plaît, dis-moi « tu », comme avant le drame. N'oublie pas que nous sommes mariés.

S'emparant des rênes, il ajouta :

— Et maintenant, où veux-tu aller pour ta première sortie officielle ? Dans les champs de coton ?

Mikaela se redressa sur la banquette, et Georges lui vit prendre cet air si déterminé qu'elle avait autrefois, lorsqu'elle désirait quelque chose.

— Non, ramène-moi plutôt là où j'ai eu mon accident. Je veux retrouver mes souvenirs, Georges. Si ce décor m'évoque quelque chose, nous aurons progressé.

Il ne pouvait s'en prendre qu'à lui-même d'avoir proposé à la jeune femme de choisir le but de leur excursion...

Il s'exécuta, la mort dans l'âme, engageant les chevaux sur le chemin. Depuis l'accident, il avait été incapable de lui refuser quoi que ce fût. C'était sans doute sa manière de compenser tout le mal qu'il lui avait causé.

Mikaela se concentrait, dans l'espoir de rassembler les fragments épars de sa mémoire. Quand l'attelage atteignit un coude du chemin, en bordure de la rivière, elle tira la manche de Georges pour lui faire signe de s'arrêter. L'espace d'un instant, elle s'était vue voler... Cet endroit devait évoquer quelque chose de particulier.

— C'est ici que tu as fait un beau vol plané, le jour de ta première leçon d'équitation, expliqua-t-il. Tu as terminé le nez dans la rivière. J'avais peur que tu ne te sois cassé quelque chose, mais tu as eu la chance de t'en sortir indemne. Après ces émotions, nous avons fait sauvagement l'amour, un peu plus loin dans l'herbe... Tu ne t'en souviens pas ? En tout cas, moi, je ne suis pas près d'oublier cette journée...

Elle se sentit rougir et préféra se réfugier dans le silence. Jusqu'à présent, il n'avait exigé d'elle aucun devoir conjugal. Il dormait dans le boudoir attenant à sa chambre, et cela convenait parfaitement à la jeune femme. Même si elle savait qu'il devait souffrir de la situation, elle ne se sentait pas prête à reprendre des relations intimes avec un homme qui avait toujours pour elle une figure d'étranger.

Georges s'était amusé de la voir rougir. Elle était comme une enfant, découvrant chaque jour le monde. Mais il aurait voulu l'aider à recouvrer au moins une partie de sa mémoire. S'il préférait qu'elle ne retrouve jamais le souvenir de cette soirée fatale, il aurait aimé en revanche qu'elle n'ait pas totalement oublié les moments d'intense passion qu'ils avaient partagés...

L'attelage avait repris sa route et gravissait un sentier en pente. Quand Georges tira les rênes, tout en haut, Mikaela comprit qu'ils étaient arrivés à destination. Elle parcourut le paysage du regard, depuis les arbres, derrière elle, jusqu'au précipice qui s'étendait sous leurs pieds. Avant que son compagnon ait pu lui venir en aide, elle était déjà descendue de voiture pour s'approcher de la falaise, attirée par une émotion qu'elle n'aurait su nommer.

Pendant quelques secondes, elle resta ainsi au bord, espérant que le passé s'ouvrirait enfin tout grand, comme ce vide qui surplombait la rivière. Lorsque son pied, soudain, glissa sur une pierre, elle eut l'étrange impression de revivre quelque chose d'effroyable. Elle se voyait tomber dans un abîme sans fin... C'était si terrifiant que la jeune femme, cherchant un réconfort, courut se réfugier dans les bras de Georges.

Elle tremblait de tous ses membres. Il la serra très fort. Lui-même se sentait mal à l'aise de se retrouver dans cet endroit maudit.

Le visage effrayant de tout à l'heure était réapparu dans l'esprit de la jeune femme, sans qu'elle puisse davantage l'identifier. Et elle avait beau essayer de se concentrer, sa vision s'effaçait déjà dans un brouillard opaque...

— Ça n'a plus d'importance, à présent, murmura-t-il. Laissons le passé dormir où il est. L'essentiel, c'est que tu sois toujours en vie, et que je puisse te tenir dans mes bras...

Et sur ces mots, il l'embrassa, avec une familiarité qui laissait supposer qu'il était habitué à l'embrasser ainsi – et qu'elle aimait cela... Soit par instinct, soit par habitude, elle n'aurait su dire, Mikaela répondit à son baiser. Elle s'émerveillait de voir avec quelle habileté il réussissait à chasser les spectres qui la hantaient, et à remplacer ce froid qu'elle ressentait au plus intime d'elle-même par la flamme bienfaisante du désir. Elle ne doutait plus, à présent, qu'elle avait dû aimer Georges passionnément, pour qu'il produise encore un tel effet sur elle.

Au bout d'un long moment, il trouva enfin la force de s'écarter. Il croisa alors son regard. Elle levait sur lui des yeux emplis de confiance et de dévotion. Il en éprouva un pincement au cœur.

— Mikaela, je...

Au lieu de poursuivre sa phrase, il sourit, et dévia brusquement le cours de ses pensées :

— Je crois qu'il est temps de rentrer à la maison.

Mikaela ne s'était pas encore totalement remise de son baiser. Elle se sentait de plus en plus amoureuse de ce mari, si séduisant et attentionné.

— J'aimerais, dit-elle en nouant les bras à son cou, avoir l'occasion de pratiquer... ce que j'ai oublié.

Georges était émerveillé. Quelle admirable séductrice !

— Madame ma femme, tu as toute permission pour pratiquer aussi longtemps et aussi souvent que tu le souhaiteras, répondit-il. Mais c'est à toi de savoir quand tu te sentiras prête à... enfin, tu vois ce que je veux dire...

Et, à contrecœur, il ramena sa jeune épouse vers leur attelage.

— Nous ferions bien de rentrer, maintenant. Sinon tu vas prendre froid, chérie.

— Tes attentions sont vraiment touchantes, Georges, murmura-t-elle. Je t'en sais gré. Et j'apprécie également que tu ne me forces à rien.

Ils remontèrent en voiture.

Avant qu'il ne reprenne les rênes, Mikaela contempla une dernière fois la falaise :

— Que s'est-il passé exactement, ici ? J'ai posé la question à Adrian, mais il est devenu si pâle que je n'ai pas osé insister, de peur qu'il ne fasse une autre attaque. Quant aux domestiques, dès que je leur en parlais, ils trouvaient un prétexte pour fuir ma chambre... Tu es mon dernier espoir d'obtenir une réponse franche et sincère.

Sincère ? Georges avait le sentiment de ne pas l'avoir beaucoup été, depuis qu'elle était sortie du coma. Il ne lui parlait que de ce qu'il voulait qu'elle se souvienne, et passait volontairement sous silence tout ce qui aurait pu la fâcher. Mais la confiance qu'elle lui témoignait l'obligeait à ne pas se dérober.

— Tu étais partie toute seule à cheval, mais j'ignore pourquoi tu t'es arrêtée ici. Un homme... l'ancien contremaître de la plantation, avait dû te suivre.

— Pourquoi ? demanda-t-elle, avide de connaître tous les détails.

— Il voulait se venger de toi, parce que vous vous étiez souvent disputés tous les deux. Il t'avait attaquée une première fois, mais avait réussi à s'échapper avant qu'on ne puisse le mettre en prison. La suite, je ne peux que la supposer... Il a dû te suivre jusqu'ici et a cherché à te pousser du haut de la falaise. Vous

vous êtes battus, et tu as réussi à l'entraîner dans ta chute. On a retrouvé son corps, sur les rochers. Il était mort.

— Comment s'appelait cet homme ?

— Barnaby Harpster.

La jeune femme hocha la tête d'un air entendu.

— Un visage haineux hante les recoins de ma mémoire... Je comprends mieux, à présent, pourquoi cette vision me donne la chair de poule. D'une certaine manière, c'est aussi bien que je ne me rappelle pas ce qui s'est passé. Ça a dû être horrible.

Elle frissonna, mais se reprit bien vite et agrippa le bras de Georges.

— Ta force et ta présence me rassurent, confia-t-elle. J'ai beaucoup de chance de t'avoir, Georges. J'ai fait le bon choix en t'épousant.

Il ne répondit rien. Le remords et la honte lui brûlaient la gorge. Il s'en voulait de lui mentir aussi effrontément. Mais ce cocon ouaté qu'il tissait autour d'elle lui paraissait nécessaire. Pour rien au monde il n'aurait voulu que la jeune femme apprenne pourquoi elle avait fui dans la nuit.

À peine Georges eut-il stoppé l'attelage devant le perron, qu'Adrian et les domestiques surgirent, affolés, regardant la jeune femme comme s'ils redoutaient de lui découvrir de nouvelles blessures.

— Elle n'a rien ? demanda le vieillard, très ému. Que s'est-il passé ?

Georges riait presque de voir tous ces visages anxieux rivés sur Mikaela. Lui-même n'avait pas reçu autant d'attentions, le jour où il était revenu à la plantation après cinq ans d'absence ! En à peine un mois, elle avait su se rendre indispensable.

— Mikaela va très bien, annonça-t-il à la cantonade.

Il y eut un soupir collectif de soulagement, après quoi Georges précisa :

— Elle voulait simplement prendre un peu l'air et changer de décor. Je me suis chargé de la promener.

— Tu aurais pu prévenir quelqu'un, grommela Adrian sur un ton de reproche. Quand nous nous sommes aperçus qu'elle n'était plus dans sa chambre, toute la maison s'est retrouvée sens dessus dessous.

— Je suis désolée, s'excusa la jeune femme, qui s'apprêta à descendre de voiture.

Aussitôt, plusieurs domestiques se précipitèrent pour l'aider. Adrian profita de la confusion pour continuer à gronder son petit-fils :

— Cherchais-tu à ce que je fasse une autre attaque ? Je sais que tu as passé cinq ans à me maudire, mais tu ne vas quand même pas me tuer !

Georges le prit par les épaules et l'aida à gravir les marches du perron.

— T'ai-je déjà dit, grand-père, combien j'apprécie que tu m'aies trouvé une épouse aussi merveilleuse, alors que moi-même je n'avais pas le temps de chercher ?

Dans sa stupéfaction, Adrian faillit rater une marche, et il se rattrapa de justesse à son petit-fils.

— Dois-je comprendre que tu me *remercies* d'avoir trouvé Mikaela ?

Georges hocha la tête.

— Et je m'excuse de t'avoir causé du souci. Mais elle était à bout de patience. Elle ne supportait plus sa chambre. En fait, je l'ai interceptée au moment où elle s'apprêtait à sortir clandestinement. Pas un seul instant je n'ai pensé que son absence mettrait la maison en émoi.

— Tu sais, Georges, je tiens beaucoup à cette petite. Elle est pour moi comme une étincelle de vie. C'est pourquoi je n'ai pas envie de la perdre.

— Moi non plus, grand-père, murmura le jeune homme. Moi non plus...

Il abandonna Adrian pour suivre Mikaela à l'étage, et le vieillard les regarda monter côte à côte d'un œil ému. Georges était trop fier pour avouer qu'il était tombé amoureux de sa femme – peut-être ne se l'était-il pas avoué à lui-même, du reste. Mais cela ne saurait tarder, Adrian en était convaincu.

Le vieil homme était devenu tout à coup terriblement sentimental. Il se prit à rêver que Georges et Mikaela seraient bientôt aussi heureux que lui-même l'avait été avec sa chère Elizabeth, disparue dix ans plus tôt. Et la plantation retrouverait sa grandeur d'autrefois, lorsque Elizabeth la dirigeait...

C'était peut-être pour cela qu'Adrian avait tout de suite aimé Mikaela : elle possédait la même énergie, la même vivacité qu'Elizabeth.

Il n'était pas certain que Georges ait raison de vouloir, pour l'instant, couper la jeune femme de son passé, mais cette fois il se garderait bien d'intervenir. Un jour ou l'autre, si Mikaela ne retrouvait jamais la mémoire, Georges trouverait un moyen de lui raconter, sans la heurter, ce qu'elle avait vécu avant son accident. Mais ce ne serait pas facile ! Expliquer comment s'était conclu leur mariage, sans réveiller son hostilité, relèverait à coup sûr de l'exploit...

14

Avec une détermination qu'elle voulait sans faille, Mikaela s'approcha de la porte qui séparait sa chambre du boudoir où dormait Georges. Depuis deux semaines qu'elle s'était réveillée de son étrange sommeil, elle avait passé toutes ses journées en compagnie de son mari, apprenant à mieux le connaître, commençant même à l'aimer – tout comme elle avait dû l'aimer avant d'être frappée d'amnésie.

Ce soir, elle avait décidé de devenir sa femme dans tous les sens du terme.

Elle attarda un instant sa main sur la poignée, avant de pousser la porte. La chambre de Georges était plongée dans une obscurité que troublait le clair de lune. Son mari était allongé sur le lit. Avec un peu d'appréhension, elle se dirigea vers lui, se préparant mentalement à partager cette intimité dont elle n'avait plus le souvenir, mais que son corps réclamait...

Georges retint son souffle en entendant s'ouvrir la porte qui communiquait avec la chambre de Mikaela. La jeune femme se glissa dans la pièce, tel un ange blond en chemise de nuit blanche.

L'ange vint se matérialiser, un sourire aux lèvres, à la tête de son lit.

Georges n'osait pas bouger, de peur de voir s'évanouir cette merveilleuse apparition. Depuis six semaines qu'il connaissait Mikaela, il avait passé son temps à lui courir après et, chaque fois, elle lui avait échappé.

Ce soir, c'était elle qui venait à lui...

Cependant, il était conscient que la jeune femme n'aurait jamais agi ainsi, si elle s'était souvenue pourquoi elle s'était enfuie à cheval, la nuit du drame.

Depuis cette nuit tragique, il avait fait de son mieux pour recréer un monde accueillant autour d'elle. Il s'était occupé d'elle chaque jour, la laissant en paix la nuit, même s'il brûlait de la posséder. Patiemment, il avait attendu, dans l'espoir qu'elle vienne à lui.

Maintenant qu'elle était là, il en croyait à peine ses yeux...

Quand Mikaela commença à délacer sa chemise de nuit, Georges crut qu'il allait suffoquer. Fasciné, il regarda le fragile vêtement glisser sur ses courbes harmonieuses, révélant un condensé de perfection féminine. Lorsque la chemise de nuit tomba à terre, elle grimpa sur le lit, à côté de lui.

Ils n'avaient pas besoin de se parler pour se comprendre. Le geste de Mikaela était suffisamment éloquent : elle se sentait prête à revivre la passion dont elle avait perdu le souvenir.

Ce fut elle, encore, qui prit l'initiative de commencer à le caresser, laissant ses doigts courir sur le contour de son visage, puis de ses lèvres. Georges s'obligea à rester immobile. Il avait attendu deux semaines ce moment, et il ne voulait pas l'effrayer en lui faisant sentir son impatience.

Mais quand la jeune femme se glissa sous les draps et se colla à lui, il se demanda s'il n'était pas au paradis. Il n'aurait jamais cru éprouver une telle émotion, en voyant Mikaela venir à lui de son plein gré.

— Georges ? murmura-t-elle. Montre-moi comment c'était entre nous...

Il se redressa sur un coude pour mieux la contempler. Il avait peur de la toucher, peur de ne plus pouvoir tenir sa résolution, et se montrer si passionné qu'il risquerait de l'effrayer. Il était conscient que cette démarche n'était pas facile pour elle, alors qu'il demeurait toujours un étranger à ses yeux. Le pont qu'elle avait lancé était fragile, et il pouvait le faire écrouler par un geste déplacé.

— Es-tu certaine d'en avoir envie, chérie ?

— Si je n'en étais pas certaine, je ne serais pas venue ici...

Et, en riant, elle ajouta :

— C'est drôle, on jurerait que c'est toi qui hésites !

Mais son sourire s'évanouit brutalement, après qu'une pensée lui eut traversé l'esprit :

— Peut-être ne t'ai-je jamais réellement satisfait au lit, mais tu étais trop gentil, depuis mon accident, pour me l'avouer ?

— Chérie, la vérité, c'est que tu ne me satisfaisais pas assez souvent. S'il n'avait tenu qu'à moi, tu aurais passé tes journées dans mon lit.

— Aurais-je épousé un obsédé ? le taquina la jeune femme.

— Non, répondit Georges d'un ton grave. Tu as épousé un homme très amoureux, qui commençait à mal supporter toutes ces nuits sans toi. J'étais impatient de retrouver cette magie qui opère chaque fois que je te prends dans mes bras.

Il s'empara de ses lèvres, et Mikaela succomba sans même réfléchir. Elle était certaine que son inconscient n'avait jamais oublié ce que sa mémoire avait perdu. Cet homme était le sien. L'amour qu'elle lui portait transcenderait tous les obstacles soulevés par son amnésie. Si elle avait appris une chose, depuis son accident, c'est qu'elle appartenait sans contestation possible à ce séducteur aux yeux bleus, dont chaque sourire emplissait son cœur d'un plaisir indicible.

Georges avait maintenant abandonné les lèvres de la jeune femme, pour explorer son cou et la naissance de sa gorge. Mikaela sentit son cœur s'emballer à mesure que ses caresses se faisaient plus sensuelles et, surtout, plus intimes.

Lorsqu'il glissa une main entre ses cuisses, elle s'arrêta de respirer. Mais elle n'avait encore rien vu. Il insinua un, puis deux doigts au cœur de sa féminité, et ce contact la fit frissonner. À présent, chaque nouveau baiser, chaque nouvelle caresse de Georges ne faisaient qu'aviver un désir qui venait du plus profond d'elle-même, et elle pressentait qu'il serait le seul à pouvoir l'apaiser.

— Était-ce toujours comme cela ? murmura-t-elle en s'agrippant à lui.

— Toujours.

Mikaela décida alors de lui rendre une partie du plaisir qu'il lui procurait. Elle le fit s'allonger sur le dos, sans qu'il lui oppose la moindre résistance, puis, de ses mains et de ses lèvres, entreprit d'explorer chaque centimètre carré de son corps d'athlète. En découvrant les endroits où il était le plus réceptif, elle se créait ainsi de nouveaux souvenirs, qui viendraient combler le vide de sa mémoire.

Georges se demanda si ce n'était pas lui qui souffrait d'amnésie, tellement les caresses de Mikaela annihilaient sa raison. Quand la jeune femme prit dans sa bouche sa virilité érigée, il eut besoin de toute sa volonté pour garder son sang-froid et ne pas se jeter sur elle comme une brute, afin d'assouvir le désir insoutenable qu'elle allumait en lui.

— Dieu du ciel ! gémit-il. Si tu continues, je risque de ne plus répondre de rien...

Elle redressa la tête.

— J'aime beaucoup te caresser ainsi, dit-elle, avant d'approcher à nouveau les lèvres de son membre.

Georges ne put en supporter davantage. Il fallait qu'il possède Mikaela tout de suite, sinon il allait exploser ! Avec le plus de douceur possible, il l'obligea à se rallonger et s'étendit sur elle.

Elle laissa échapper un petit cri – d'appréhension, autant que de libération – à l'instant où Georges, après lui avoir écarté les cuisses, la posséda d'une seule poussée des reins. Elle s'abandonna totalement, lui offrant tout ce qu'elle pouvait lui offrir.

— Si tu as oublié ce qu'était autrefois notre passion, promets-moi de ne pas oublier cette nuit, lui chuchota-t-il. Fais-moi l'amour, mon ange. Conduis-nous tous les deux au paradis...

Mikaela le serrait très fort contre elle, comme s'il était l'autre moitié de son corps, l'autre moitié de son âme. Elle le suivit dans le tourbillon du plaisir, criant son nom à plusieurs reprises au moment de l'extase suprême...

Plus tard, bien plus tard, lorsque le feu de la passion se trouva apaisé, elle embrassa Georges dans le cou.

— Je ne sais pas exactement où tu m'as emmenée, chuchota-t-elle. Mais j'aimerais y retourner avec toi.

Il haussa un sourcil.

— Tu veux dire... là, maintenant ? Tout de suite ?

— Quand une femme n'a pas de passé, elle a tendance à vivre plus intensément le présent, répondit la jeune femme avec un sourire mutin.

— Bonté divine ! Mais... j'ai à peine la force de bouger, moi ! Il semblerait que tu aies oublié beaucoup de choses au sujet des hommes.

— Lesquelles ?

— Eh bien, par exemple, qu'un homme a besoin d'un peu de repos avant de pouvoir à nouveau prouver sa passion à une femme.

— Ah, bon ? Je croyais que tu trouvais que je ne te satisfaisais pas assez souvent ? s'étonna-t-elle en le caressant à l'endroit le plus sensible.

La réaction de Georges à cette caresse intime ne se fit pas attendre. Et, cependant, il n'en revenait pas. Comment pouvait-elle réussir ce prodige de réveiller son désir en si peu de temps ? Trente secondes plus tôt, il aurait juré qu'il n'avait plus de forces. Mais à présent...

— Oublie ce que j'ai dit, déclara-t-il en souriant. Tu m'as prouvé que j'avais tort.

— Non, Georges. C'est l'amour qui est la cause de tout cela. Si je suis ici, c'est parce que je t'aime vraiment.

L'aveu de Mikaela le bouleversa. Il serra très fort la jeune femme dans ses bras et lui fit de nouveau l'amour, encore plus intensément, comme s'ils n'avaient plus l'un et l'autre ni passé ni futur, comme si toute leur existence était condensée dans ce moment sublime.

Même si elle se rappelait, un jour, qu'elle s'était enfuie du bal à cause de lui et que sa fugue avait tourné au drame, Georges continuerait de chérir cette nuit de retrouvailles.

Pourtant, il savait bien qu'une fois qu'elle connaîtrait la vérité elle le mépriserait autant qu'elle l'aimait maintenant... Puisse-t-elle ne jamais se souvenir de ce qu'il aurait tellement voulu oublier lui-même ! Entendre Mikaela lui murmurer qu'elle l'aimait était à la fois son paradis et sa croix.

Même si l'horizon pouvait s'assombrir du jour au lendemain, Georges tenait à savourer chaque minute de cette félicité présente. Après leur nuit d'intense passion, toute la réserve que Mikaela lui témoignait jusqu'alors s'était dissipée. Désormais, elle ne perdait pas une occasion de lui confesser son amour, et la maison tout entière résonnait de son rire retrouvé.

Chaque matin, ils s'éveillaient dans les bras l'un de l'autre, pour passer leur journée ensemble. Ils étaient devenus inséparables, et Georges avait mis en garde le personnel de la plantation de ne plus reparler à son épouse du passé. La consigne était de l'aider à vivre pleinement le bonheur qu'elle méritait.

Souvent, ils se rendaient à des réceptions à Charles Town, mais il prenait soin de ne pas laisser la jeune femme toute seule au milieu d'un groupe de mauvaises langues, toujours prêtes à débiter les pires ragots. Il s'était institué le protecteur de son épouse avec une telle conviction, qu'une rumeur avait fini par courir en ville : Georges était si entiché de son épouse qu'il ne supportait plus l'idée de la quitter ne serait-ce qu'une minute. Et, bien sûr, il refusait totalement que d'autres hommes puissent l'approcher.

Parfois, il la voyait devenir pensive, comme si un décor, un parfum ou un mot lui avait rappelé un fragment de sa mémoire évanouie. Il retenait alors son souffle, espérant que leur bonheur ne serait pas brisé...

Le jour où il apprit que Vance était revenu des Caraïbes avec une nouvelle cargaison, Georges fit atteler la voiture et partit avec Mikaela en direction du port. En découvrant la goélette, avec sa somptueuse cabine, la jeune femme eut un éclair de mémoire. Tandis que son époux surveillait le déchargement, elle resta dans la cabine, avec l'impression qu'elle s'était déjà trouvée là autrefois. Mais ce souvenir demeurait fugace, et elle fut incapable d'en savoir plus.

C'était terriblement frustrant de retrouver quelques bribes de souvenirs qui s'évanouissaient presque aussi vite qu'elles étaient apparues. À chaque fois, Mikaela se croyait au bord de retrouver la mémoire, et pfft ! sa vision lui échappait.

La porte de la cabine s'ouvrit soudain sur un visiteur. C'est alors qu'un autre flash l'ébranla. Elle revoyait cet homme blond se tenir devant elle et lire un livre à haute voix. Mais, là encore, avant qu'elle ait pu décrypter la scène, son souvenir s'était envolé.

Vance Cavendish vint lui donner une chaleureuse accolade.

— Je suis content de vous revoir aussi en forme ! dit-il, lui posant un baiser sur chaque joue. Vous nous avez fait tellement peur...

Georges avait expliqué à Mikaela le rôle joué par son meilleur ami, la nuit du drame, dans son sauvetage. Elle le reconnut sans peine, à la description qu'en avait faite son mari.

— Je n'avais pas encore eu l'occasion de vous remercier, Vance, lui dit-elle avec un sourire chaleureux. Soyez assuré que je n'oublierai jamais ce que vous avez fait pour moi.

— Commencez-vous à vous rappeler votre passé ?

Elle parcourut la cabine du regard, avant de répondre :

— Jusqu'à aujourd'hui, je ne suis arrivée qu'à retrouver des bribes éparses, qui n'ont pas grande signification pour moi. Mais cette cabine me trouble bizarrement... Tout à l'heure, j'ai cru justement vous y voir. Vous teniez un livre dans la main et vous me parliez. Malheureusement, mon souvenir n'a pas été plus loin.

Vance dansait d'un pied sur l'autre, mal à l'aise.

— Vous vous êtes mariée avec Georges dans cette cabine, expliqua-t-il. Et c'est moi qui officiais.

Mikaela ne comprenait pas pourquoi il semblait réticent à lui raconter cette scène, mais elle lui offrit un sourire reconnaissant.

— Dans ce cas, il me faut vous remercier pour cela aussi. Je regrette seulement de ne pas me souvenir de ce qui a dû être le plus beau jour de ma vie.

— Le plus beau... ?

Vance avait failli s'étrangler, mais il se reprit bien vite et sourit à son tour.

Que diable avait pu lui raconter ce gredin de Georges à propos de leur mariage ? se dit-il. En toute hypothèse, ce ne pouvait être qu'un gros mensonge. À quoi jouait-il ainsi ? Voulait-il récrire l'histoire pour sa seule satisfaction ?

— Oui, vous avez raison... Ce fut un moment mémorable pour nous tous.

— Maintenant que vous êtes revenu parmi nous, vous m'aiderez peut-être à remettre de l'ordre dans mes souvenirs, suggéra la jeune femme, le regard empli d'espoir. Adrian m'a expliqué que lui et moi nous sommes rencontrés sur les quais, mais il sait très peu de choses de mon passé.

Et, affichant son plus joli sourire, elle ajouta :

— Avez-vous une idée d'où je venais ? Vous ne pouvez pas savoir combien c'est frustrant d'avoir le sentiment que votre vie n'a commencé que depuis quelques semaines !

— Vous arriviez de La Nouvelle-Orléans. Georges ne vous l'a pas dit ?

Il n'y avait plus à hésiter, conclut Vance en pensée. Georges avait bel et bien décidé de récrire le passé de la jeune femme. Mais il allait lui faire la leçon !

— La Nouvelle-Orléans... répéta Mikaela, songeuse.

Elle revoyait tout à coup l'image d'une petite fille courant dans une allée bordée de grands chênes.

C'était très ténu mais au moins, pour la première fois, elle pouvait se raccrocher à un souvenir ancien.

C'était si merveilleux que, sur une impulsion, elle étreignit Vance et l'embrassa avec effusion sur les deux joues.

— Merci ! Oh, merci ! Je crois que je vais finir par remonter le fil, vous savez.

Vance lui offrit son bras.

— Il y a un autre endroit de ce bateau qui devrait vous rappeler quelque chose. Laissez-moi vous le montrer.

Sachant combien Mikaela désirait reconstituer son passé, il n'eut aucun scrupule à l'entraîner dans la cale. Georges n'était qu'un imbécile. Ne se rendait-il pas compte qu'il ne faisait qu'empirer les choses en lui cachant la réalité ? Si elle recouvrait la mémoire – ce qui semblait de moins en moins impossible –, elle lui en voudrait terriblement de ne pas avoir été sincère avec elle. Georges courait à coup sûr au désastre !

En tout cas, Vance ne voulait pas être complice d'une pareille mascarade. Il avait déjà consenti, bien à contrecœur, de marier la jeune femme, mais cette fois il ne jouerait aucun rôle dans cette comédie. À compter d'aujourd'hui, il se faisait fort de l'aider, de tout son possible, à retrouver la mémoire. Du moins, pour ce qu'il connaissait lui-même du passé de Mikaela… ce qui était bien peu, assurément.

Et tant pis si son ami était furieux !

Georges ne manqua pas de s'inquiéter, en découvrant que sa cabine était vide. Il allait ressortir chercher son épouse, quand il tomba nez à nez avec Vance.

— As-tu vu Mikaela ? demanda-t-il aussitôt, sans cacher son anxiété.

— Oui. Et je dois dire qu'elle est toujours aussi charmante… J'ai chargé Timothy Toggle et Jeremy Ives de lui faire visiter le bateau, pendant que j'aurais un petit entretien avec toi.

Georges gagna la table à liqueurs, pour servir deux verres de whisky.

— Y a-t-il un problème ?

— J'aimerais que tu fasses le prochain voyage pour Boston. Cela fait deux mois que je suis en mer, et je souhaiterais profiter d'une semaine de repos. Maintenant que Mikaela va mieux, tu peux reprendre la navigation, il me semble ?

Georges tendit un verre à son ami.

— D'accord, mais acceptes-tu de t'occuper d'elle pendant mon absence ? Je ne peux pas la confier à Adrian. Il est trop âgé pour suivre son rythme !

— Je serais enchanté de m'acquitter de cette mission, assura Vance avec un sourire qui déplut à Georges.

— Je te conseille de t'intéresser à d'autres femmes que la mienne… grommela-t-il.

— Eh ! je suis ton meilleur ami ! Loin de moi l'idée de te voler ton épouse.

— Les meilleurs amis sont précisément connus pour se livrer parfois à ce genre d'exploits.

— Crois-moi, je ne pense qu'à ton intérêt – et à celui de Mikaela, répliqua Vance. Et au mien, bien entendu. Franchement, le plancher des vaches commençait à me manquer. Sachant combien tu aimes naviguer, je me suis dit que c'était un prétexte tout trouvé pour te faire reprendre la mer.

Ces derniers temps, Georges avait été trop préoccupé par Mikaela pour que son bateau lui manque. Mais le temps était sans doute venu de reprendre la direction de ses affaires.

— Tu as raison, je vais faire ce voyage jusqu'à Boston. Mais j'aurais quelques recommandations à te faire au sujet de mon épouse…

Après avoir goûté son whisky, il poursuivit :

— Nous avons, elle et moi, trouvé une harmonie que j'entends préserver. Ne la trouble pas en lui parlant du passé.

Ainsi, Vance avait vu juste. Georges se servait de l'amnésie de Mikaela pour enjoliver leur histoire. Le gredin !

Mais Vance se promettait de mettre à profit cette semaine avec elle pour y remédier. Si son ami tenait tant que cela à gagner l'amour et le respect de la jeune femme, qu'il s'y prenne honnêtement ! Laisser croire que son mariage avait été le plus beau jour de sa vie était une duperie lamentable.

— Tu as bien compris ce que je t'ai dit ? reprit Georges, le regard sombre.

— Tout à fait, répliqua Vance, qui avait en effet on ne peut mieux compris.

— Donc, je compte sur toi pour la protéger. Et j'insiste pour que rien ne vienne troubler le bonheur que nous avons su construire, elle et moi. Elle n'a pas besoin de savoir ce qu'elle a oublié.

C'était une opinion que Vance ne partageait pas.

— Pourquoi veux-tu la maintenir dans le noir ?

Georges détourna la tête, pour éviter le regard de son ami.

— Ce sont tes questions lancinantes et mes réponses absurdes, le soir du bal, qui ont provoqué le désastre qui s'est abattu sur elle. Après tout ce qu'elle a subi, j'ai considéré que c'était bien assez comme cela. Le passé est le passé. Inutile de raviver des blessures dont elle a perdu le souvenir.

— Cet acharnement au secret serait donc la conséquence de tes regrets ? ironisa Vance. À mon avis, l'explication est un peu courte...

Georges n'était pas homme à parler de ses sentiments personnels. Or, sa relation avec Mikaela était d'ordre strictement privé.

— Disons qu'il m'a paru mieux, pour tout le monde, de la laisser recommencer sa vie à partir de zéro.

— C'est en tout cas bien pratique pour toi, fit valoir Vance. Elle a oublié qu'elle te détestait. Je ne te savais pas si lâche, Georges...

— Je ne suis pas lâche ! J'essaie simplement de préserver notre bonheur.

— Tu ne fais que reculer l'inévitable, et tu le sais pertinemment. Réfléchis bien aux conséquences de tes actes, si tu ne veux pas les regretter pour le restant de tes jours. Si tu ne lui dis pas rapidement la vérité, cette mascarade risque de t'éclater en pleine face.

Georges dévisagea longuement son ami.

— Je sais que rien ne dure éternellement. Alors j'ai décidé d'accueillir chaque jour comme il venait, bon ou mauvais, sans chercher à précipiter quoi que ce soit.

— C'est une philosophie qui en vaut une autre, admit Vance. Mais, dans ce cas, prépare-toi à cc que le beau château de cartes que tu as construit s'écroule d'un seul coup. Quand Mikaela se rappellera ce que tu lui as caché, tu n'auras plus aucune chance de rentrer en grâce auprès d'elle. Et tu perdras sur toute la ligne, Georges.

Celui-ci allait répondre, lorsqu'un bruissement de satin l'avertit du retour de son épouse. Elle entra dans la cabine, souriante, et ce fut comme si un rayon de soleil avait pénétré dans la pièce. Elle vint tout droit lui donner un baiser passionné, avant de lorgner discrètement le lit d'un air entendu.

— Vance, si tu veux bien nous excuser... murmura Georges, sans quitter les yeux envoûtants de la jeune femme.

Vance s'esquiva, non sans avoir tenté d'avertir une dernière fois son ami du regard. Mais Georges ne pensait déjà plus à leur conversation, toute son attention était monopolisée par Mikaela. Vance ne comprenait pas l'essentiel : il n'avait jamais été aussi heureux de sa vie qu'en ce moment. Et il était convaincu de rendre heureuse la jeune femme. Quel crime y avait-il à cela ?

— J'ai visité tous les recoins de ce bateau, dit-elle en commençant à déboutonner la chemise de son mari. Tous, sauf un : le lit du capitaine.

Georges arrêta la main qui lui caressait le torse.

— Mes hommes sont encore à bord, chérie. Et je suis supposé négocier avec les marchands la vente de ma cargaison…

— Eh bien, tu auras quelques minutes de retard, voilà tout. Tes compétences sont pour l'instant requises ailleurs, mon cher capitaine.

La proposition était trop tentante, songea-t-il. Après tout, puisqu'il devait partir pour Boston, il serait privé de son épouse pendant plusieurs jours. Cela valait la peine d'en profiter.

Il porta la jeune femme jusqu'au lit, et lui fit l'amour avec une passion destinée à conjurer le tourment de savoir qu'il vivait sur un mensonge. Certes, il avait récrit le passé, mais ces semaines de bonheur qu'il avait partagées avec Mikaela n'en valaient-elles pas la peine ?

Georges voulait croire que l'avenir lui donnerait raison…

15

— Sais-tu vraiment à quel point je t'aime ? murmura Mikaela, quand ils furent redescendus de leur extase. Ce que ma vie devait être vide, avant que j'aie la chance de te rencontrer !

Georges déposa un baiser sur ses lèvres, pour y goûter une dernière fois, avant d'abandonner le lit.

Voyant qu'il ne lui avait pas retourné sa confession, la jeune femme, interloquée, le regarda rassembler ses vêtements et se rhabiller pour aller rencontrer ses clients. Elle aurait voulu lui annoncer qu'il allait bientôt être père, mais elle préférait d'abord qu'il lui avoue son amour.

Si aimant et passionné qu'il pût se montrer, il n'avait pas une seule fois prononcé les mots que Mikaela rêvait d'entendre. Était-il possible qu'il les ait dits avant – avant le drame – et qu'elle ne s'en souvienne pas ? Ou préférait-il exprimer ses sentiments par des gestes, plutôt que par des paroles ?

Mais, au fait, est-ce que Georges l'aimait ? Depuis l'accident, il avait passé pratiquement toutes ses journées avec elle. Ensemble ils parlaient, se promenaient, riaient, faisaient l'amour. Et quand il partait seul en ville, il lui rapportait toujours un cadeau. Une fois, il lui avait offert un collier d'émeraudes, stupéfiant de beauté. Une autre fois, une bague en or et diamants. Ces présents étaient-ils le gage de son affection... ou une sorte de compensation de son absence de sentiments ?

Tenait-il vraiment à elle, ou avait-il simplement pitié d'elle depuis son accident ?

— Je vais devoir m'absenter quelques jours, chérie, annonça-t-il soudain, alors qu'il remettait ses bottes. Vance souhaiterait se reposer un peu, et j'ai accepté de le remplacer le temps d'un aller-retour jusqu'à Boston.

Mikaela contemplait le dos de son mari, s'émerveillant de voir ses muscles jouer sous le tissu de la chemise. Elle était un peu chagrinée qu'il ne lui ait pas proposé de l'accompagner dans son voyage, mais elle ne voulait pas s'inviter toute seule. Peut-être en demandait-elle trop ? Elle savait qu'avant son accident il consacrait beaucoup de temps à ses bateaux. Cela ferait bientôt trois mois qu'il n'avait pas repris la mer, et elle ne désirait pas le gêner dans ses affaires.

Et puis, Georges avait sans doute besoin d'un peu de temps à lui. Mikaela en profiterait pour faire le point. Et, pendant que son époux serait loin d'elle, peut-être réaliserait-il à quel point il l'aimait et le lui dirait-il à son retour ?

— Combien de temps seras-tu parti ?

— Au moins une semaine.

— Je trouverai bien à m'occuper, assura Mikaela d'une voix légère.

Il la dévisagea.

— Occupe-toi avec tout ce que tu veux, mais pas avec d'autres hommes, chérie. Je n'aimerais pas me voir remplacé à mon retour.

— Grâce à toi, je me suis découvert un gros appétit, le taquina la jeune femme. Une semaine, c'est bien long...

Il esquissa un sourire.

— La bibliothèque de la plantation est à ta disposition. Lis tout ton soûl. Mais arrête-toi là. Je ne suis pas de ces maris qui acceptent de partager leur femme.

Ce n'était toujours pas un aveu d'amour. Mikaela brûlait de lui poser la question qui la démangeait, mais elle se retint. La confession de Georges devrait venir d'elle-même...

— Quand pars-tu ? se contenta-t-elle de demander.

Il s'éloignait déjà vers la porte.

— Demain à l'aube.

Il ouvrit le battant.

— À plus tard, ma chérie, murmura-t-il avant de le refermer derrière lui.

Dès qu'il fut parti, Mikaela se leva pour récupérer ses vêtements. En contemplant le lit, un souvenir bizarre traversa sa mémoire. L'espace d'une seconde, elle crut se revoir, sur ce même lit, attachée comme une prisonnière...

C'était absurde ! Sa mémoire lui jouait des tours étranges...

Georges ne cessait de lui assurer que le passé n'avait pas d'importance. Mais ce n'était pas lui qui avait perdu jusqu'aux souvenirs de son enfance ! Il ne pouvait pas comprendre quels tourments cela provoquait, de vivre sans passé.

Et pourquoi, d'ailleurs, tenait-il à ce qu'elle ne se rappelle de rien ? se demanda-t-elle soudain. Voulait-il oublier quelque chose ? Ou, surtout, voulait-il qu'*elle* ne se rappelle pas quelque chose ?

Elle enfila sa robe, s'efforçant de chasser ces noires pensées. Peut-être n'aurait-elle pas été aussi suspicieuse, si elle avait été certaine que Georges l'aimait autant qu'elle l'aimait...

Tout à coup, une autre idée lui traversa l'esprit : avait-elle fait quelque chose qui avait ébranlé son amour, et dont il refusait de parler ? Mon Dieu ! Se pouvait-il, par exemple, qu'elle ait eu une liaison avec un autre homme alors qu'il était en mer ? Ce qui expliquerait son insistance, tout à l'heure, à lui faire jurer qu'elle ne fréquenterait personne durant son absence...

Mikaela se promit d'interroger Vance là-dessus. L'ami de Georges semblait savoir beaucoup de choses sur son passé et... mon Dieu ! et si c'était avec Vance qu'elle avait eu une liaison ? songea-t-elle encore. Se pouvait-il aussi que le bébé qu'elle portait ne fût pas de Georges, mais de Vance ?

Plus troublée que jamais, elle quitta le bateau pour rejoindre l'attelage qui l'attendait sur le quai. Une fois à la maison, elle tenterait de mettre de l'ordre dans ses idées. Et si elle n'y parvenait pas toute seule, elle appellerait Vance à l'aide. Quelles qu'aient été ses relations avec lui par le passé, c'était la seule personne qui pût l'aider à y voir plus clair. Si l'enfant qu'elle portait n'était pas de Georges, elle ne pourrait annoncer sa grossesse à son mari sans détruire du même coup le bonheur qu'elle avait découvert avec lui...

Était-elle déjà enceinte avant son accident ? Et son bébé, alors, n'avait-il pas souffert de sa chute ? Cette idée la terrifiait.

Mais quelle que fût la vérité, même la plus cruelle, Mikaela avait besoin de savoir.

Le lendemain matin, Georges arriva sur le quai alors que le soleil pointait à l'horizon. Mikaela l'avait accompagné et, au moment de descendre de voiture, il se retourna vers la jeune femme. Depuis qu'il était rentré à la maison, hier soir, elle s'était montrée bizarrement distante avec lui. Georges devinait que quelque chose n'allait pas... mais quoi ?

— Es-tu triste parce que je ne t'ai pas invitée à Boston, Mikaela ? Si c'est ça, sache que tu es la bienvenue à bord.

Elle resserra le col de son manteau pour se protéger de la fraîcheur matinale.

— Non, je préfère rester ici. Tu as tes affaires, et je ne veux pas être une nuisance pour toi. Du reste...

— Une nuisance ? la coupa Georges. Grands dieux ! Qui a bien pu te mettre cette idée saugrenue dans la tête ?

— Je pense que nous avons besoin de prendre chacun un peu de recul, Georges, répliqua-t-elle en regardant la mer. Depuis mon accident, il faut peut-être revoir certaines choses...

— Je trouve que les choses sont très bien ainsi, assura-t-il. Tu vas beaucoup me manquer, chérie.

— C'est vrai ? J'avais pourtant l'impression que tu étais impatient d'être débarrassé de moi.

Nom d'un chien ! Qu'avait-il pu dire ou faire pour lui donner ce sentiment ? se demanda-t-il, inquiet. Mikaela était en train de changer, et la perspective de perdre le bonheur qu'ils avaient partagé durant presque trois mois le mettait au supplice.

Il se décida à descendre sur le quai : La jeune femme lui donna un rapide baiser d'adieu et repartit aussitôt, en conduisant elle-même.

Il la regarda s'éloigner, songeur. Il éprouvait la désagréable intuition que sa vie abordait un nouveau tournant... un mauvais tournant. La confiance que Mikaela lui portait s'érodait de minute en minute. C'était à peine, depuis leur réveil, si elle avait croisé une fois son regard. Qu'avait-elle donc en tête ?

Plus tard, quand, agrippé au bastingage de son bateau, il vit les flèches de la cathédrale St. Michael disparaître à l'horizon, il se fit la réflexion que la distance qui séparait l'enfer du paradis n'était pas si immense...

Mikaela plaqua un sourire sur ses lèvres au moment de saluer le Dr Thorley, qui l'avait invitée au grand bal qu'il donnait dans son hôtel particulier de Charles Town. Le médecin en profita pour lui demander comment elle se portait. La jeune femme lui assura qu'elle s'était remise de toutes ses blessures... Physiquement, elle se sentait en excellente forme. Moralement, en revanche, c'était autre chose...

Ces derniers jours, elle n'avait cessé d'être obsédée par la vision d'une fillette déambulant dans un décor de plantation. Par moments, des visages lui apparaissaient – les membres de sa famille ? Personne, à Charles Town, ne semblait savoir quoi que ce soit sur ses parents et ses années de jeunesse. Ce qui ajoutait à son trouble, et la faisait s'interroger sur les raisons de son arrivée dans cette ville.

— Voulez-vous danser, chère amie ? lui proposa Vance, qui l'accompagnait à la soirée.

Elle accepta son bras. Jusqu'à présent, elle n'avait pas osé lui demander s'ils avaient eu une liaison, à l'insu de Georges. Mais Vance semblait connaître trop de choses sur elle pour qu'ils n'aient pas été intimement liés. Mikaela souhaitait en avoir le cœur net.

— Vance... puis-je vous demander quelque chose de très personnel ? murmura-t-elle, alors qu'ils valsaient.

— Allez-y.

Elle inspira profondément, afin de se donner du courage.

— Avons-nous eu, vous et moi, une liaison ?

Il manqua de peu lui marcher sur les pieds.

— Quoi ? s'écria-t-il sous le coup de la stupeur, éveillant aussitôt l'attention des danseurs voisins.

— Je voulais savoir si vous... enfin, si nous...

— J'ai très bien entendu, merci. Inutile de le répéter au milieu de toutes ces oreilles indiscrètes.

Et, guidant la jeune femme vers un coin plus tranquille, il ajouta :

— Si vous ne surveillez pas votre langue, les ragots vont courir.

— Vous n'avez pas répondu à ma question, insista Mikaela.

— La réponse est non. Mais peut-être auriez-vous aimé qu'elle fût oui ? la taquina-t-il.

Elle secoua la tête.

— J'avais juste besoin de savoir si nous avions fait quelque chose ensemble avant mon accident... Puisque ce n'est pas vous, se pourrait-il que j'aie eu une liaison avec un autre homme ?

Tout en parlant, la jeune femme parcourait la salle de bal du regard, s'interrogeant sur les danseurs : l'un d'eux avait-il été son amant ?

— Si je n'ai eu aucune liaison, reprit-elle, alors je ne comprends pas pourquoi Georges m'a interdit si farouchement de voir quelqu'un pendant son absence.

Il allait répondre, mais Mikaela avait d'autres questions à lui soumettre :

— Je ne comprends pas non plus pourquoi personne ne sait où j'ai grandi, et dans quelles circonstances. Ma famille habite-t-elle La Nouvelle-Orléans ? Dites-moi ce que vous savez, Vance. Tout ce que vous savez, que ce soit bien ou mal, peu importe. J'ai besoin de comprendre qui je suis et d'où je viens. Cette ignorance me rend folle !

Vance éprouvait une sincère compassion envers la jeune femme. Il comprenait ses tourments, que Georges avait tort d'entretenir en refusant de lui parler de son passé. N'était-il pas capable de se rendre compte de la cruauté de son attitude ?

Avisant un serviteur qui passait avec un plateau, il prit deux verres de punch et entraîna Mikaela dans un salon, afin qu'ils puissent parler plus à l'aise. Il commença par lui tendre un verre, qu'il lui demanda de vider d'un trait. Lorsque la jeune femme se fut exécutée, il lui tendit le second verre.

— Mon Dieu ! Ce que vous allez m'apprendre est donc si désagréable ? s'inquiéta-t-elle.

— C'est vous qui en déciderez, Mikaela, répondit-il en lui faisant signe de boire. Quand cet alcool vous aura un peu calmé les nerfs, je vous dirai tout ce que je sais.

Tandis qu'elle terminait son deuxième punch, Vance tenta de mettre de l'ordre dans ses pensées, pour déterminer où il devait débuter son récit. La chose n'était pas facile ! Il comprenait mieux, maintenant, pourquoi Georges répugnait à confesser la vérité.

Il faisait les cent pas sur le tapis, sans trouver par quel bout commencer.

— Bonté divine ! s'exclama la jeune femme, inquiète de le voir rester si longtemps silencieux. Aurais-je eu une liaison avec la plupart des hommes présents à cette soirée ?

Finalement, il lança les bras vers le plafond, comme pour conjurer le mauvais sort.

— Oubliez cette histoire de liaison, Mikaela. Vous n'avez jamais enfreint la fidélité conjugale, et pourtant ce n'est pas faute d'avoir essayé d'échapper à ce mariage...

Elle était médusée.

— Je... je ne voulais pas épouser Georges ? Et pourquoi donc ? Je l'aime !

Vance jugeait la situation de plus en plus délicate – sinon impossible. Il préféra éluder la question en remontant dans le temps.

— Georges et moi vous avons connue sur son bateau. Après avoir quitté La Nouvelle-Orléans, nous nous sommes aperçus de la présence d'un passager clandestin à bord. Il avait embarqué subrepticement, à la faveur des échauffourées qui opposaient les Français aux Espagnols. Ce passager clandestin, déguisé en garçon, c'était vous, Mikaela.

Vance s'interrompit, dans l'espoir que ce récit avait éveillé des souvenirs chez la jeune femme. Mais elle le contemplait, hébétée.

— Vous ne vous rappelez rien de tout cela, Mikaela ? N'avez-vous pas la moindre petite idée sur les raisons de votre fugue ? Faisiez-vous partie de la rébellion des Français ? Ou, au contraire, étiez-vous en trop bons termes avec les occupants espagnols, pour rester après leur départ forcé ?

Elle secoua la tête, d'un air d'impuissance.

— Je n'ai aucun souvenir de cette révolte dont vous me parlez. Et j'ignore totalement de quel côté était ma famille... Le meilleur moyen d'en savoir davantage serait de retourner là-bas. Avec un peu de chance, quelqu'un me reconnaîtra dans la rue et pourra me guider.

— C'est une excellente idée, acquiesça Vance.

— Dans ce cas, accepteriez-vous de me conduire à La Nouvelle-Orléans ?

— Euh... c'est-à-dire que... Peut-être serait-il préférable de confier cette mission à Georges ?

— Mais il ne reviendra pas avant une semaine ! Nous pourrions partir demain.

— Demain ?

— Demain, confirma la jeune femme. Votre bateau est réparé, n'est-ce pas ? Puisque je contrôle la moitié des biens d'Adrian, je...

Mikaela s'interrompit soudain, perplexe.

— Diable ! Comment sais-je une chose pareille ?

Vance songea qu'elle commençait à recouvrer la mémoire. Ce n'étaient encore que des fragments, mais qui n'allaient plus tarder à s'imbriquer entre eux, pour reconstituer tout le passé de la jeune femme. Et il se sentait obligé de l'aider, car Georges, de toute évidence, n'y mettrait aucune bonne volonté.

Son ami lui en voudrait certainement beaucoup... Mais, dans cette histoire, Georges avait tort et Vance ne voulait plus être son complice. Mikaela éprouvait le besoin légitime de connaître son passé.

— C'est entendu. Je vais vous conduire à La Nouvelle-Orléans. Nous appareillerons à l'aube.

Elle lui en était si reconnaissante qu'elle se jeta dans ses bras pour l'embrasser.

Manque de chance, juste à cet instant, deux vieilles douairières – qui n'avaient pas leur pareil pour propager un ragot – s'aventurèrent dans le salon, pour les surprendre enlacés. Vance eut le temps d'apercevoir une lueur satisfaite dans le regard de Béatrice Huxley, avant qu'elle ne pousse sa comparse à rebrousser chemin, sans doute dans l'intention de répandre déjà la nouvelle parmi les invités...

Mikaela croyait avoir eu une liaison avec lui, ce que Béatrice s'empresserait de confirmer à tout le monde. Du coup, la pauvre Mikaela ne saurait plus qui croire : lui, ou la rumeur.

— J'espère que vous savez ce que vous faites, la mit-il en garde. D'ici à demain matin, tout Charles Town résonnera de ragots à notre sujet. Quand les gens apprendront que nous sommes partis ensemble à La Nouvelle-Orléans, j'ai peur qu'ils n'en tirent des conclusions désastreuses.

Elle haussa les épaules.

— La vérité se passe d'explications ou de justifications. Les gens ne croient que ce qu'ils veulent bien croire. Si nous sommes sincères et loyaux envers le Seigneur, nous n'avons rien à cacher, ni à redouter.

Vance était surpris par ces paroles, qui semblaient venir de très loin.

— C'est étrange, Mikaela, vous parlez comme une nonne, tout à coup. Il n'est pas impossible que vous ayez grandi dans un couvent...

— Un couvent ! s'écria-t-elle, se rappelant brusquement. Mais... bien sûr ! Le couvent des ursulines. Ça y est, Vance ! Je sais d'où je viens !

Et elle se précipita à nouveau pour l'étreindre... au moment précis où les deux douairières, escortées de quelques témoins, risquaient un autre regard dans le salon.

— Oh, zut ! soupira la jeune femme à l'encontre des intrus. On ne peut donc pas donner l'accolade à un homme sans être espionnée ?

Mue par une impulsion taquine, Mikaela attira à elle la vieille Béatrice Huxley, toute congestionnée, pour la pousser dans les bras de Vance, qui se fit un malin plaisir de l'embrasser bruyamment sur les deux joues. Après quoi, les intrus battirent en retraite.

— Je retrouve la jeune femme insolente du début ! se félicita-t-il, amusé. Georges va avoir une belle surprise en rentrant de Boston.

— Nous devrions peut-être prendre congé tout de suite de notre hôte, suggéra-t-elle. En rentrant, il faudra que je convainque Adrian du bien-fondé de ce voyage à La Nouvelle-Orléans...

Au moment de traverser la salle de bal pour regagner le hall, elle put constater que les rumeurs à son sujet allaient déjà bon train. Certains des invités en étaient même à se demander si son amnésie n'était pas un prétexte pour faire cocu le pauvre Georges...

Dès qu'ils se reverraient, Mikaela se promettait de tout lui expliquer. Elle était convaincue qu'il serait content qu'elle ait retrouvé son passé.

Et elle lui annoncerait qu'il allait devenir père, sans craindre que le bébé ne puisse être d'un autre homme. Ils pourraient alors pleinement profiter de leur bonheur.

Otis entra dans le salon, où Adrian sirotait un whisky glacé à la menthe.

— Monsieur, Béatrice Huxley demande à vous parler.

Adrian fronça les sourcils. Que voulait ce vieux sac d'os à langue de vipère, sinon colporter un ragot ?

Béatrice Huxley s'invitait rarement pour apporter de bonnes nouvelles. C'était à croire qu'elle prenait un malin plaisir à salir les gens.

— Fais-la entrer, Otis, soupira-t-il.

Deux secondes plus tard, le domestique introduisait la visiteuse. Adrian se leva à peine de son siège, pour esquisser un salut glacial.

— Bonjour, Béatrice.

La vieille douairière ne s'attarda pas à lui retourner son bonjour. Elle commença aussitôt ses commérages.

— J'ai pensé, Adrian, que vous aimeriez savoir que la femme de Georges s'est jetée hier soir, au bal du Dr Thorley, dans les bras de Vance Cavendish. Lequel n'a rien fait pour la repousser, du reste. Au contraire, il paraissait enchanté de la situation !

Et, avec un sourire mauvais, elle ajouta :

— Il semblerait que Georges ait fini par recevoir la monnaie de sa pièce. Il courait de femme en femme : eh bien, à présent, son épouse court d'homme en homme. Pas plus tard que ce matin, Millie Grove, qui se promenait sur le port, a vu Mikaela embarquer sur le bateau de Vance. Nul doute qu'ils sont partis pour une croisière en amoureux...

Adrian se retint de sauter à la gorge de cette vieille pie.

— Puisque nous parlons du bal d'hier soir, répondit-il, une de vos bonnes amies, dont je tairai le nom, est venue me prévenir tout à l'heure qu'elle vous a vue embrasser Vance. Ce qui s'explique, a-t-elle précisé, par votre penchant pour les hommes jeunes...

Béatrice était devenue cramoisie.

— C'est... c'est absurde, enfin !

— Ce fut précisément ma réponse, acquiesça Adrian. Malheureusement, je crains que la rumeur ne soit déjà en train de se répandre dans toute la ville.

D'ailleurs, mon informatrice anonyme a précisé que si Mikaela se tenait si près de Vance, c'était justement pour le protéger de vos assauts.

— C'est insensé ! éclata la chipie. Oui oserait raconter de tels mensonges ?

— Je vous l'ai dit, Béatrice : une de vos amies. Mais soyez rassurée : j'ai tout fait pour démentir ses propos. Je lui ai même expliqué que c'était après moi que vous couriez, depuis des années. Et que les jeunes ne vous intéressent absolument pas.

Cette fois, elle en resta sans voix.

— Je sais que vous voulez me remercier d'avoir pris votre défense, Béatrice, mais pardonnez-moi, j'ai du travail et je vais être obligé de vous laisser...

Avant que la vipère ait pu retrouver sa langue, Adrian l'avait déjà poussée vers la sortie.

Après son départ, Otis s'approcha de son maître, admiratif.

— Je crois que vous lui avez coupé le sifflet, monsieur. C'est historique !

— Viens avec moi fêter ça, répondit Adrian. Nous allons boire un verre en l'honneur de l'événement.

Quand ils furent confortablement installés dans des fauteuils, chacun son verre à la main, le vieil homme reprit :

— Je n'ai pas eu grand mérite, au fond. Mikaela m'avait averti qu'après le bal d'hier soir, je risquais d'entendre de vilains ragots. Je m'étais préparé.

Otis hocha la tête.

— Cela dit, il faut reconnaître que le départ de Mikaela et de Vance, après qu'on les a vus hier soir si proches l'un de l'autre, est sujet à interprétations... Espérons qu'elle rapportera quelque chose de cette expédition à La Nouvelle-Orléans. Si elle retrouve la mémoire, cela nous dédommagera des médisances qui ne vont pas manquer de pleuvoir. Sans compter que Georges risque d'être furieux, s'il rentre de Boston et qu'ils ne sont pas encore revenus.

— C'est plus que probable, en effet, confirma Adrian. Mais Georges a eu tort de ne pas dire à Mikaela tout ce qu'il savait de son passé. Et, en plus, de réclamer aux autres qu'ils se taisent.

— Pensez-vous qu'un jour Georges et Mikaela puissent connaître une véritable harmonie ? demanda Otis.

Le vieil homme éclata de rire.

— Eux ? Vivre en harmonie ? C'est impossible. Ils sont trop indépendants pour cela. Et ils aiment trop se battre.

Le majordome ne comprenait plus.

— Vous voulez dire qu'ils ne tomberont jamais amoureux ? Je croyais pourtant que vous les jugiez faits l'un pour l'autre...

— Et je le pense toujours ! Mikaela est exactement la femme qu'il fallait pour Georges. Et il est exactement l'homme dont elle avait besoin. Mais ils ne pourront eux-mêmes en être sûrs que lorsqu'ils auront fait la paix, sur des bases saines.

— À moins que Vance ne prenne son rôle d'ange gardien un peu trop au sérieux... supputa Otis. Qui sait ce qui risque d'arriver, pendant leur voyage ?

Le visage d'Adrian s'assombrit brusquement.

— Certes. C'est une éventualité qu'il ne faut pas négliger...

Il termina son verre, songeur, se demandant s'il n'avait pas eu tort de donner sa permission à Mikaela. Une jeune femme aussi belle ne pouvait que constituer une tentation pour Vance. Georges n'avait pas pu lui résister, malgré ses préventions contre elle.

Et Vance n'était qu'un homme, après tout.

16

Mikaela contemplait le rivage qui se profilait à l'horizon avec beaucoup d'intérêt. C'était là que le Mississippi venait mêler ses eaux à celles de l'océan. La jeune femme avait forcément vu ce paysage dans sa jeunesse...

— Vous appréhendez ? demanda Vance.

Elle se tourna vers lui.

— Je suis un peu anxieuse, c'est vrai.

— Vous allez bientôt pouvoir commencer vos recherches, la rassura-t-il avec un sourire appuyé. Nous devrions jeter l'ancre d'ici à deux heures.

— Vance, ne me regardez pas comme ça ! le taquina la jeune femme. Je croyais que vous étiez mon ami ?

Il rit.

— Je le suis, ma chère. Mais je suis aussi un homme, en pleine possession de ses moyens... C'est étonnant comme vous semblez ne pas vous rendre compte de l'effet que vous produisez sur les hommes.

— Je suis moi aussi en pleine possession de mes moyens, répondit Mikaela. Et je n'ai pas besoin de vous dire que je vous trouve très séduisant. Car c'est une évidence. Mais je suis mariée. Alors concentrez-vous sur notre mission !

Il rit de nouveau.

— C'est une des choses que j'aime, chez vous : vous êtes franche. Et directe… Vous n'auriez pas une sœur jumelle, par hasard ?

— Je n'en ai pas la moindre idée, figurez-vous… dit-elle tristement.

Vance posa une main sur son épaule, pour la réconforter. Bien qu'elle ait pris garde de maintenir entre eux un minimum de distance, Mikaela voyait bien qu'il prenait de plus en plus au sérieux l'affection qu'il éprouvait pour elle. Du reste, elle l'appréciait beaucoup et se félicitait de sa compagnie.

Mais Vance n'était pas Georges. Elle ne ressentait pas cette impression de plénitude que lui apportait Georges. Heureusement, elle avait découvert que les taquineries étaient le meilleur moyen de repousser gentiment ses avances.

— Arrêtez de vous amuser avec moi, espèce de méchant libertin ! gronda-t-elle, alors que sa main s'attardait un peu trop sur son épaule.

— Je ne joue pas, Mikaela, répondit-il, soudain très sérieux. Sachez que je tiens beaucoup à vous… même si je dois me contenter de votre amitié.

Mikaela le dévisagea gravement.

— Êtes-vous certain que nous n'avons pas eu de liaison ?

Il rit.

— Croyez-moi, si tel avait été le cas, moi au moins je m'en souviendrais !

Elle voulait bien le croire. Mais elle jugea que la situation actuelle, trop ambiguë, ne pouvait durer. Le moment était venu de savoir si Vance était vraiment aussi loyal envers Georges qu'il le prétendait…

La jeune femme l'enlaça aux épaules, pour l'attirer à elle. Vance, malgré ses manières de séducteur, en resta pétrifié. De toute évidence, sa conscience le paralysait.

Mikaela poussa un peu plus la provocation, en laissant courir un doigt sur ses lèvres.

— Quelque chose ne va pas, Roméo ?

Il se recula avec un soupir.

— Vous êtes redoutable, Mikaela... Vous pourriez faire renoncer un homme à ses idéaux.

Elle lui caressa tendrement la joue.

— Allons, allons, Vance. Je voulais simplement vous tester. Vous m'avez donné la preuve que vous avez trop d'honneur pour trahir un ami. Du reste, je vous considère moi-même comme mon ami. Maintenant que nous avons mis les choses au clair une bonne fois pour toutes, je vais redescendre dans ma cabine, rassembler mes bagages.

Contenant tant bien que mal sa frustration, Vance la regarda disparaître par l'écoutille.

Mikaela dévala littéralement l'échelle de coupée menant au quai, tant elle était impatiente de commencer ses recherches. Durant le voyage, d'autres souvenirs étaient venus la visiter, et désormais les images demeuraient plus longtemps dans son esprit. Elle était certaine d'au moins une chose : d'avoir longuement séjourné chez les ursulines. C'était un bon point de départ qui, espérait-elle, lui permettrait de remonter le fil de son passé.

— Du calme, du calme ! souffla Vance en lui prenant le bras, avant qu'elle ne se perde dans la foule qui encombrait les quais. Je sais que vous êtes pressée, mais ce n'est pas la peine de courir...

Malgré son excitation, Mikaela s'obligea à calquer ses pas sur sa démarche mesurée. Au bout de quelques mètres, il s'arrêta pour observer les soldats espagnols qui paradaient aux alentours.

— Qu'y a-t-il ? s'enquit la jeune femme.

— Il semble que les Espagnols aient totalement repris le contrôle de la situation, expliqua-t-il. C'est de mauvais augure pour les Français.

Et, reprenant sa marche, il précisa :

— On ne sait jamais comment sont accueillis les navires américains, dans ces ports de Louisiane. Georges avait passé un accord avec don Antonio, mais si un nouveau gouverneur lui a succédé, sachons d'abord de quoi il retourne. Comme vous ignorez de quel camp vous venez, je ne voudrais pas trop attirer l'attention sur nous.

Sans lâcher la main de la jeune femme, Vance se dirigea vers la première taverne en vue, afin de s'informer des nouvelles locales. Une fois devant la porte, il s'arrêta, ne sachant trop quoi faire de sa compagne. Ce genre de tripot enfumé n'était pas un endroit convenable pour une dame, mais le quai où rôdaient marins esseulés, voleurs à la tire et gredins de toutes sortes, ne valait guère mieux.

Finalement, il décida de la laisser devant la porte.

— Ne bougez surtout pas d'ici ! lui ordonna-t-il d'une voix solennelle. Je resterai à l'intérieur le temps d'obtenir quelques informations. Si quelqu'un vous importune ou même vous regarde bizarrement, n'hésitez pas à crier. Je sortirai tout de suite.

Mikaela hocha la tête.

— Dépêchez-vous, Vance. Je suis à bout de patience.

— Vraiment ? se moqua-t-il. Je ne l'avais pas remarqué…

Il pénétra dans la taverne et laissa d'abord ses yeux s'accoutumer à la semi-obscurité. La salle accueillait une bonne vingtaine de clients, tous des hommes, occupés à boire de la bière en conversant de leur sujet favori : les femmes. Vance se félicitait de ne pas avoir exposé Mikaela aux remarques concupiscentes et vulgaires que sa présence n'aurait pas manqué de susciter. Connaissant le tempérament impétueux de la jeune femme, elle aurait sans doute volé dans les plumes de ses agresseurs, ce qui n'aurait rien arrangé. Remettre à sa place Béatrice Huxley dans un bal était une chose, vouloir faire la leçon à des marins imbibés d'alcool en était une autre...

Il s'approcha du bar, qui n'avait pas dû être nettoyé depuis le dernier Noël, et commanda un verre. Il en profita pour poser sa première question au barman :

— Depuis quand les Espagnols sont-ils revenus ?

L'homme grimaça de dégoût.

— Don Alejandro a débarqué voilà une semaine, avec près de deux mille soldats. Et ce don Alejandro, c'est un vrai mercenaire. Rien à voir avec don Antonio.

— Diable ! commenta Vance. Sa Majesté le roi d'Espagne a déployé les grands moyens pour récupérer la Louisiane.

Le barman opina du chef.

— Cette fois, les Français n'ont plus aucune chance. Une deuxième révolte serait suicidaire. Les hommes de don Alejandro quadrillent toute la ville et ont ordre de tirer à la première incartade.

La situation était pire que Vance ne l'avait imaginée. Si Georges souhaitait continuer à commercer avec la Louisiane, il serait obligé de passer de nouveaux accords avec l'occupant espagnol. Et cette fois, les conditions seraient plus drastiques que celles obtenues avec Carlos Morales. Vance se demandait, d'ailleurs, si Morales faisait partie de la nouvelle équipe au pouvoir. Mais il le saurait sans doute bientôt.

Le barman se pencha dans sa direction pour lui confier quelques précisions inquiétantes :

— En arrivant, don Alejandro avait promis qu'il n'y aurait pas de représailles contre les Français qui ont expulsé don Antonio. Mais au bout de deux jours, sans prévenir, ses hommes sont passés à l'attaque.

Tous les meneurs de la rébellion, Joseph Villeré en tête, ont été arrêtés et emprisonnés. Certains ont même été abattus sans jugement.

Vance était très embêté par de telles nouvelles. S'il avait su que la ville traversait ces troubles, il n'aurait jamais consenti à y amener Mikaela.

— Vous autres Américains, continua l'homme, vous feriez bien de vous méfier de cet Alejandro le Sanguinaire, comme on l'a déjà surnommé. L'expérience montre qu'on ne peut pas lui faire confiance. De plus...

Un cri de femme résonna soudain depuis la rue, et Vance se précipita aussitôt dehors. Jouant des coudes pour écarter le petit attroupement de marins qui s'était déjà formé devant la porte, il vit Mikaela, criant et se débattant, être entraînée par une demi-douzaine de soldats espagnols.

Indigné, il se rua immédiatement sur eux. Mais il se figea de stupeur en réalisant que Carlos Morales en personne dirigeait la petite troupe.

— Par le diable ! Que se passe-t-il ici ?

Immédiatement, plusieurs épées sortirent de leur fourreau pour le tenir à distance, tandis que Carlos, se retournant, esquissait un salut.

— Ah, capitaine Cavendish ! J'ignorais que vous et le capitaine Saffire étiez de retour dans notre bonne ville...

Vance ignorait tout autant que Morales était de retour dans cette bonne ville de La Nouvelle-Orléans, ce qui les mettait sur un pied d'égalité.

— Pourquoi emmenez-vous cette pauvre femme ?

Carlos jeta un regard incendiaire à la « pauvre femme » en question.

— Ne vous mêlez pas de cette histoire, capitaine. Cette garce a participé à la rébellion qui a eu raison de don Antonio. Elle sera, comme ses semblables, punie pour trahison.

— Quoi ? s'étrangla Vance.

Il regardait la jeune femme avec incrédulité, mais Mikaela semblait tout aussi médusée.

Carlos fit signe à ses hommes de reprendre leur marche, avant de chuchoter à Vance sur le ton de la confidence :

— Si le capitaine Saffire et vous souhaitez conclure de nouveaux accords, je vous retrouverai sur la place d'Armes à la tombée de la nuit. Don Alejandro a établi un tarif douanier très sévère, mais je pense que nous pourrons arriver à un arrangement, au mieux de vos intérêts et des miens...

Là-dessus, Carlos partit rattraper ses hommes, tandis que Vance demeurait sur le quai, consterné par ce qu'il venait d'apprendre. Si Carlos et Alejandro le Sanguinaire voulaient se venger de Mikaela, il n'était pas besoin d'être devin pour comprendre le sort qui attendait la jeune femme !

La surprise de Mikaela l'avait convaincu qu'elle ne se rappelait pas le moins du monde avoir pris part à la rébellion. Le choc de cette arrestation et de l'emprisonnement pourrait peut-être la guérir de son amnésie. Mais il aurait volontiers parié qu'à présent, elle aurait préféré ne rien savoir...

Damnation ! Que faire ? Il se reprochait amèrement de ne pas être resté à Charles Town. Ce voyage, qui devait aider Mikaela à revivre, tournait au cauchemar.

Georges débarqua à Charles Town, anxieux de retrouver son épouse. Mais à peine eut-il mis les pieds sur le quai qu'il croisa Bradford Clodfelter.

— Tiens, tiens, tiens... regardez qui voilà ! s'amusa Bradford. Êtes-vous au courant des dernières rumeurs, mon cher ?

Comment Georges aurait-il pu savoir ? Il venait de passer sept jours en mer, et de toute façon il se moquait de connaître les ragots.

Mais Bradford ne voulut pas se laisser voler son effet.

— Il semblerait, mon vieil ami…

Georges grimaça. Il ne se considérait pas comme vieux, et ne comptait nullement cet imbécile au nombre de ses amis.

— … que vous soyez cocu, termina Bradford avec un grand sourire. N'est-ce pas ironique de savoir que celui en lequel vous aviez le plus confiance est devenu votre pire ennemi ?

Georges se retint à grand-peine de l'étrangler. Cette fois, les ragots prenaient une dimension vraiment nauséeuse.

— Mikaela et Vance ont été vus deux fois dans les bras l'un de l'autre la semaine dernière, au bal du Dr Thorley, expliqua le dandy. Sans compter qu'ils étaient arrivés ensemble… et sont repartis ensemble très vite.

Puis, avec un sourire de triomphe, il lâcha sa dernière pique :

— Et le lendemain, figurez-vous qu'ils ont embarqué tous deux sur un voilier de votre flotte. À ce qu'il paraît, ils ont fait route vers La Nouvelle-Orléans.

Sans un mot, Georges écarta Bradford pour aller louer une voiture. Une demi-heure plus tard, il arrivait à l'hôtel particulier des Saffire sans avoir décoléré.

Adrian, qui jouait aux échecs avec Otis, l'accueillit en souriant.

— Georges ! Ça fait plaisir de te revoir à la maison.

— Où est ma femme ? gronda le jeune homme d'une voix rogue.

Adrian secoua la tête d'un air entendu.

— Je constate que les ragots t'ont assailli dès ta descente du bateau...

— En effet. Bradford Clodfelter s'est grandement réjoui d'être le premier à m'annoncer que ma chère et tendre épouse naviguait avec mon plus fidèle ami... Bon sang, Adrian ! Pourquoi ne les as-tu pas empêchés de partir ?

— Et comment aurais-je dû m'y prendre ? En me jetant sous les roues de leur voiture ? Ou en tirant une balle dans la tête de Vance ?

— Tu aurais pu au moins leur interdire...

— Leur interdire ? répéta Adrian, stupéfait. Tu as la mémoire courte, Georges. La dernière fois que j'ai voulu interdire quelque chose à quelqu'un, cela aboutit à un désastre. Depuis, je me suis juré de ne plus interférer dans la vie des autres.

Georges aurait voulu frapper quelque chose, ou quelqu'un – de préférence Vance Cavendish. Malheureusement, cet imbécile se trouvait en pleine mer. Avec *sa femme* ! Enfer et damnation !

Quelques minutes plus tard, on frappa à la porte. Otis se leva pour aller ouvrir. Aussitôt, Roddy Blankenship, le barreur du bateau de Vance, entra, son chapeau à la main. Il semblait mal à l'aise et évitait soigneusement le regard meurtrier de Georges.

— Eh bien ? tonna celui-ci, impatient. Crache ce que tu es venu nous annoncer, Roddy !

Le marin était devenu blême.

— J'ai un message du capitaine Cavendish, lâcha-t-il finalement.

— Où est ce gredin ?

Roddy toussa pour s'éclaircir la voix.

— Le capitaine Cavendish réclame que vous partiez tout de suite le rejoindre à La Nouvelle-Orléans.

— Je peux savoir pour quelle raison ?

À contrecœur, Roddy se décida à croiser le regard de son patron.

— Parce que, monsieur, votre femme a été emprisonnée pour avoir pris part à la rébellion contre les Espagnols.

— Quoi ? s'étrangla Georges.

— Le capitaine Cavendish vous demande de vous presser, insista Roddy. Votre femme est en prison depuis quatre jours. Et il nous faudra au moins le même délai pour rallier La Nouvelle-Orléans, à supposer que les vents soient favorables...

Georges, voyant que son grand-père semblait avoir du mal à respirer, se tourna vers le majordome :

— Otis, apportez un verre de cognac à mon grand-père. Ce n'est pas le moment qu'il fasse une attaque...

Tandis que le domestique s'empressait de s'exécuter, il s'agenouilla devant le vieil homme, qui s'éventait avec un journal.

— Grand-père, j'ai besoin de toi et d'Otis pour négocier avec les marchands qui attendent de voir ma cargaison. Si je reste pour m'en occuper, je perdrai un jour de plus. Te sens-tu capable de faire ça pour moi ?

Adrian, conscient de la gravité de la situation, hocha la tête avec détermination.

— Laisse-moi m'occuper de ces commerçants, dit-il. Et pars sans plus attendre.

Georges s'était déjà relevé. Il fit signe à Roddy de le suivre.

— Tu me donneras plus de détails en chemin, lui dit-il. Dès que nous serons au port, l'équipage de Vance montera à mon bord pour aider mes hommes à décharger. Et quand ce sera terminé, nous remplirons les cales de mon bateau de grain et de soieries. Je veux que Beecham le conduise à La Nouvelle-Orléans dans le sillage de celui de Vance.

Roddy, qui courait presque pour suivre l'allure de son patron, secoua la tête.

— Ne comptez pas trop pouvoir échanger votre cargaison contre la liberté de votre épouse, monsieur. Les nouveaux dirigeants espagnols sont autrement sévères que leurs prédécesseurs. Le capitaine Cavendish a essayé de traiter avec Carlos Morales, qui est toujours là, mais ça n'a pas marché.

Georges fit halte un instant.

— Carlos Morales ? répéta-t-il.

Quelques mois plus tôt, avant son accident, Mikaela lui avait révélé qu'elle aurait dû épouser Morales. Voilà qui compliquait sensiblement la situation... Carlos voulait sans doute se venger de son ancienne fiancée. Damnation ! Mikaela était décidément douée pour s'attirer des problèmes !

Il reprit la direction du port. Il préférait ne pas penser au sort que réservait l'Espagnol à la jeune femme. Le pire, c'est qu'elle devait ne pas se rappeler qu'elle avait été sa fiancée. Elle ne pouvait donc comprendre pourquoi elle se retrouvait derrière les barreaux...

S'il en avait eu la possibilité, Georges aurait rajouté des voiles à son navire, pour faire route plus vite vers La Nouvelle-Orléans. Il craignait que Morales ne se montre intraitable.

Une autre angoisse le taraudait. Tl redoutait que Mikaela, commotionnée par son séjour en prison, n'ait brutalement recouvré la mémoire... Auquel cas, Georges devrait affronter sa colère, en plus du reste. Même s'il parvenait à l'arracher aux griffes de ses geôliers, il doutait qu'elle songe à le remercier, tellement elle serait obsédée par l'idée de le haïr à nouveau.

Décidément, se dit-il une fois de plus, la distance était bien faible entre le paradis et l'enfer...

Dans l'obscurité de sa cellule, allongée sur une maigre paillasse, Mikaela dormait d'un sommeil agité.

D'étranges spectres peuplaient ses rêves, comme des silhouettes enveloppées de brouillard par une nuit sans lune...

Puis, peu à peu, le brouillard se dissipa, et la jeune femme se trouva transportée lors de ce soir tragique, où le cours de son passé s'était brutalement interrompu.

Tout à coup, le rideau se levait sur la scène du drame, qu'elle revécut avec la même intensité que la première fois...

Elle eut un mouvement de panique en reconnaissant Barnaby Harpster. L'ancien contremaître agitait un gourdin de bois, dont les moulinets effrayèrent la jument de la jeune femme, qui s'enfuit au galop.

Mikaela recula autant qu'il était possible... avant de se retrouver acculée, au bord du gouffre.

Barnaby éclata de rire.

— C'est à ce même endroit qu'ils ont retrouvé son corps... Tu savais ça, garce ?

Mikaela, malgré sa peur, essaya de comprendre ce qu'il voulait dire. Il ne pouvait parler que de Cecilia, bien sûr. Laissait-il sous-entendre que le même scénario allait se répéter avec elle ? Tout à coup, elle se souvenait des précédentes paroles de Barnaby au sujet de Cecilia : « Une fille qui prend des grands airs, mais qui aime bien les hommes » ou quelque chose d'approchant. À l'époque, elle s'était demandé si Barnaby n'était pas l'homme embauché par Adrian pour espionner Cecilia. À présent, elle se demandait s'il n'avait pas été au nombre de ses amants...

À moins qu'il ne l'eût violée, ce qui lui aurait davantage ressemblé, du reste. Mikaela était bien placée pour connaître son peu de moralité et sa violence envers les femmes.

Quand il fit un pas de plus vers elle, la jeune femme chercha désespérément un moyen de garder le contrôle de la situation. Elle posa la première question qui lui vint à l'esprit.

— Étiez-vous amoureux de Cecilia, Barnaby ?

La question parut le déconcerter. Il s'immobilisa, avant de grimacer.

— Amoureux de cette garce ? Non. Tout ce qu'attendait Cecilia de moi, c'était que je l'aide à faire changer Adrian d'opinion sur elle, pour qu'elle puisse épouser Georges et profiter de son argent. Elle ne voulait que ça, l'argent. Et le nom.

Mikaela essaya de gagner du temps, en priant le Ciel qu'on lui vienne en aide – mais qui ? et quand ?

— Était-ce vous qu'Adrian avait chargé d'espionner Cecilia ? Étiez-vous au courant de ses infidélités ?

— En quoi ça vous regarde ? répliqua Barnaby.

— Nous parlons du premier amour de mon mari, lui rappela la jeune femme. J'aimerais savoir ce qui s'est exactement passé...

— Non, ce n'était pas moi qui suivais cette garce. C'était Chaney. Quand Chaney a révélé ses infidélités à Adrian, Cecilia m'a demandé de l'épauler pour démentir les affirmations de Chaney.

— Que vous a-t-elle exactement demandé ? insista Mikaela, en même temps qu'elle évaluait mentalement la distance qui la séparait du premier fourré où elle pourrait se précipiter afin d'échapper à son assaillant.

Si elle parvenait à le distraire, elle avait peut-être une chance de s'en sortir.

— Elle voulait que je fasse croire à Adrian que Chaney était fou amoureux d'elle, qu'il avait inventé tous ces mensonges par jalousie, et pour s'assurer que Georges ne l'épouserait jamais.

— C'était vrai ? Chaney était amoureux d'elle ?

Barnaby fit la moue.

— P't-être bien qu'oui. P't-être bien qu'non...

Zut ! Le bougre ne se montrait pas très coopératif.

— Et vous, Barnaby ? Étiez-vous jaloux de Georges ? Désiriez-vous Cecilia pour vous tout seul ?

Elle regretta aussitôt d'avoir posé cette question. Barnaby eut un sourire démoniaque du plus mauvais augure. La jeune femme avait une envie irrépressible de reculer : malheureusement le vide, dans son dos, lui interdisait de faire un pas en arrière.

— Oui, je la désirais, comme un jeune idiot que j'étais, confessa-t-il. Elle m'avait donné rendez-vous ici même, ce fameux soir, après m'avoir promis que j'aurais son corps. Mais quand j'ai voulu la toucher, elle s'est reculée. Elle m'a juste allumé en dégrafant un peu son corsage, après quoi elle m'a ordonné d'aller raconter à Adrian les mensonges qu'elle avait inventés. Mais je la voulais d'abord, pour être sûr d'en profiter... C'est alors qu'elle m'a mordu.

Mikaela devinait comment avait pu réagir le contremaître. Dès que quelqu'un le provoquait, son instinct était de frapper.

— Vous l'avez poussée, n'est-ce pas ? Cecilia ne s'est pas suicidée, en réalité...

Une fois de plus, elle se reprocha de ne pas avoir su tenir sa langue. Barnaby avait retrouvé son sourire sardonique.

— Elle n'a eu que ce qu'elle méritait. Et ça va être pareil pour vous...

Il fit un pas vers la jeune femme, qui voulut lui échapper. Mais il la rattrapa par le bas de sa robe. Mikaela poussa un cri de terreur quand, la tenant par le cou, il l'approcha du précipice.

— À cause de vous, j'ai perdu mon emploi et ma maison, dit-il. À cause de vous, je suis obligé de vivre dans les bois, comme une bête sauvage. Mais vous allez payer pour tous les ennuis que vous m'avez causés...

Les mains de Barnaby enserraient sa gorge. Elle se débattit comme un beau diable, et à force de frapper son assaillant avec les pieds, elle lui fit perdre l'équilibre. Ils *basculèrent ensemble dans le vide, Mikaela poussant un cri de terreur et Barnaby hurlant sa rage.*

Le corps massif du contremaître protégea la tête de la jeune femme lorsque leurs corps enlacés heurtèrent les rochers, avant de rebondir chacun de son côté, à quelques mètres d'intervalle. Elle cria encore, tenta de se protéger avec ses bras, mais ne put éviter ce second choc.

Une douleur fulgurante lui vrilla le crâne et, dans le même instant, elle sombra dans la nuit de l'inconscience...

Mikaela, dans son cauchemar, était tombée de sa paillasse avec un grand cri. Elle se réveilla en sueur, la respiration haletante. Tremblant de tous ses membres, elle remonta sur son lit de fortune et croisa les mains sur son ventre. Elle resta un long moment à contempler les murs de sa cellule, d'un œil vague, tandis qu'elle s'efforçait de calmer ses nerfs...

Le cauchemar semblait avoir réveillé d'un coup sa mémoire. Après des mois de vide complet, elle commençait à se rappeler des détails qu'elle aurait préféré avoir oubliés pour toujours.

C'était sans doute le contrecoup de son arrestation qui avait eu raison de son amnésie, conclut-elle. Quoi qu'il en soit, une chose était certaine : elle avait maintenant recouvré la mémoire.

Elle se rappelait tout. Qu'elle avait été supposée épouser l'homme qui l'avait arrêtée, Carlos Morales. Qu'elle lui avait échappé, le soir de la rébellion. Que ce même soir, Arnaud lui avait appris qu'il n'était pas son père...

Mikaela se rappelait également sa triste enfance. Mais aucun de ces mauvais souvenirs – l'attitude d'Arnaud à son égard, le dégoût que lui inspirait Carlos Morales – n'était après tout si terrible.

Le pire le voici : l'homme qu'elle aimait de tout son cœur avait déclaré, le soir du drame, qu'elle ne comptait pas à ses yeux. Et c'était précisément cet aveu qui l'avait incitée à s'enfuir dans les bois, où elle était tombée sur Barnaby Harpster...

Après le drame, Georges s'était donc servi de son amnésie à son avantage, lui mentant effrontément pour s'attirer sa dévotion. Et Mikaela avait marché, puisqu'elle ignorait tout de son passé... Le monstre ! L'immonde manipulateur !

La vérité était atroce. Mais elle refusa de s'apitoyer sur son sort, et encore plus de verser la moindre larme sur son amour perdu. Georges Saffire ne méritait pas un tel honneur.

Jamais plus elle ne le reverrait. Mikaela ne se laisserait pas abuser une autre fois par ses allures de séducteur.

À compter de ce jour, elle chasserait définitivement Georges de sa vie.

17

Mikaela était encore couchée sur sa paillasse, quand elle entendit une clé tourner dans la serrure. La seconde d'après, deux gardes s'encadraient dans l'ouverture.

— Debout, señorita.

Jugeant que la prisonnière ne s'exécutait pas assez rapidement, l'un des deux gardes l'attrapa par le bras. La jeune femme se retrouva propulsée sans ménagement dans le couloir.

— Où m'emmenez-vous ? demanda-t-elle à ses geôliers, alors qu'ils la faisaient passer entre deux rangées de cellules, occupées par des Français qu'elle reconnaissait maintenant pour avoir participé à la rébellion contre don Antonio.

Pas de réponse. Elle en déduisit qu'on la conduisait devant le peloton d'exécution, et que les deux gardes n'osaient pas le lui avouer.

Le trio traversa une cour, avant de s'arrêter devant une sorte de pavillon. L'un des gardes ouvrit la porte et Mikaela, poussée à l'intérieur, se retrouva face à Carlos Morales. Elle comprit instantanément que son châtiment serait encore plus cruel qu'une exécution sommaire.

Carlos referma la porte, après avoir ordonné aux gardes de rester en faction dehors, puis il revint se planter devant la jeune femme.

— J'ai pensé qu'après une semaine à moisir dans un cachot, vous seriez mieux disposée à accepter mon marché, dit-il avec un sourire satisfait.

— Quel marché ?

Carlos sourit de plus belle, découvrant ses dents de carnassier.

— J'ai tout pouvoir de vous tuer... ou de vous libérer. Il ne tient qu'à vous de choisir votre sort.

Mikaela n'eut aucun mal à deviner ce que Carlos laissait entendre. Malgré son indignation, elle réussit à tenir sa langue. Grâce à Georges, elle avait été à bonne école pour manipuler les gens. Si son mari avait réussi à lui faire croire qu'il lui était tout dévoué, alors que c'était faux, elle pouvait reproduire la même illusion avec Carlos.

— Et que dois-je faire, pour éviter d'être exécutée ? s'enquit-elle comme si elle n'en savait rien.

— Devenir ma maîtresse, tout simplement. Mais je tiens à préciser : une maîtresse parfaitement consentante...

Ah, les hommes ! Mikaela se rappelait, à présent, pourquoi elle les détestait tous. Ils ne poursuivaient jamais qu'un seul but : obtenir tout ce qu'ils désiraient des femmes.

— Vous me voudriez dans votre lit, dans cet état ? dit-elle en montrant sa robe souillée par une semaine de captivité. On m'a privée de l'hygiène la plus élémentaire, et je doute que vous puissiez prendre plaisir à me toucher, dans ces conditions.

Carlos désigna la pièce à côté.

— J'avais pensé à cela, ma chère. Aussi ai-je tout prévu pour que vous puissiez vous laver.

Mikaela aperçut, dans la chambre adjacente, un tub qui semblait lui tendre les bras, ainsi qu'une pile de linge propre sur le lit. Et un plateau de nourriture attendait sur la table, derrière Carlos. Elle comprit que l'Espagnol ne l'avait affamée que pour mieux la soumettre à ce qu'il souhaitait.

— Eh bien, vous m'offrez un marché que je ne peux pas refuser...

Souriant de triomphe, il alla se servir un verre de madère.

— Votre bain vous attend, ma chère, déclara-t-il, accompagnant ses propos d'une courbette obséquieuse.

Mikaela passa dans la chambre. Elle ferma la porte derrière elle, regrettant l'absence de verrou qui l'aurait protégée de toute intrusion. Mais elle n'aurait pas dû s'en étonner : Carlos était comme tous les hommes, capable de prévoir jusqu'au moindre détail pour obtenir ce qu'il voulait.

L'amertume de la jeune femme monta d'un cran en repensant à sa naïveté envers Georges. Elle avait cru ses mensonges sur leur mariage. Du coup, elle était logiquement tombée amoureuse, lui vouant une passion totale, même si elle avait souffert qu'il ne lui retourne jamais ses sentiments. Maintenant, elle comprenait pourquoi il ne lui avait pas dit qu'il l'aimait. Son cœur était attaché à une autre femme, qui l'avait pourtant trahi – mais cela, Georges l'ignorait. Mikaela n'avait été pour lui qu'un fardeau, une obligation, qu'il supportait pour ne pas perdre son héritage.

Oui, elle se rappelait de tout, à présent. Et presque trop bien !

Son ressentiment se dissipa quelque peu quand elle s'immergea dans ce bain dont elle rêvait depuis des jours. Pour l'instant, elle n'avait pas le temps de s'attarder sur le cas de Georges. Il lui fallait d'abord trouver un moyen d'échapper à Carlos. Évidemment, son geôlier avait pensé à condamner la fenêtre, en démontant la poignée. Si elle voulait s'enfuir par là, il lui faudrait briser la vitre, et le bruit attirerait aussitôt l'attention de l'Espagnol et des gardes.

Il fallait donc imaginer autre chose. Avec un peu de chance, Carlos attendait qu'elle ait terminé de prendre son bain en sirotant son madère. Plus le bain durerait, plus il boirait. Et plus il absorberait d'alcool, plus ses réflexes et sa force physique diminueraient... À défaut de pouvoir s'enfuir, Mikaela pourrait peut-être éviter de tomber entre ses mains...

Se raccrochant à cet espoir, elle prit ses aises dans le tub et se prépara à un long, très long bain...

Le voyage avait duré près de cinq jours, et Georges bouillait littéralement d'impatience lorsqu'il atteignit La Nouvelle-Orléans. Vance Cavendish, venu l'attendre sur le quai, grimpa aussitôt l'échelle de coupée pour monter à bord.

— Enfin, Georges ! Je suis bien content de te voir...

Georges tenait Vance pour personnellement responsable de ce qui était arrivé à Mikaela. Il accueillit son supposé « ami » d'un coup de poing en pleine mâchoire. Celui-ci se retrouva au sol.

— Pauvre idiot ! siffla Georges entre ses dents. Dire que je te faisais confiance ! Il a suffi que je m'absente une semaine, pour qu'à mon retour j'apprenne les ragots qui courent sur votre compte. Et comme si ça ne suffisait pas, tu t'es arrangé pour que Mikaela se retrouve en prison ! Avec des amis dans ton genre, je n'ai même plus besoin d'ennemis !

Vance voyait encore des étoiles danser devant ses yeux, quand Georges le tira sans ménagement par le bras pour le remettre sur ses pieds.

— Où est-elle ? aboya-t-il. Et qu'as-tu dit exactement à Carlos ?

Vance se massa la joue qui avait déjà enflé, et tenta quelques pas, les jambes chancelantes. Puis, entraînant Georges un peu à l'écart des membres d'équipage qui avaient assisté à la scène, il expliqua :

— Mikaela est dans la prison attenante au quartier général espagnol depuis un peu plus d'une semaine. Carlos ayant interdit les visites, j'ignore les conditions de sa détention. Et je ne sais pas non plus où elle en est de son amnésie. Quand nous sommes arrivés ici, elle commençait à recoller certains morceaux de son passé. Mais peut-être n'a-t-elle pas fait de réels progrès... Pour ce qui est de Carlos, je ne lui ai pas parlé de ton mariage avec elle, et je ne lui ai même pas dit que je la connaissais. Il pense que je n'étais qu'un simple badaud, qui a voulu intervenir lorsqu'on l'a arrêtée en pleine rue.

Sans cesser de se masser la joue, Vance ajouta :

— Si tu me frappes encore, cette fois je me défendrai. Du reste, si je n'avais pas pensé que je méritais au moins celui-là, je ne me serais pas gêné de répondre à ton coup de poing.

Georges exhala un soupir.

— Excuse-moi d'avoir soulagé ma frustration sur toi, mais la situation est pire que tu ne l'imagines. C'est à Carlos Morales que Mikaela tentait d'échapper, quand elle a embarqué secrètement sur mon bateau. Son père voulait la marier de force avec l'Espagnol. Dieu merci, tu n'as pas commis l'impair de lui apprendre qu'elle a maintenant un mari.

Vance était effaré par la nouvelle.

— Nom d'une pipe ! Alors, Carlos a deux raisons de lui en vouloir : sa participation à la rébellion des Français, et la rupture de leurs fiançailles.

— Une seule raison lui aurait amplement suffi, marmonna Georges, l'air sombre.

Il s'élança sur l'échelle de coupée et Vance lui emboîta le pas, pour descendre avec lui sur le quai.

— J'ai vu plusieurs fois Carlos, cette semaine, expliqua-t-il encore. Pour ce qui est de conclure avec lui un nouvel accord financier, ça ne semble poser aucun problème. Mais dès que je lui parlais de Mikaela, il coupait court à la conversation. Si bien que je n'ai aucune idée de ce qu'il compte faire d'elle...

Georges n'en avait pas davantage, et c'était ce qui l'inquiétait. Il savait que Carlos aimait les marchandages. Cet homme était la cupidité et l'avidité incarnées.

Il loua un attelage afin de se rendre immédiatement au siège de la garnison espagnole. Il ignorait totalement ce qu'il dirait à Carlos, mais il était sûr que l'autre ne pourrait pas l'accueillir en ennemi, puisqu'il n'était pas au courant de son mariage avec Mikaela. Vance avait au moins évité cette catastrophe !

Une fois au quartier général, Vance, qui l'accompagnait et connaissait bien les lieux, lui désigna, intrigué, la porte des appartements de Carlos. Deux gardes à la stature impressionnante en surveillaient l'entrée. Quand Georges s'approcha, les gardes voulurent lui barrer le chemin.

— Carlos aurait-il été mis aux arrêts ? s'étonna-t-il. Vance Cavendish et moi-même sommes ses amis. Je viens juste d'arriver en ville, et je voulais le saluer. Ça ne prendra que quelques minutes...

Les deux gardes s'interrogèrent mutuellement du regard, avant de consentir à la requête de Georges. Celui-ci frappa alors à la porte, impatient d'obtenir une réponse. Au bout de quelques secondes, l'Espagnol ouvrit lui-même. Il tenait un verre à la main, et ses yeux étaient injectés de sang. Georges n'attendit même pas d'y avoir été convié pour se ruer à l'intérieur, comme s'il était le propriétaire des lieux.

Un rapide coup d'œil à la pièce lui indiqua que Carlos attendait la visite d'une femme. Deux chandeliers brillaient sur la table, où un souper avait été servi. L'Espagnol, habillé comme un paon de ses plus beaux atours, avait visiblement l'intention d'impressionner la dame en question...

— Vous n'avez pas choisi le bon moment, mes amis, leur dit Carlos, comme pour les inciter à repasser plus tard.

— Je viens d'arriver en ville et j'étais impatient de savoir si vous aviez retrouvé votre poste, expliqua Georges, qui essayait de paraître sincère. J'ai été très triste d'apprendre, il y a quelques mois, la nouvelle de cette odieuse rébellion...

À cet instant, la porte communiquant avec la chambre s'ouvrit. Georges faillit s'étrangler en voyant apparaître son épouse, vêtue d'un simple peignoir de style espagnol qui mettait particulièrement en valeur sa silhouette. Il avait du mal à contenir sa rage. Il s'était imaginé, avec effroi, que la jeune femme croupissait dans un cachot puant. Mais, de toute évidence, elle avait vendu son corps pour assouplir ses conditions de détention.

À la seconde où leurs regards se croisèrent, il remarqua la lueur de haine qui brillait dans ses yeux. Il comprit alors qu'elle avait recouvré la mémoire – *toute* sa mémoire. Elle savait qu'il lui avait menti, et elle s'était offerte à Carlos parce qu'elle le méprisait et souhaitait regagner cette précieuse liberté qui lui tenait tant à cœur.

Georges aurait voulu l'étrangler... mais sans doute pas autant que Mikaela elle-même avait envie de l'étrangler, lui !

Comme le silence s'appesantissait, Vance s'interposa entre les deux époux.

— Je suis ravi de vous revoir en si bonne forme, mademoiselle, dit-il avec un discret regard de connivence pour la jeune femme. Je ne sais pas si vous vous souvenez de moi, je me trouvais dans la rue le jour de votre arrestation. Je me suis inquiété pour vous...

Et, avec un sourire à l'adresse de l'Espagnol, il précisa :

— Mais je suis soulagé de voir que tout cela n'était qu'une terrible méprise, mon cher Carlos. Il semblerait que vous ne songiez plus à accuser injustement cette jeune lady.

Carlos semblait désarçonné par les propos de Vance. Il s'éclaircit la gorge.

— Oui... euh, oui, vous avez raison. C'était un malentendu, et j'ai fini par m'en apercevoir... Aussi ai-je voulu m'excuser auprès de la señorita, en l'invitant à dîner.

L'idée que Mikaela puisse coucher avec ce coq imbu de lui-même rendait Georges malade. Mais, de toute évidence, la jeune femme avait préféré le lit de Carlos à la paillasse de sa cellule...

Le diable l'emporte !

Puisque Vance – Dieu le bénisse – lui avait si obligeamment désigné le rôle qu'elle devait interpréter, Mikaela s'y conforma volontiers. Sans compter que, comme prévu, Carlos avait abusé du madère tandis qu'elle prenait son bain. Tout cela faciliterait sa fuite.

La présence imprévue de Georges, en revanche, la révoltait. Si ce goujat s'était montré honnête avec elle, s'il lui avait dit tout ce qu'il savait de son passé, elle n'aurait pas commis l'erreur de revenir à La Nouvelle-Orléans. Tout ce qui lui était arrivé depuis une semaine était sa faute !

Mikaela, du coup, se moquait bien de ce que son mari pouvait penser d'elle en ce moment. Si elle parvenait à échapper à Carlos, elle se débrouillerait aussi pour échapper à ce gredin qui l'avait forcée à l'épouser. Georges n'aurait plus jamais aucune chance de l'approcher. Elle divorcerait ou, à défaut, mènerait désormais sa vie séparément de lui.

Et si Adrian cherchait à s'en mêler, cette fois Mikaela ne l'écouterait pas. Elle bannirait Georges à tout jamais de son existence, et il ne saurait même pas qu'elle attendait un enfant. Ce serait sa punition pour lui avoir caché ce qu'il savait de son passé.

— Voulez-vous dîner avec nous, messieurs ? proposa-t-elle, ignorant la mine déconfite de Carlos. Mais je crois que nous n'avons pas encore été présentés... ajouta-t-elle en s'adressant uniquement à Vance, le seul en qui elle eût confiance.

Celui-ci esquissa une galante courbette.

— Vance Cavendish, à votre service, mademoiselle. Et voici Georges Saffire...

Georges s'abstint de s'approcher de Mikaela. Il faut dire qu'elle lui avait lancé un regard signifiant clairement qu'elle aurait préféré le voir aller au diable.

— Je suis enchantée de faire votre connaissance, se força-t-elle pourtant à répondre. Carlos s'est en effet gentiment excusé de m'avoir prise par erreur pour une révoltée, dit-elle en s'approchant de la table. Connaissant sa générosité, je suis sûre qu'il a commandé un festin capable de nous régaler tous les quatre. Si vous voulez vous donner la peine de vous asseoir, je vais m'occuper du service...

Vance et Carlos s'assirent les premiers. Georges finit à son tour par prendre une chaise, bien qu'il se demandât comment il pourrait avoir de l'appétit en pareille circonstance... Il réussit cependant à plaquer un sourire poli sur ses lèvres et offrit à Carlos de lui remplir son verre.

— Maintenant que les Espagnols ont récupéré le contrôle de la ville, je suppose que nous allons pouvoir reprendre nos petits arrangements ? dit-il. Du reste, je me doute que Vance a déjà abordé le sujet durant mon absence...

Carlos, un peu hébété par l'alcool, hocha lentement la tête.

— Je suis toujours disposé à négocier, vous le savez bien. Mais, avec don Alejandro, je serai obligé de me montrer plus prudent, et donc... plus cher.

Mikaela comprenait parfaitement ce qui se tramait entre les trois hommes et qu'ils essayaient de lui dissimuler à mots couverts. Elle devinait aussi que Vance et Georges tenteraient d'obtenir sa libération. Mais ce ne serait pas facile. Si Georges avouait qu'elle était sa femme, Carlos, fou de rage, pourrait décider de les jeter tous les trois en prison. Il en avait le pouvoir.

Non, la situation n'était vraiment pas simple... D'autant que Georges et Vance devaient également être obsédés par l'idée de rester en bons termes avec Carlos. Si elle voulait regagner sa liberté, il lui faudrait prendre l'initiative.

— Encore un peu de vin, messieurs ? proposa-t-elle, jouant les parfaites maîtresses de maison.

Puis, s'étant levée pour quérir une autre bouteille sur la desserte, elle continua :

— Ce repas était délicieux, Carlos. Après une semaine de rationnement, sachez que je l'ai particulièrement apprécié...

La jeune femme revint vers la table, la bouteille à la main. S'approchant derrière Carlos, elle s'en servit soudain pour le frapper violemment à la nuque. L'Espagnol s'effondra, le nez dans son assiette, avant de tomber de sa chaise et de rouler à terre.

Deux paires d'yeux incrédules contemplaient la jeune femme.

— Je n'allais quand même pas attendre toute la nuit que vous ayez fini d'analyser la situation, pour tenter d'y trouver une issue, grommela-t-elle. Si vous avez des réticences à vous en prendre directement à Carlos, moi pas.

Et, confiant la bouteille à Vance, elle ajouta en ignorant sciemment Georges :

— S'il se réveille pendant que je m'échappe, merci de lui en redonner un coup.

— Je sais bien que les décisions hâtives sont ta spécialité, marmonna Georges d'un ton caustique, mais voudrais-tu prendre au moins la peine de nous expliquer ton ingénieux plan de fuite ? Au cas où tu l'ignorerais, deux gardes armés jusqu'aux dents se tiennent derrière la porte.

Mikaela n'était pas d'humeur à apprécier ses sarcasmes. Elle lui répondit sur le même ton.

— Merci, j'étais au courant. Ce sont eux qui m'ont escortée depuis la cellule où j'ai croupi durant une semaine. Carlos m'avait affamée et laissée dans la saleté, dans l'espoir que je serais assez désespérée pour accepter son odieux marchandage. Mais, comme tu peux le voir, j'ai acquis quelques talents pour négocier avec les hommes.

— Touché, madame, répliqua Georges en inclinant la tête. Comment comptes-tu t'y prendre, pour la suite ?

Elle s'efforça d'oublier pour l'instant son ressentiment envers son époux. Elle trouverait bien un moment, plus tard, pour lui signifier ce qu'elle pensait de son attitude.

— Je vais casser les vitres de la fenêtre de la chambre, qui donne sur l'autre côté de la cour. J'imagine que les deux gardes s'empresseront d'accourir, pour savoir ce qui se passe.

— C'est logique, acquiesça Georges. Après tout, les gardes sont faits pour ça...

— Vous m'aiderez en criant à l'aide, afin d'ajouter à la diversion. Moi, pendant ce temps, je m'enfuirai par la porte, qui ne sera plus gardée. Et je profiterai de la confusion pour quitter les lieux sans me faire remarquer, grâce au déguisement que je compte emprunter. À cette heure-ci, les grilles de la garnison sont encore grandes ouvertes.

Se tournant vers Vance, la jeune femme s'enquit :

— Avez-vous un attelage qui vous attend devant la porte ?

Comme il hochait la tête, elle poursuivit avec un sourire :

— Parfait. Je m'enfuirai par la route qui mène au port. Nous nous retrouverons à quelques centaines de mètres de la garnison. Je vous ferai signe au passage de votre voiture.

Avant que Georges ait pu demander ce qu'elle ferait, si elle était reprise, Mikaela s'était déjà ruée dans la chambre. Quelques minutes plus tard, il l'entendit briser à grand fracas les vitres de la fenêtre. La seconde d'après, elle ressortait de la chambre, vêtue d'un des uniformes de Carlos, qu'elle avait dû trouver dans sa penderie. Un chapeau d'officier cachait ses mèches blondes.

Tandis qu'elle se précipitait vers la porte, les deux hommes coururent dans la chambre pour suivre son plan et donner l'alarme.

— Je suis sûr qu'elle va se faire attraper, marmonna Vance en contemplant la vitre brisée.

— C'est plus que probable, en effet, confirma Georges. Nous pouvons déjà commencer à réfléchir au moyen de la tirer de ce pétrin...

Vance haussa les épaules, résigné.

— En tout cas, ne lui gâchons pas ses chances de réussite.

Mettant ses mains en porte-voix devant sa bouche, il hurla par la fenêtre :

— La prisonnière s'est échappée ! La prisonnière s'est échappée !

Comme prévu, les deux gardes avaient contourné le bâtiment pour constater les dégâts.

— Je crois qu'elle est partie par là ! leur dit Vance, en indiquant une autre cour.

Les deux gardes se lancèrent aussitôt dans cette direction, sans se douter de la supercherie.

Pendant ce temps, Georges remit Carlos sur sa chaise et le secoua pour le réveiller.

— Carlos ?

Ne recevant pas de réponse, il le secoua un peu plus fort.

— Carlos !

L'Espagnol poussa un gémissement à peine audible, avant d'ouvrir les yeux.

— Oui... ? Qu'est-ce qu'il y a ?

— La jeune lady que vous aviez injustement accusée de trahison a voulu prendre sa revanche. Elle vous a assommé avec une bouteille et s'est enfuie par la fenêtre de la chambre, avant que Vance et moi ayons pu lui mettre la main dessus. Vos gardes se sont lancés à sa poursuite.

— La sale petite garce... grommela Carlos d'une voix pâteuse. C'est la deuxième fois qu'elle m'échappe, et je...

Sa voix menaçait de s'éteindre, et il paraissait avoir du mal à respirer.

— Vous devriez vous allonger, suggéra Vance, revenu à son tour dans le salon. Vous n'allez pas l'air en forme. Georges et moi allons tenter d'aider vos gardes. Reposez-vous.

Carlos, à moitié endormi, hocha la tête et se laissa porter jusqu'à son lit.

— Un jour, je finirai par avoir cette maudite garce, jura-t-il avant de sombrer dans un sommeil hébété.

Georges sortit s'enquérir de la situation. L'alerte générale avait été donnée, provoquant un beau désordre dans la garnison. Des soldats couraient dans tous les sens, à la poursuite de la fugitive.

— Qu'attends-tu ? s'impatienta Vance au retour de son ami, en le voyant repartir dans la chambre où Carlos ronflait bruyamment. Nous sommes supposés foncer à la voiture !

— Je voulais juste m'assurer qu'il dormait toujours.

Quand ils ressortirent dans la cour, Georges partit sur la gauche au lieu d'obliquer à droite.

— Où vas-tu encore ? grogna Vance.

— J'ai une chose à faire, répondit-il d'un ton évasif. Je te retrouve à la grille dans cinq minutes.

Georges réapparut en effet cinq minutes plus tard, alors que Vance l'attendait dans l'attelage.

— Finalement, tout s'est passé au mieux, dit celui-ci lorsque son ami se fut installé sur la banquette.

— Mikaela n'est pas encore tirée d'affaire. Elle risque de finir la corde au cou.

— Avais-tu un meilleur plan à proposer ?

— Non, avoua Georges.

— Eh bien, moi non plus.

À son corps défendant, Georges devait admettre que son épouse était parvenue à résoudre la situation, sans les impliquer dans sa fuite. Leurs relations commerciales avec les Espagnols ne seraient donc pas altérées. Mais elle avait pris beaucoup de précautions pour rien. Après ce que Carlos lui avait fait subir, Georges n'était de toute façon plus disposé à traiter avec lui.

C'était Vance qui conduisait. Au bout de quelques centaines de mètres, la jeune femme surgit d'un bosquet bordant la route. Entre-temps, elle avait troqué l'uniforme emprunté à Carlos pour une de ses robes.

Elle monta à bord, ignorant Georges comme s'il était parfaitement transparent, et s'assit à côté de Vance. Ils continuèrent vers le port en silence. Alors qu'ils traversaient les ruelles du quartier français, Mikaela s'empara soudain des rênes afin d'obliger les chevaux à s'arrêter.

— Que se passe-t-il ? s'inquiéta Georges.

Elle avait déjà bondi à terre pour se précipiter vers un jeune gentleman aux cheveux bruns, qui sursauta comme s'il venait de voir surgir un fantôme.

— Mikki ? s'étrangla Henri Rouchard. Je te croyais morte !

Elle sursauta à son tour.

— Morte ? Et pourquoi donc ?

Henri, remis de sa surprise, étreignit sa petite sœur.

— Mon Dieu, quel soulagement de voir que tu as survécu ! Papa pensait que tu avais été victime de la rébellion de l'automne dernier. Il t'a cherchée dans toute la ville, mais ne t'ayant pas retrouvée, il en a déduit que tu avais été piétinée par la foule et que ton corps avait disparu dans le fleuve. Où diable étais-tu donc passée ?

Mikaela raconta en quelques mots à son frère comment elle avait profité de l'échauffourée pour s'enfuir de La Nouvelle-Orléans, et ainsi échapper au mariage qu'Arnaud avait arrangé.

— Comment as-tu survécu sans argent ? s'enquit Henri.

— Elle s'est mariée à Charles Town, intervint Georges qui était descendu à son tour de voiture.

— Je n'avais pas l'intention d'annoncer cette nouvelle à mon frère, répliqua vertement la jeune femme. Parce que je n'en suis pas particulièrement fière !

Ignorant le sarcasme, Georges enlaça Mikaela à la taille et détailla le jeune inconnu, habillé avec beaucoup d'élégance, qui devait avoir dans les vingt-trois ou vingt-quatre ans.

— Si tu nous présentais, ma chérie ?

Quand Mikaela se fut exécutée – bien à contrecœur –, Georges regarda autour de lui.

— Si tu souhaites prolonger cette charmante réunion de famille, il serait préférable que ton frère nous rejoigne à bord du bateau, dit-il en désignant la patrouille espagnole qu'on apercevait au loin.

— Veux-tu venir, Henri ? demanda la jeune femme.

— Bien sûr, répondit son frère avec un sourire amusé. Je serais ravi de faire plus ample connaissance avec la brave âme qui s'est attaquée à la tâche de protéger mon intrépide petite sœur.

Georges aida son épouse à remonter dans l'attelage puis, après avoir indiqué à Henri la localisation du navire, il s'empara des rênes et lança les chevaux au trot.

Le bateau mouillait à côté de celui de Vance. Mikaela en déduisit que Georges avait tout prévu, y compris des renforts éventuels, pour permettre sa libération. Elle s'empressa de courir vers la cabine du capitaine, afin d'éviter d'être remarquée par une patrouille, tandis que son mari attendait sur le pont l'arrivée d'Henri.

En voyant la jeune femme s'enfermer dans sa cabine, Georges eut un pincement au cœur. Le beau rêve qu'il avait construit pendant qu'elle souffrait d'amnésie s'était brutalement effondré comme un château de cartes. Il savait qu'une confrontation avec elle serait inévitable, et il la redoutait.

Il s'attendait en fait à passer la pire nuit de sa vie. Il risquait de perdre la femme qui lui était devenue si précieuse et, le plus triste, c'est qu'il savait mériter pleinement la haine et le dédain que lui vouait Mikaela. Il avait attendu trop longtemps pour lui révéler la vérité. C'était sa seule erreur, mais elle était de taille.

Et maintenant, il faudrait la payer.

18

Mikaela arpentait la cabine de long en large, comme un fauve en cage. Georges l'avait trahie et elle ne lui pardonnerait jamais !

Il avait dû bien s'amuser de la voir l'aimer aussi naïvement. Mais c'était terminé. Plus jamais elle ne se laisserait fourvoyer par ses sentiments. À partir de maintenant, elle traiterait Georges avec tout le mépris qu'il méritait.

Quand la porte s'ouvrit sur Henri, devisant joyeusement avec Georges et Vance, la jeune femme mit provisoirement ses ressentiments de côté. Elle était trop heureuse de retrouver son frère. Alors que Vance servait à boire à tout le monde, elle l'invita à s'installer à son aise dans le fauteuil.

— Tu m'as l'air d'avoir fait un beau mariage, déclara le jeune homme en jetant un regard admiratif à la cabine magnifiquement décorée. Je ne savais pas qu'on pouvait habiter aussi luxueusement sur un bateau. On dirait un palace.

— J'ai voulu que mon épouse puisse voyager confortablement lorsqu'elle m'accompagne, répondit Georges.

Mikaela le fusilla du regard, mais s'abstint de tout commentaire.

— Mikki, reprit Henri, j'ai bien peur d'avoir de mauvaises nouvelles... Après ta disparition, maman a fait ses valises et est partie vivre à Saint Louis. Depuis, papa ne décolère plus. Il a interdit qu'on prononce ton nom, ou celui de maman, devant lui. Je n'ai pas compris ce qui a pu pousser maman à ce geste. Elle m'a laissé un mot d'adieu, mais qui n'expliquait rien.

Mikaela, en revanche, pouvait facilement deviner les motifs qui avaient poussé Marguerite à fuir son esclavage conjugal. Elle espérait sincèrement que sa mère avait réussi à trouver le bonheur.

Pendant que la jeune femme et son frère évoquaient leur famille, Georges s'était adossé à un mur pour savourer son whisky. À en juger par ce qu'il entendait, leur père avait traité Mikaela comme une étrangère... Il n'avait jamais rencontré Arnaud Rouchard, mais il détestait déjà cet homme. Comment pouvait-on se montrer sans cœur devant une créature aussi délicieuse et vive d'esprit ?

Quand Henri se leva pour prendre congé, Georges remarqua la lueur de tristesse qui assombrit le regard de son épouse.

— J'espère que vous viendrez nous rendre visite à Charles Town, proposa-t-il à son beau-frère. Je suis sûr que Mikaela sera contente de vous revoir.

Elle le dévisagea, intriguée. À quoi jouait-il, maintenant ? Pensait-il l'amadouer en invitant Henri ? Dans ce cas, il se trompait lourdement. Son frère était sans doute impressionné par la charmante façade de Georges et ses manières agréables, mais ça ne marchait plus avec elle. Elle le connaissait trop bien pour oublier ce qu'il avait fait et se laisser aveugler par ses gentillesses.

Il n'était pas question de tirer un trait sur le passé. Mikaela désirait plus que jamais le divorce. Elle n'avait aucune envie de passer le restant de ses jours avec cet homme, même s'il était le père de son enfant. Marguerite avait supporté Arnaud pendant des années, mais elle n'aurait pas cette patience. Elle refusait d'endurer le même destin. La vie était trop courte pour la passer dans la souffrance...

Après le départ d'Henri, elle rejoignit le bateau de Vance. C'était là qu'elle avait laissé ses affaires avant de débarquer, et c'était là qu'elle comptait résider durant le voyage de retour. Elle n'habiterait pas la cabine de Georges. Si vaste fût-elle, elle n'était pas assez grande pour eux deux.

L'Amérique tout entière était trop petite pour eux !

Quand Georges monta à son tour sur le bateau de Vance, ce dernier lui sourit.

— Je viens juste de voir passer ta femme, lui dit-il. À mon avis, la bataille sera rude... Veux-tu que j'aille chercher un fouet, pour t'aider à faire rentrer la tigresse dans sa cage ?

Georges regarda son ami droit dans les yeux.

— Ce ne sera pas nécessaire. J'ai simplement besoin que tu répondes à une question – que tu y répondes sincèrement...

Vance haussa un sourcil.

— Quelle question ?

— Les ragots qu'on m'a rapportés à Charles Town sont-ils fondés ? Est-il vrai qu'on vous a vus deux fois dans les bras l'un de l'autre ?

Vance hésita, mal à l'aise. Comme le silence s'éternisait, Georges s'impatienta.

— Eh bien ?

— Eh bien, c'est vrai, mais...

— Je vois, coupa Georges d'une voix glaciale.

Il ne put s'empêcher de poser l'autre question qui lui brûlait les lèvres :

— Es-tu amoureux d'elle, Vance ?

— Oh, Georges, pour l'amour de Dieu...

— Bon, d'accord. Si tu ne veux pas répondre à cette question, peut-être préféreras-tu celle-ci : as-tu couché avec ma femme ?

Cette fois, Vance fut indigné.

— Georges ! Ne sommes-nous pas les meilleurs amis du monde ?

— Je ne te demande pas de qualifier notre amitié. Je te demande si tu as couché avec ma femme !

— Non.

— Mais... tu aurais aimé ?

— Oui, avoua Vance.

Georges n'avait pas quitté le regard de son ami.

— Je te renouvelle ma question, Vance : es-tu amoureux de Mikaela ?

— Oui. Oui, à la fin ! Voilà, je l'ai dit. J'espère que tu es content. Mais, pour moi, cela ne fait pas de différence sur le fond. Mikaela est ta femme, et je respecte les liens qui vous unissent, même si tu ne mérites pas forcément de la garder...

— Et si je consentais au divorce qu'elle va sûrement me réclamer, que ferais-tu ?

— Si tu fais ça, c'est vraiment que tu es le pire des idiots ! Excuse ma franchise, Georges, mais si tu laisses Mikaela partir, tu commettras la plus grande erreur de ta vie. Et pourtant, ces derniers temps, on peut dire que tu as accumulé les sottises... Si j'avais su ce qui s'était passé ici, avant qu'elle n'embarque à bord de ton bateau, je n'aurais évidemment pas consenti à la ramener à La Nouvelle-Orléans. Mais comment as-tu pu être à ce point stupide ?

— C'est parce que...

Georges ne termina pas sa phrase et détourna le regard vers le large.

— Parce que quoi ? le pressa Vance. As-tu agi un instant pour le bien de Mikaela ? Voilà un moment que je vois mes sentiments grandir pour elle, et que je me sens écartelé entre mon désir et ma loyauté envers notre amitié... Honnêtement, Georges, je ne sais pas si tu mérites encore mon respect, après la manière dont tu as traité ta femme.

— As-tu terminé ?

— Non, pas encore ! Puisque tu m'as posé une question, j'y réponds : si Mikaela réclame le divorce et si tu y consens, alors oui, je lui ferai ma cour. Et tant pis pour toi... Voilà, cette fois, j'ai terminé !

Là-dessus, Vance tourna les talons. Georges resta sur le pont, à se dire qu'il méritait les dures paroles de son ami. C'était à cause de son silence que la jeune femme était revenue, insouciante, à La Nouvelle-Orléans. C'était à cause de lui si elle s'était retrouvée en prison.

Le temps était venu de réparer tous les tourments qu'elle avait endurés par sa faute.

S'armant de courage, il prit le chemin de la cabine de Vance...

Mikaela sursauta en entendant frapper à la porte. Elle se dépêcha de finir de lacer sa chemise de nuit, avant de traverser la cabine, pieds nus.

— Puis-je entrer ? demanda poliment Vance.

— Bien sûr. C'est votre cabine, lui rappela la jeune femme en s'effaçant pour le laisser passer.

Mais il la prit par la taille et la serra contre lui avec effusion.

— Je me suis tellement inquiété pour vous, toute cette semaine ! J'ai essayé de vous rendre visite, pour vous apporter des couvertures et des colis de nourriture, mais ce bâtard de Carlos interdisait que quiconque s'approche de vous.

Mikaela voulut apaiser ses inquiétudes. De tous les hommes qu'elle avait connus, il était le seul en qui elle eût une totale confiance. Dieu merci, il ne ressemblait pas à Georges !

— J'ai survécu à l'épreuve, Vance. Et ma solitude, toute cette semaine, fut une bénédiction. J'ai eu ainsi du temps pour remettre de l'ordre dans mes souvenirs qui sont réapparus.

— Je suis vraiment désolé pour ce qui s'est passé, Mikaela, dit-il avec un regret sincère dans la voix. Si je pouvais changer le cours du temps, je vous assure que j'aurais agi différemment. Vous n'auriez pas été forcée à ce mariage, et je ne vous aurais pas non plus laissée patauger dans votre amnésie. Sans compter que je ne vous aurais pas conduite à La Nouvelle-Orléans, si j'avais pu me douter de ce qui vous attendait. Vous méritez beaucoup mieux que ce que vous avez reçu...

Avant qu'elle ait pu deviner son intention, il s'empara de ses lèvres.

Par le passé, Vance s'était toujours limité à de chastes baisers sur les joues ou le front. Et si Mikaela n'avait pas été aussi furieuse contre Georges, elle n'aurait pas manqué de lui rappeler qu'il enfreignait les lois de l'amitié par ce baiser. Mais là, au contraire, la jeune femme noua les bras à son cou et lui rendit son baiser. Pour un peu, elle regrettait presque que Béatrice Huxley ne soit pas là pour assister à la scène !

Georges s'encadra dans la porte de la cabine, restée ouverte, juste au bon moment pour voir son meilleur ami embrasser son épouse, qui paraissait plus que consentante. Malgré sa colère, il réussit à garder son sang-froid, afin de ne pas alerter tous les marins présents sur le bateau.

— Si vous consentiez à vous séparer quelques minutes, dit-il d'une voix glaciale, j'aimerais m'entretenir en privé avec Mikaela.

Vance sursauta en s'apercevant de la présence de Georges. Il relâcha la jeune femme et repartit vers la porte, sans s'excuser auprès de son ami.

— Si vous avez besoin de moi, dit-il à Mikaela, je serai sur le pont.

Elle hocha silencieusement la tête, avant de regarder Georges. Sa froideur et, pour tout dire, son indifférence lui confirmèrent qu'elle ne représentait rien pour lui. Ils étaient revenus à leur point de départ : le soir de la fête donnée par Adrian à la plantation. C'était comme si le bonheur qu'ils avaient partagé au cours du trimestre écoulé n'avait pas existé. Toutes ces merveilleuses journées, où elle s'était crue amoureuse de cet homme, n'avaient été qu'un rêve.

— Je ne te pardonnerai jamais ce que tu as fait, lâcha-t-elle.

— Je n'espère plus ton pardon.

— Tant mieux. Parce que tu peux faire une croix dessus.

— Je ne te demande rien, Mikaela...

— Alors pourquoi es-tu venu ? s'enquit-elle, médusée qu'il ne cherche même pas à s'excuser.

Georges se montrait si froid et distant qu'elle ne savait plus comment réagir face à lui. Ne ressentait-il vraiment rien du tout pour elle ?

— Je suis venu savoir ce que tu veux, et quel sera notre avenir à compter d'aujourd'hui.

— Ce que je veux ? répéta la jeune femme, stupéfiée. Depuis quand t'inquiètes-tu de mes désirs ?

Il alla se servir un verre, dans l'espoir que l'alcool apaiserait la frustration qui lui nouait l'estomac. Avant qu'il ait pu porter le verre à ses lèvres, Mikaela le lui ôta brusquement des mains, pour le vider d'une seule traite, avant de le rendre pour en réclamer davantage. Il la resservit, et elle vida pareillement son deuxième verre, avant d'en demander un troisième. De toute évidence, elle cherchait comme lui à calmer sa frustration.

Se soûler n'était d'ailleurs pas une mauvaise idée, songea-t-il. Quand ils seraient trop hébétés pour se souvenir de leur haine, ils réussiraient à discuter des arrangements pratiques du divorce avec l'impartialité de deux étrangers...

Ils se servirent mutuellement à boire, jusqu'à ce que la bouteille fût vide. Georges retourna alors, d'un pas chaloupé, jusqu'au cabinet à liqueurs pour en prendre une deuxième, qu'ils attaquèrent aussitôt.

Il n'aurait su dire combien de temps s'était écoulé depuis que Mikaela et lui éclusaient ainsi du whisky. Mais il était confiant dans ses chances de gagner leur concours de beuverie. Il avait acquis une certaine expérience dans les divers ports qu'il avait pu fréquenter. D'ailleurs, elle commençait à donner des signes de fatigue.

— Je pense que tu devrais t'asseoir, lui conseilla-t-il.

— Ne me dis pas ce que je dois faire ! répliqua la jeune femme, avant de jeter son dévolu sur un fauteuil, qu'elle manqua de beaucoup pour finalement s'écrouler par terre.

Georges, riant aux larmes, s'assit sur le tapis à côté de son épouse, pour lui proposer un autre verre qu'elle accepta aussitôt.

— Ce whis... ky me fait expérimenter d'étran... ges sen... sa... tions. Je ne sens plus mon nez. C'est nor... c'est normal ?

Georges hocha la tête, mais ce mouvement lui provoqua un douloureux élancement dans le crâne.

— Nous devrions mettre les choses au point, avant d'être trop ivres pour discuter, proposa-t-il.

— Que veux-tu mettre au point ?

— Il s'agit de notre mariage, au cas où tu ne serais pas au courant.

Et, après avoir bu une nouvelle gorgée de whisky, il précisa :

— Notre divorce, plutôt... Cela va causer un scandale énorme. Mieux vaut parfois assassiner son conjoint que divorcer.

Elle pouffa.

— Ne me donne pas des... des idées, Georges.

— Tu penses que je ne serais plus capable de satisfaire tes désirs ? demanda-t-il après un silence.

Mikaela le regarda comme s'il venait de poser la question la plus stupide qu'elle ait jamais entendue.

— Tu sais parfaitement satisfaire mes désirs, avoua-t-elle. Le problème, c'est que tu me faisais l'amour sans m'aimer. J'étais logée à la même enseigne que toutes les femmes que tu invitais dans ta cabine à chacune de tes escales, avant et après notre mariage.

— Donc, tu insinues que j'ai été infidèle...

— Infidèle, menteur, manipulateur... je pourrais citer plein d'autres qualificatifs du même genre, mais là j'ai un peu de mal à réfléchir...

Elle voulut porter son verre à ses lèvres, mais elle manqua sa cible et le whisky se déversa sur sa robe, faisant coller le tissu à ses seins.

Georges contemplait la scène en songeant qu'il avait d'autres questions à lui poser, avant qu'elle ne soit trop ivre. L'alcool agissait comme un sérum de vérité, mais s'il attendait trop longtemps, Mikaela serait incapable d'aligner deux mots.

Il reposa son verre, pour prendre le visage de la jeune femme entre ses mains.

— Je voudrais que tu me racontes ce qui s'est passé, le soir où tu t'es enfuie de la réception et que Barnaby...

— Je n'aimerais autant pas, répliqua-t-elle.

Il décida d'insister. Cela faisait trop longtemps qu'il voulait savoir.

— Barnaby a-t-il essayé de te violer ? A-t-il voulu te pousser dans le vide parce que tu lui résistais ?

Mikaela était en proie à un tourment que Georges ne pouvait comprendre. Si elle lui donnait tous les détails de cette nuit-là, elle détruirait du même coup sa vision idéalisée de Cecilia. Malgré son ressentiment pour lui, la jeune femme n'était pas assez cruelle pour révéler la duplicité de Cecilia.

— Raconte-moi, chérie… Je veux tout savoir.

— Je ne peux pas te le dire ! S'il te plaît, ne me le demande pas. Tu n'aimerais pas l'entendre.

Il fronça les sourcils, intrigué.

— Que me caches-tu, Mikaela ?

— Contente-toi de m'accorder le divorce et ne parlons plus de rien, rétorqua-t-elle dans un sanglot. Tu ne veux pas de moi, de toute façon… Tu n'as jamais voulu *qu'elle* ! Alors qu'elle n'était pas…

Elle essuya ses larmes, se maudissant d'avoir laissé fourcher sa langue.

— Elle n'était pas quoi ? demanda Georges en l'attirant contre lui. Barnaby savait des choses sur Cecilia qu'il t'aurait rapportées ?

Mikaela se promit de ne pas répondre aux questions sur la trahison de Cecilia. Elle voulait garder le secret. Mais, si cela apaisait Georges de savoir que Cecilia ne s'était pas suicidée, alors elle pouvait au moins lui dire cela.

— Barnaby était là, la nuit de sa mort. Il s'est disputé avec elle et, dans son emportement, il l'a poussée et elle est tombée. Chaney avait raconté…

Elle enfouit son visage dans les bras de son mari. Elle n'osait plus prononcer un mot, de peur de révéler ce qu'elle souhaitait absolument cacher.

— Je ne te dirai plus rien. Laisse-moi, maintenant…

L'abandon de la jeune femme dans ses bras fit dévier Georges du cours de ses pensées. Quoiqu'il brûlât de savoir ce qui s'était passé entre Barnaby et Cecilia cette nuit-là, le besoin de sentir Mikaela contre lui était encore plus fort que celui d'en finir avec le passé. Si ce devait être la dernière nuit qu'il passerait avec son épouse, il voulait en garder un souvenir qu'il pourrait chérir jusqu'à son dernier souffle.

Juste une nuit ! songea-t-il. Qu'elle lui accorde cette dernière nuit d'amour, et il lui rendrait ensuite sa chère liberté...

Lorsque Georges approcha les lèvres du lobe de son oreille – un endroit qu'il savait sensible chez elle –, Mikaela éprouva une bouffée de désir. Mais cette sensation lui rappelait trop les moments qu'elle avait passés avec lui, quand elle l'aimait avec tant de candeur, alors qu'elle vivait dans l'illusion.

— Non, Georges... murmura-t-elle d'une voix chancelante. Tu cherches à profiter de ce que j'aie trop bu...

Lui aussi avait trop bu, et c'était tout le problème. Il savait qu'il aurait dû la laisser partir mais, un peu par orgueil masculin, un peu par un sentiment qu'il n'osait nommer, il voulait cette nuit avec elle. Pour retrouver, une dernière fois, ce plaisir à l'état pur qu'il avait connu dans ses bras...

Mikaela ne put retenir un gémissement de plaisir quand Georges, qui l'avait obligée à s'allonger sur le dos, commença à déposer une traînée de baisers depuis ses lèvres jusqu'à sa gorge.

— Pourquoi est-ce que je réagis toujours ainsi, chaque fois que tu me touches ? se plaignit-elle. Ça me fait tellement de mal de savoir que l'homme que j'aime en aime une autre...

Il ne la laissa pas en dire davantage. Il s'empara de ses lèvres, certain qu'elle allait d'autant plus répondre à son baiser que l'alcool lui avait ôté toute inhibition.

Comment aurait-elle pu lui résister ? se disait-elle. Malgré ses défauts, il fallait reconnaître qu'il savait aimer une femme.

Elle n'avait jamais su lui résister, pas même durant leur nuit de noces, où elle avait pourtant été attachée au lit de sa cabine. Georges pouvait lui faire tout oublier, sauf ce désir inextinguible qu'il faisait naître en elle dès qu'il la touchait...

Ah, si seulement il avait pu l'aimer autant qu'elle l'aimait ! Mikaela aurait été heureuse dans son mariage, et leur enfant aurait grandi avec l'amour de ses parents – tout ce qu'elle-même n'avait pas connu, étant petite. Mais il ne l'avait aimée qu'avec son corps, jamais avec son cœur.

Ces pensées amères ne tardèrent pas à être chassées quand il commença à lui embrasser les tétons. La jeune femme s'arqua de désir sous lui, murmurant son nom comme une incantation.

Georges la désirait si fort qu'il avait le sentiment que ni ses mains ni ses lèvres ne pourraient se rassasier de baisers et de caresses. Il aurait voulu dévorer la jeune femme tout entière !

Sa bouche courait le long du ventre de Mikaela, goûtant la douceur de sa peau soyeuse. Descendant toujours plus bas, il lui écarta légèrement les cuisses, pour s'approcher du cœur de sa féminité. Elle tressaillit, avant de laisser échapper un petit râle de plaisir lorsque Georges, du bout de la langue, titilla son bouton de chair. Il la caressa jusqu'à ce qu'elle s'ouvre à lui, telle une fleur délicate déployant ses pétales sous les rayons du soleil.

Plusieurs fois, il la porta au bord de l'extase, sans jamais lui permettre d'y succomber.

Finalement, il se redressa.

— Mikaela, murmura-t-il, regarde-moi. Je veux que tu te rappelles longtemps de cette nuit, et que tu n'oublies jamais qui je suis.

Elle croisa son regard.

— Assez de jeux idiots entre nous, Georges. Je sais trop bien qui tu es : celui qui me fait l'amour en pensant à une autre. Mais... je t'aime de tout mon cœur et de toute mon âme.

Il s'empara quelques secondes de ses lèvres, dans un fiévreux baiser.

— Alors, montre-le-moi, Mikaela. Montre-le-moi une dernière fois...

La jeune femme accepta le défi de lui faire l'amour, avec toute la sincérité qu'elle avait pu mettre durant ces mois où, n'ayant plus aucun souvenir, Georges remplissait toute sa vie.

Il voulait savoir ce que c'était que d'aimer quelqu'un de toute son âme ? Eh bien, elle allait le lui montrer.

Elle commença à le caresser sur tout le corps, sans négliger aucun des points sensibles. Quand ses doigts s'approchèrent de sa virilité, il en oublia pourquoi il respirait. Plus rien ne comptait que ce plaisir que lui donnait Mikaela, et qui le faisait se consumer de désir pour elle.

Les tourments de Georges montèrent d'un cran lorsque la jeune femme s'empara de son membre avec ses lèvres. Cette fois, il crut qu'il ne pourrait contenir plus longtemps sa jouissance.

— Mikaela, non... murmura-t-il, haletant. Tu me tues...

Elle releva un instant la tête, souriante.

— Mais tu aimes mourir ainsi, n'est-ce pas ?

Comme il ne répondit pas tout de suite, elle reprit son membre dans sa bouche.

— Oui... oh, oui... gémit-il.

Il avait l'impression que son bassin était un volcan empli de lave brûlante, et que l'éruption menaçait d'une seconde à l'autre. Mais elle le portait au bord de la jouissance sans jamais le laisser succomber.

Soudain, elle redressa la tête.

— Regarde-moi, Georges. Qui vois-tu, en ce moment ?

Et fasse le Ciel que ce ne soit pas Cecilia, songea-t-elle. Pas ce soir, par pitié, *pas ce soir* !

— Je n'ai nul besoin de te voir pour savoir qui tu es, Mikaela. Je te reconnaîtrais partout, même dans l'obscurité d'une nuit sans lune. Comme je reconnaîtrais ta voix au milieu d'un tumulte.

Se redressant à son tour, il attira la jeune femme contre lui, pour la serrer très fort dans ses bras, avant de la posséder fiévreusement.

Elle se rendit bien volontiers, car elle avait maintenant compris ce qu'elle avait eu tant de peine à s'expliquer. Et il comprenait aussi ce qu'elle avait enduré, toutes ces semaines où elle l'avait aimé si passionnément. L'un et l'autre avaient souffert de poursuivre un rêve impossible, Mikaela d'aimer un homme qui ne songeait pas à elle, et Georges d'aimer une femme qui n'était plus là.

Mais cette nuit – et même si ce devait être leur dernière nuit –, ils savaient précisément ce qu'ils étaient l'un pour l'autre.

19

Plus tard, beaucoup plus tard, Georges trouva la force de redresser la tête. C'est alors qu'il s'aperçut que Mikaela et lui étaient étendus en travers du tapis, presque sous la table. La passion les avait tellement dévorés qu'ils n'avaient pas pris le temps de grimper sur le lit, pourtant tout proche…

— Mikaela ?

La jeune femme était plongée dans un sommeil si profond qu'il ne put s'empêcher de sourire en contemplant son visage angélique. Ce n'était pas très étonnant, après l'alcool qu'elle avait ingurgité. Une belle migraine l'attendait au réveil !

Il se leva et, soulevant son épouse dans ses bras, la coucha dans le lit. Puis, pendant qu'il se rhabillait, il la contempla encore longuement. Ses cheveux répandus sur l'oreiller lui composaient une auréole d'or. Il sourit de nouveau, cette fois au souvenir de leur merveilleuse étreinte.

Malgré leurs antagonismes, il existait bel et bien un magnétisme qui les attirait irrésistiblement l'un vers l'autre…

Perdu dans ses pensées, il quitta la cabine pour remonter sur le pont. Mikaela et lui n'avaient rien résolu quant à l'avenir. La jeune femme avait réclamé le divorce, mais sans évoquer la moindre demande de compensation financière. C'était bien dans sa nature ! Elle était trop indépendante et orgueilleuse pour quémander.

Quoi qu'elle décidât pour la suite, il se promit de lui octroyer cette liberté de choisir qu'elle avait espérée toute sa vie. C'était, à n'en pas douter, le plus beau cadeau qu'il pourrait lui faire.

En revanche, une chose le chiffonnait : qu'elle ait refusé de répondre à ses questions concernant la fameuse nuit où Cecilia était morte. Elle savait quelque chose... mais quoi ? Et pourquoi ne voulait-elle pas le...

Vance, qui arpentait le pont, le tira brusquement de ses pensées :

— Georges, tu tombes bien ! Je voulais m'excuser.

Il sursauta.

— T'excuser de quoi ?

— Tu sais très bien...

— Pour avoir désiré ma femme et m'avoir rendu fou de jalousie ? Je ne l'avais pas volé.

Vance se planta devant son ami et croisa son regard.

— Je tiens à ce que tu saches qu'il ne s'est rien passé entre elle et moi. Ni après le bal du Dr Thorley, ni durant notre voyage jusqu'à La Nouvelle-Orléans. Je veillerai à ce que les affaires de Mikaela soient transférées sur ton bateau, avant notre appareillage pour Charles Town.

— Je pense qu'elle préférera rester sur le tien pour le retour, répliqua Georges.

Il s'apprêtait à s'éloigner, mais Vance le retint par le bras.

— Encore une chose. Roddy Blankenship vient d'arriver de la ville avec des nouvelles amusantes. Après le tohu-bohu à la garnison, Carlos s'est retrouvé déféré devant le nouveau gouverneur. Il a été accusé de trahison et de forfaiture. On lui reproche d'avoir emprisonné une femme qui se refusait à lui, et d'avoir exigé des pots-de-vin de tous les navires qui souhaitaient commercer avec le port. Comme par un fait exprès, on a retrouvé de l'argent américain dans ses poches...

— Intéressant... murmura Georges.

Vance éclata de rire.

— Je me demande bien qui a pu mettre don Alejandro au parfum. Tu n'aurais pas une petite idée, par hasard ?

— Pas la moindre.

— Non ? Je m'étais demandé pourquoi tu étais revenu t'assurer que Morales dormait à poings fermés, alors que nous devions filer au plus vite... Maintenant, je comprends. C'est toi qui as glissé les dollars dans sa poche. Et après, au moment de quitter la garnison, tu as mystérieusement disparu. J'en déduis que tu t'es occupé de le dénoncer.

Georges haussa les épaules d'un air nonchalant, comme si tout cela ne le concernait plus.

— J'imagine, reprit Vance, que tu seras intéressé d'apprendre que Morales a été déchu de toutes ses fonctions et jeté en prison. À mon avis, il va y croupir un bon moment... Mais pourquoi as-tu fait ça, Georges ? Tu savais que tu t'aliénais toutes tes chances de commercer avec La Nouvelle-Orléans sans avoir à payer les taxes prohibitives décrétées par les Espagnols.

— Je voulais que Morales paie pour ce qu'il a fait subir à Mikaela. Je préfère perdre le marché de la Louisiane plutôt que de continuer à traiter avec ce porc. De toute façon, si je ne l'avais pas dénoncé, je suis persuadé que, tôt ou tard, il aurait fini par nous trahir.

Vance hocha la tête.

— Et c'est nous qui nous serions retrouvés en prison...

— De plus, renchérit Georges, je n'ai plus aucune envie de revenir ici. Ce ne sont pas les ports qui manquent, le long de la côte. Nous ferons nos affaires ailleurs.

Il descendait déjà l'échelle de coupée pour rejoindre sa goélette, quand il se retourna pour ajouter :

— Prends bien soin d'elle, s'il te plaît.

Mikaela eut un réveil très difficile. Au point qu'elle se demanda si elle n'était pas morte durant la nuit. Mais la migraine qui cognait dans son crâne la rassura au moins sur ce point : elle était toujours vivante.

Elle voulut se redresser sur ses oreillers, pour tenter de savoir où elle se trouvait, ce qui exigea des efforts considérables. Puis, la mémoire lui revenant par bribes, elle se jura de ne plus toucher un verre d'alcool de sa vie – pour autant qu'il lui restât encore longtemps à vivre !

Finalement, elle réussit à sortir du lit et tenta de rallier, en se raccrochant aux meubles, la table de toilette. Là, elle s'aspergea longuement le visage d'eau fraîche et se sentit mieux, même si la migraine n'avait pas disparu. Le soulagement fut du reste de si courte durée que la jeune femme retourna s'allonger, en gémissant.

Aussitôt, elle sombra de nouveau dans un bienfaisant sommeil.

Des heures plus tard – des heures ou des années ? – Mikaela se réveilla. Il lui fallut pareillement quelques instants avant de se rappeler où elle était, et pourquoi elle se trouvait nue dans ce lit. Avait-elle replongé dans l'amnésie pour avoir trop bu ?

Elle ferma les yeux et s'obligea à mettre de l'ordre dans ses idées. Elle se rappelait qu'elle avait commencé à boire pour passer sa frustration. Georges en avait profité pour lui demander des détails sur sa tragique rencontre avec Barnaby.

Malgré tous ses efforts, elle n'arrivait plus à se rappeler ce qu'elle avait dit exactement au sujet de Cecilia. Se pouvait-il qu'elle lui ait raconté les duperies de celle qu'il avait tant aimée ? Elle espérait ne pas avoir été aussi cruelle... Malheureusement, elle n'était sûre de rien.

Paniquée, la jeune femme bondit hors du lit et emprunta dans l'armoire une chemise et un pantalon à Vance. Si elle avait dit à son mari l'atroce vérité, il ne lui restait plus qu'à s'excuser immédiatement !

Elle éprouva les pires difficultés à sortir de la cabine. Le sol semblait se dérober sous ses pieds, et une nausée tenace lui retournait l'estomac. Sans parler de sa migraine, qui continuait à la faire souffrir.

Mais quand elle émergea sur le pont, elle comprit que sa nausée n'était pas seulement la conséquence de son abus d'alcool. Le bateau avait appareillé et se trouvait pris dans une violente tempête.

Elle dut se cramponner au bastingage pour ne pas perdre l'équilibre. Des paquets d'eau venaient s'écraser à ses pieds, le vent mugissait à ses oreilles, et des éclairs zébraient le ciel qui résonnait des coups de tonnerre.

Au milieu de ce tumulte, elle entendit Vance crier des ordres à son équipage pour réduire la voile. Presque au même instant, une vague plus grosse que les autres submergea le pont, et Mikaela, comme le reste de l'équipage, fut aspergée de la tête aux pieds.

Quand la vague reflua enfin, elle cracha l'eau de mer qu'elle avait avalée et aperçut, à quelques encablures devant eux, le bateau de Georges. Les deux navires étaient si proches qu'elle pouvait voir son mari arc-bouté à la barre, afin de maintenir le cap.

Tout à coup, un marin grimpé dans la voilure fut déséquilibré par une rafale de vent, et le pauvre homme aurait été précipité dans la mer si son pied, emmêlé à un cordage, ne l'avait retenu dans sa chute. Il se balançait maintenant contre le mât, tel un pantin désarticulé, sans aucune chance de pouvoir se tirer d'affaire tout seul. Ses cris déchirants avaient alerté les équipages des deux navires, et tout le monde attendait, la gorge nouée, le moment où la corde qui retenait son pied finirait par céder…

Mikaela ne pouvait entendre ce qui se disait sur l'autre navire, mais elle vit soudain Beecham se précipiter sur la barre pour prendre la place de Georges, qui grimpa aussitôt au mât, à la rescousse du marin en péril.

Le cœur oppressé d'angoisse, elle regardait, à la lumière des éclairs, son époux évoluer dans la voilure, à la manière d'un acrobate. Ses mouvements étaient rendus encore plus périlleux par les secousses du navire, ballotté au gré des vagues, toutes plus furieuses les unes que les autres.

— Il est fou ! commenta Vance qui s'était approché de la jeune femme. Il risque d'être déséquilibré à son tour !

Mikaela ne répondit rien. Elle continuait de regarder, bouche bée, Georges qui poursuivait sa progression vers le marin. S'il n'avait pas été aussi agile qu'un chat, il aurait certainement connu le même sort que celui qu'il souhaitait sauver.

Tout à coup, alors que Georges était près de toucher au but, la foudre s'abattit sur la pointe du mât, dans un claquement d'apocalypse. Sous l'impact, le mât se brisa en deux.

Horrifiée, elle agrippa le bras de Vance et assista, impuissante, à l'effondrement de la moitié supérieure du mât, où se trouvaient Georges et l'autre marin, sur le pont arrière du navire. Beecham eut tout juste le temps de s'enfuir pour éviter d'être écrasé sous les débris.

Mais, du coup, il avait abandonné la barre...

Quoique Mikaela ne fût pas experte en navigation, elle savait qu'un navire qui n'était plus dirigé, au milieu d'une telle tempête, risquait gros. Déjà, la goélette prenait des angles dangereux pour affronter les vagues venant à sa rencontre. En moins d'une minute, ce ne fut plus qu'une vulgaire coquille de noix, attaquée de tous côtés par la mer. Ébranlé à cause de son grand mât brisé, le bâtiment n'était plus en état de résister aux vagues. Le naufrage était inévitable.

La jeune femme hurlait le nom de Georges, et se penchait tellement par-dessus le bastingage que Vance fut obligé de la retenir.

— Mikaela, du calme ! Sinon, vous allez passer par-dessus bord !

— Mais... ils vont couler !

— Ils ont des canots de survie Mes hommes vont essayer de récupérer l'équipage. Et Georges va s'en sortir, rassurez-vous...

Après des minutes qui lui semblèrent des heures tant elle était angoissée, elle vit en effet l'équipage de Georges mettre les canots de survie à la mer, tandis que la goélette, qui prenait l'eau de toute part, commençait déjà à s'enfoncer dans les vagues. Mais Georges demeurait prisonnier des cordages qui l'avaient retenu comme dans un filet, après la chute du mât.

Paniquée, Mikaela voulut courir à l'un des canots du bateau de Vance, afin de se lancer à la rescousse de son mari.

— Mikaela, pour l'amour de Dieu ! s'écria-t-il en la rattrapant.

— Georges est emmêlé dans les cordages, Vance ! Si nous ne faisons rien, il va mourir noyé.

Déjà, des hommes mettaient une chaloupe à la mer, pour se porter au secours de Georges et de l'autre marin. C'était un tohu-bohu général entre le bateau de Vance et ce qui restait de celui de Georges, et les éclairs qui déchiraient le ciel ajoutaient un peu plus à la confusion de cette scène dramatique.

Mikaela se précipita dans la chaloupe avant que Vance ait pu la retenir. Il n'eut d'autre choix que de la suivre et, avec l'aide de deux marins, il se mit à ramer de toutes ses forces en direction de la goélette. Le navire gîtait considérablement, et les vagues effleuraient sa poupe. Mikaela pouvait apercevoir Georges et l'autre marin, toujours prisonniers des cordages, qui tentaient de se libérer tandis que l'eau menaçait de les submerger d'une minute à l'autre.

Alors qu'ils n'étaient plus qu'à quelques mètres de la poupe de la goélette, Mikaela contint à grand-peine un cri d'horreur en voyant le sang qui maculait la manche de son époux. Il avait dû recevoir un éclat de bois dans le bras, lorsque le mât s'était cassé. Cependant, malgré sa blessure, il se débattait comme un beau diable, tranchant dans les cordages avec son coutelas, pour se libérer de la nasse qui l'emprisonnait avec son compagnon d'infortune.

C'est alors que, tournant la tête, il aperçut le canot qui approchait. Reconnaissant la jeune femme, il fronça les sourcils.

— Vance ! hurla-t-il. Fais demi-tour, bon sang ! Sors Mikaela de là ! Sauve-la... !

Son ami n'eut pas le temps de répondre. Une nouvelle vague monstrueuse vint frapper la chaloupe de plein fouet, la faisant chavirer d'un seul coup. Mikaela se retrouva jetée à l'eau, et aspirée vers le fond par la force des courants.

Elle se sentait irrésistiblement couler. Elle ne parvenait pas à maintenir la tête hors de l'eau, et ses poumons la brûlaient déjà...

Par chance, elle sentit un objet la heurter – peut-être une des rames de la chaloupe, ou un morceau de l'embarcation. Elle s'y agrippa aveuglément.

Elle refusait de se rendre sans combattre. La vision de Georges ensanglanté, se battant pour garder la vie, l'obsédait. Il fallait absolument qu'elle arrive jusqu'à lui !

Au bout de ce qui lui parut une éternité, les vagues s'apaisèrent quelque peu. La jeune femme, agrippée à son bout de bois, tenta de se repérer. Mais la nuit qui tombait obscurcissait le paysage. Il fallut la lumière d'un nouvel éclair pour qu'elle découvre l'étendue du désastre, ce qui lui arracha un cri d'horreur : le bateau de son mari avait définitivement sombré. Ce navire qu'il avait tant aimé, dont il avait fait son domicile, ne sillonnerait plus jamais les mers...

Georges non plus n'était pas visible. Il était mort, en voulant porter secours à l'un de ses hommes. Et bientôt, Mikaela le rejoindrait dans le néant...

Ce qui la tourmentait le plus, ce n'était pas tant de perdre la vie, que de ne pas savoir s'il était mort en sachant que Cecilia ne lui avait pas été fidèle. Mikaela était toujours incapable de se rappeler ce qu'elle avait dit exactement, la nuit précédente, sous l'influence de l'alcool.

Que Dieu lui pardonne ses fautes ! Elle ne lui avait rien dit, en revanche, de sa grossesse. Pas plus qu'elle ne lui avait avoué qu'elle l'aimait encore – et qu'elle l'aimerait toujours, même s'il continuait de penser à Cecilia !

Elle aurait au moins un bon souvenir – un seul – à emporter avec elle dans la tombe, et qui la consolait quelque peu : celui d'avoir fait l'amour une dernière fois avec Georges. Pendant ce délicieux moment, suspendu dans le temps, ils n'avaient plus formé qu'un seul corps, qu'une seule âme. Leurs antagonismes s'étaient effacés, derrière la force du désir qui les poussait l'un vers l'autre.

Et maintenant, alors que les vagues déchaînées menaçaient de l'engloutir, la jeune femme croyait de nouveau entendre la voix de Georges, comme durant ces minutes de pur bonheur :

Je n'ai nul besoin de te voir pour savoir qui tu es, je te reconnaîtrais dans l'obscurité d'une nuit sans lune...

Elle n'avait plus qu'à fermer les yeux et se laisser couler. Rien, pas même l'eau glaciale, ne pourrait lui ôter le souvenir de Georges. Elle l'emporterait avec elle, au plus profond de la nuit...

— Mikaela ! criait Vance dont la voix, malheureusement, se perdait dans le vent. Mikaela !

Encore et encore, Vance, agrippé au débris de chaloupe qui lui servait de bouée, continua d'appeler la jeune femme. En vain.

— Capitaine Cavendish ! Par ici !

Il tourna la tête pour voir Timothy Toggle et Jeremy Ives approcher dans un canot de sauvetage. Jeremy ramait, tandis que Timothy tenait une lanterne à bout de bras.

— Tenez bon, capitaine, déclara Timothy. Nous arrivons.

— Et Mikaela ? Vous avez vu Mikaela ?

Aucun des deux marins ne répondit. Ils étaient maintenant parvenus à la hauteur de Vance, et Timothy, se penchant par-dessus bord, aida celui-ci à monter dans leur embarcation. Puis, tirant sur la corde qu'ils avaient eu la bonne idée de laisser reliée au navire, ils rebroussèrent chemin.

— Quelqu'un a-t-il vu Mikaela ? demanda Vance dès qu'il se retrouva sur le pont de son bateau.

Les hommes qui l'entouraient baissèrent les yeux, sans que quiconque ose prononcer un mot.

Mais Vance ne voulait pas capituler. S'emparant d'une lanterne, il courut d'un bord à l'autre du navire, se penchant par-dessus le bastingage pour essayer d'apercevoir quelque chose, tout en continuant d'appeler la jeune femme jusqu'à s'épuiser la voix.

— Capitaine... lui dit Timothy au bout d'un moment. Ils ont tous disparu. Le capitaine Saffire, Mikaela, John Garver que voulait sauver le capitaine Saffire, et les deux marins qui vous accompagnaient... Vous avez fait ce que vous avez pu, mais...

— Je ne partirai pas de cet endroit tant qu'il restera un doute, répliqua Vance d'un ton sans appel.

— Personne ne se réjouit de devoir admettre le pire, insista Timothy avec gravité. Mais vous savez bien qu'ils n'avaient aucune chance de survivre dans cette tempête. Surtout Mikaela, qui n'a pas la force d'un homme pour lutter contre les vagues. Nous les avons perdus, monsieur, et il n'est plus possible de faire quoi que ce soit pour eux.

Vance se maudissait d'avoir laissé la jeune femme embarquer à bord du canot de sauvetage pour aller sauver Georges. Son inconscience lui avait coûté la vie. Et Georges aussi était mort... Il avait le sentiment cuisant d'avoir échoué en tout. Il n'avait pu sauver son ami, et n'avait pas davantage réussi à sauver Mikaela, que Georges avait pourtant placée sous sa protection.

— Capitaine, reprit Timothy, nous avons récupéré l'équipage. Il faut soigner tous ces nouveaux passagers, organiser leur couchage. Dans l'immédiat, le salut des vivants passe avant celui des morts...

Vance savait que le marin avait raison, mais cela n'empêchait pas la réalité d'être terrible à admettre. Il avait perdu du même coup son meilleur ami et la jeune femme qui avait su toucher son cœur.

Et la perspective de devoir annoncer l'horrible nouvelle à Adrian le mettait au supplice. Cette fois, le nom des Saffire s'arrêterait bien là. Georges était mort en mer, exactement comme ses parents. Adrian n'avait retrouvé son petit-fils, après cinq ans de brouille, que pour mieux le perdre. Le vieil homme ne résisterait probablement pas à un tel choc.

— Capitaine... les hommes ont besoin de vous, insista Timothy. Notre bateau a subi des dommages, et il faut songer aux réparations.

Vance se résigna. Ses responsabilités lui intimaient de reprendre le commandement de son navire.

Mais, alors qu'il distribuait ses premiers ordres, il continuait de tendre subrepticement l'oreille, dans le vain espoir qu'un appel à l'aide surgirait soudain du néant...

Hélas, il n'entendait rien d'autre que le mugissement du vent, et le battement des vagues contre la coque du navire.

20

Après un moment d'inconscience, dont elle n'aurait su dire combien de temps il avait duré, Mikaela se réveilla, toujours agrippée à son flotteur de fortune, dérivant sur l'océan. La jeune femme s'émerveillait d'un tel instinct de survie, alors que plus rien ne la retenait ici-bas. Pourquoi n'avait-elle pas lâché prise pour se laisser couler ? À quoi bon vouloir se raccrocher à la vie, quand son cœur lui pesait comme une ancre, et que l'avenir n'était teinté que de noir ?

L'image de Georges prisonnier des cordages l'obsédait. Elle le revoyait aussi crier à Vance de faire demi-tour pour la sauver, elle. Il risquait la mort, mais il avait d'abord pensé à sa sauvegarde.

C'était donc qu'il tenait à elle...

Elle abandonna son front contre le morceau de bois qui lui servait de bouée. Des larmes mouillaient ses joues, se mêlant aux vagues qui lui léchaient le visage. Georges était parti. À jamais. Elle n'avait pas pu le sauver. Combien de temps s'accrocherait-elle encore, avant de sombrer à son tour ?

Elle s'accablait de reproches. Elle avait été trop fière, trop orgueilleuse, et trop entêtée pour admettre qu'elle l'aimait... Et maintenant, il était trop tard pour le lui dire ! Elle s'était aveuglée elle-même en voulant croire qu'elle le méprisait. Mais il ne l'aurait pas fait autant souffrir, si elle n'avait pas eu pour lui des sentiments passionnés.

Toutes ces semaines qu'ils avaient passées ensemble, après sa chute de la falaise, avaient été les plus belles de sa vie. Mais, cela non plus, elle ne pourrait le lui dire. Pas plus qu'elle ne pourrait s'excuser d'avoir trop parlé au sujet de Cecilia...

Même si elle devait être sauvée – ce qui paraissait assez peu probable –, Mikaela ne serait plus désormais qu'une coquille vide, dérivant dans un océan de remords et de regrets.

Pourquoi le destin est-il si cruel ? se demanda-t-elle, avant de fermer les yeux et d'attendre l'inévitable.

Georges regardait, incrédule, les premières lueurs de l'aube teinter le ciel. Il n'aurait jamais cru connaître un nouveau lever de soleil, après le désastre de la nuit.

C'était un miracle qu'il ne se fût pas noyé quand son navire avait sombré.

John Garver n'avait pas eu autant de chance... Georges avait tout juste eu le temps de trancher la dernière corde qui les retenait prisonniers, lorsqu'une vague gigantesque s'était abattue sur eux. Garver avait été précipité contre ce qu'il restait de la poupe du bateau, et la violence du choc l'avait assommé. Avant que Georges ait pu le sauver, le pauvre homme avait coulé à pic.

Il avait lui-même échappé de justesse à la noyade. Quand la goélette avait fini de sombrer, il avait failli être emporté par les remous, mais, cramponné à un morceau du mât, il avait réussi à se maintenir à la surface – non sans avoir bu quelques tasses.

Ensuite, il avait vu les lanternes briller sur le pont du bateau de Vance, mais il se trouvait trop éloigné pour que ses appels à l'aide puissent couvrir le mugissement du vent. Toute la nuit, il avait alors dérivé, poussé par le courant et la tempête, se demandant si Mikaela s'en était finalement sortie...

Mikaela l'intrépide ! Dire qu'elle avait tenté de le sauver, au péril de sa vie...

Si elle était morte, il ne se le pardonnerait jamais. Elle avait tout risqué pour sauver un homme qui l'avait dupée et manipulée. Un homme dont elle souhaitait divorcer... Mais c'était bien d'elle, après tout, songea Georges en esquissant un sourire. La championne des croisades de toutes sortes, qui se battait même pour les causes perdues. Elle était trop pure, et trop noble de caractère, pour voir quelqu'un périr sous ses yeux sans lui porter secours – fût-ce son pire ennemi.

Son épouse faisait toujours passer le bien des autres avant le sien propre. C'était sa nature profonde, et sans doute voulait-elle, en cela, ne pas reproduire avec son entourage ce qu'elle-même avait souffert durant son enfance.

Georges, aujourd'hui, n'imaginait pas la vie sans elle.

Il avait passé cinq ans à se lamenter de la disparition de Cecilia, pour finalement découvrir qu'elle n'était pas la femme qu'il croyait. Même si Mikaela ne lui avait pas révélé ce qu'elle savait, il avait l'intuition qu'elle avait eu la confirmation de ce que Vance et Adrian avaient tenté de lui expliquer pendant des années, en vain.

Mais ces tourments étaient de peu de poids, comparés à la perspective de la perdre.

À une certaine période, ces derniers mois, il avait fini par se convaincre qu'il était tombé amoureux de la jeune femme. Or ses remords de la tromper et de la manipuler l'avaient retenu de prononcer les mots qu'elle rêvait d'entendre. Il s'était contenté de lui laisser croire qu'elle avait toujours beaucoup tenu à lui, et qu'elle l'avait épousé de son plein gré. En retour, il avait tissé autour d'elle un cocon d'insouciance et de bonheur, afin de compenser les souffrances qu'il lui avait infligées.

S'avouer à lui-même qu'il l'aimait, après s'être juré de ne jamais oublier Cecilia, n'avait pas été facile. Georges avait placé le souvenir de son premier amour sur un piédestal, refusant à quiconque le droit d'y toucher. Et puis, Mikaela était arrivée...

Depuis quelque temps, ce n'était plus le visage de Cecilia qu'il voyait lorsqu'il fermait les yeux – c'était celui de Mikaela. Oui, il l'aimait passionnément, même s'il n'avait jamais trouvé le courage de le lui dire. Et si la jeune femme n'avait pas survécu à sa tentative pour le sauver, il n'était pas sûr d'avoir encore envie de vivre. Il avait déjà souffert cinq ans d'enfer, et il n'avait aucune envie de connaître à nouveau le chagrin d'une séparation éternelle.

D'autant que ce qu'il avait éprouvé pour Cecilia n'était rien, en comparaison de ce qu'il ressentait pour Mikaela...

Quand le soleil se fut hissé au-dessus de l'horizon, Georges aperçut les débris de son bateau qui flottaient à la surface des vagues. C'était tout ce qui subsistait de son précieux navire : des morceaux de coque, des fragments de mât, des barriques échappées des cales...

Tout à coup, son regard fut attiré par une vision étrange : là, au milieu de ce paysage de désolation, brillait une somptueuse chevelure blonde, dont les boucles se perdaient dans l'eau.

Georges retint son souffle. Était-ce vraiment Mikaela ? Ou un mirage, né de sa conscience torturée ?

Voulant en avoir le cœur net, il plaça les mains en porte-voix devant sa bouche et cria le nom de la jeune femme. Il ne reçut aucune réponse, mais ne se découragea pas et renouvela ses appels.

Mikaela souriait en contemplant les premiers rayons du soleil balayer la surface des flots. Elle avait été réveillée de son assoupissement par la voix de Georges, l'appelant d'outre-tombe. Cela ne l'avait pas surprise : elle savait que, au moins en esprit, il ne la quitterait jamais.

Regardant autour d'elle les débris qui surnageaient au milieu des vagues, elle eut soudain un choc en voyant une silhouette familière lui faire de grands signes.

— Georges... ?

La jeune femme n'était pas sûre de pouvoir en croire ses yeux, cependant l'espoir lui redonnait des forces. S'aidant de ses jambes et d'un bras, elle commença à nager en direction de la silhouette, sans lâcher sa bouée...

Georges voulut lui aussi la rejoindre, mais son bras le faisait terriblement souffrir, et il avait le vent et les vagues contre lui. Au bout de quelques minutes, manquant de souffle, il dut s'agripper à sa bouée pour ne pas lâcher prise. Changeant de tactique, il récupéra alors une corde qui flottait et s'en servit pour assembler quelques planches, afin de constituer une sorte de radeau de fortune qui pourrait les accueillir tous les deux.

Le radeau était à peine construit et Mikaela, portée par le courant, l'avait presque rejoint, quand il lui cria :

— Vite, Mikaela ! Vite ! Les requins arrivent !

La jeune femme ne put retenir un cri d'horreur en apercevant, dans la direction que Georges lui indiquait, les nageoires si reconnaissables fendre les flots droit vers elle, comme une escouade lancée à sa poursuite. La panique lui redonnant des forces, elle franchit en quelques secondes les derniers mètres qui la séparaient du radeau. Elle venait juste de s'y jucher, lorsque le premier requin de la bande la frôla presque, lui arrachant un nouveau cri de terreur.

— C'est fini, c'est fini… murmura Georges, qui l'avait aidée à grimper sur le radeau.

Mais Mikaela n'était pas aussi optimiste. Un sentiment d'urgence la poussa à se confesser sans attendre.

— Georges, je voudrais m'excuser de toutes les paroles haineuses que j'ai pu avoir contre toi. Et sache que je ne voulais pas te faire de mal en parlant de Cecilia. D'ailleurs, je n'aurais rien dit si je n'avais pas abusé du whisky. Je m'étais juré de garder le secret jusque dans la tombe, et je…

— Plus tard, Mikaela, la coupa-t-il. Il faut sécuriser le radeau.

— Je ne sais pas trop s'il y aura un « plus tard »… marmonna-t-elle en voyant les requins encercler leur esquif.

Georges se défit alors de sa chemise, dont il entendait faire un appât grâce à sa manche ensanglantée. Il déchira le vêtement et noua la manche maculée de sang à l'une des extrémités du radeau, la faisant flotter dans l'eau. Aussitôt, un requin se précipita dessus. Georges, rapide comme l'éclair, brandit son coutelas et en assena un coup à la bête, lui infligeant une profonde entaille qui saigna abondamment.

Aussitôt, les autres requins se jetèrent sur l'animal blessé pour le dévorer. Mikaela, médusée, n'avait jamais assisté à une scène d'une telle sauvagerie. Elle aurait pu rester longtemps à contempler ce spectacle, si son mari ne l'avait rappelée à la réalité.

— Aide-moi, dit-il en lui tendant un morceau de corde.

À eux deux, ils réussirent à solidifier le radeau, de façon que les requins ne puissent les attaquer.

Mikaela s'émerveillait de l'ingéniosité de Georges, qui arrivait à faire des prodiges à partir de rien. Même si leurs jours paraissaient comptés, ils n'étaient plus obligés de se cramponner à des bouées de fortune, comme de pauvres chats jetés à l'eau.

Quand ils purent enfin goûter quelques instants de repos, elle s'approcha de lui pour inspecter sa blessure, et fabriquer un pansement avec les jupons de sa robe. Puis elle leva les yeux vers lui.

— Georges, je voudrais terminer de m'excuser. Je t'assure que mon intention n'était pas de cracher sur Cecilia et que...

Il posa un doigt sur ses lèvres, afin de la faire taire.

— C'est moi qui voulais tout savoir, lui rappela-t-il. Et c'est à moi de m'excuser, pour t'avoir obligée à parler de cela, alors que tu étais trop ivre pour surveiller tes paroles. Du reste, ce n'est pas ce que tu m'as dit qui m'a confirmé ce qu'Adrian et Vance avaient si souvent tenté de me faire comprendre. C'est plutôt ce que tu as *refusé* de me dire... Mon grand-père avait raison sur Cecilia, n'est-ce pas ?

Mikaela, évitant son regard, s'abîma dans la contemplation de l'océan. Georges lui prit le menton, pour l'obliger à lui faire face.

— Cecilia n'était pas l'amoureuse fidèle qu'elle prétendait être, n'est-ce pas ? insista-t-il. Tu as mentionné Chaney, l'autre nuit. Est-ce lui que mon grand-père avait chargé de la surveiller, pendant que j'étais en mer ? Et son rapport était accablant, je suppose... Cecilia a-t-elle voulu séduire Barnaby afin qu'il prenne sa défense ?

La jeune femme était effondrée. Elle avait maintenant la preuve qu'elle en avait trop dit, puisque son mari avait été capable de deviner le reste. Si seulement elle avait su tenir sa langue, elle n'aurait pas détruit son souvenir le plus précieux...

— Je suis désolée, Georges. Je n'ai pas fait exprès d'être cruelle…

La fin de sa phrase mourut dans sa gorge. Georges s'était emparé de ses lèvres pour l'embrasser. Puis il la relâcha et lui sourit, avant de redevenir grave :

— Je commence à mieux comprendre les motivations de Cecilia. Mais elle courait à sa perte, en s'imaginant pouvoir manipuler Barnaby.

Georges ne pouvait s'empêcher de toucher la jeune femme, pendant qu'il parlait. La caresser était un luxe dont il avait pensé ne plus jamais profiter.

— Ce que je ne comprends pas, reprit-il, c'est pourquoi tu as essayé de m'épargner la vérité. Tu aurais eu d'excellentes raisons de me prouver sa trahison.

— Je ne pouvais pas, parce que…

Elle s'interrompit soudain, n'osant continuer.

— Oui ? l'encouragea-t-il en lui caressant la nuque.

— Je ne voulais pas détruire ton rêve, avoua-t-elle finalement. Tu aimais Cecilia. Tu as passé cinq ans à chérir son souvenir. Ç'aurait été trop cruel de ma part de souiller l'image que tu vénérais. Mais je n'ai quand même pas pu m'empêcher de parler un peu… Et je t'assure que je m'en veux !

Georges était bouleversé. Il fallait donc que Mikaela tienne un minimum à lui, pour qu'elle s'excuse autant. Il désirait maintenant savoir jusqu'où allaient exactement ses sentiments.

— Pourquoi voulais-tu m'épargner la blessure de la vérité, Mikaela ? Pourquoi ?

— Je t'ai déjà dit pourquoi. Ce n'est pas le genre de choses qu'une femme apprécie de dire à son mari. Parler de la femme que tu avais aimée, que tu aimais encore, était aussi douloureux pour moi que pour toi.

— Oui, mais ton silence laissait subsister le mensonge. Alors que, de ton côté, tu ne t'es pas privée de me reprocher de t'avoir caché la vérité, pendant toutes ces semaines où tu savourais notre mariage.

Devais-je briser ce bonheur en te révélant la pénible vérité ?

— C'était différent.

— En quoi était-ce différent, chérie ?

— Tu me mentais dans ton propre intérêt.

Il secoua la tête.

— J'essayais de rendre meilleure notre relation, qui avait si mal commencé. Et surtout, je souhaitais te préserver, à un moment où tu étais affaiblie et vulnérable. Tu vois donc que ce n'était pas très différent de ton attitude au sujet de Cecilia...

Tout en disant cela, Georges continuait de la caresser, s'émerveillant encore et encore de la beauté de la jeune femme. À ses yeux, elle était assurément unique.

— Maintenant chérie, reprit-il, dis-moi lequel de nous deux a commis le péché le plus grave. Toi, pour avoir voulu me cacher la trahison d'une femme que je croyais aimer et que j'avais idolâtrée ? Ou moi, pour avoir voulu te préserver des horribles souvenirs qui t'avaient fait t'enfuir et te retrouver prise au piège de Barnaby ? Cette nuit-là, Mikaela, j'ai bien cru t'avoir perdue. Quand je t'ai recueillie sur les rochers, je me suis juré de tout faire pour ramener le sourire sur tes lèvres... Et j'aurais été prêt à vendre mon âme, pour cela.

Georges ferma un instant les yeux, comme s'il cherchait à atténuer le souvenir de cette nuit tragique.

— Peux-tu te représenter mon angoisse lorsque je t'ai vue, gisant au pied de cette falaise, à l'endroit précis où j'avais retrouvé le corps de Cecilia cinq ans plus tôt ? Si tu étais morte, toi aussi, je ne sais pas ce que je serais devenu...

À présent, Mikaela comprenait mieux ce qu'il avait enduré ce soir-là. Elle se jeta dans ses bras, le renversant sous son assaut... et faisant du même coup tanguer dangereusement leur radeau.

— Je t'aime, Georges Saffire ! dit-elle en l'embrassant sur les lèvres. Je n'avais jamais osé te le dire parce que tu aimais encore Cecilia, mais je préfère que tu me rejettes plutôt que de ne pas être sincère avec toi. Je t'aime très fort, et je continuerai de t'aimer même si je dois passer en second dans ton cœur.

Et, les larmes aux yeux, elle ajouta :

— J'ai voulu mourir pour toi, tu sais ? J'étais convaincue de t'avoir perdu, je voulais me laisser couler dans les profondeurs de l'océan. La mort me semblait le plus doux des sorts. Vivre sans toi aurait été un enfer insupportable.

Georges lui rendit son baiser.

— Je t'aime, moi aussi, Mikaela. Je crois même que j'ignorais ce qu'était vraiment l'amour, avant de te rencontrer. Te désirer et te posséder ne me suffisait pas. J'avais besoin de ton amour, mais je ne savais pas comment m'y prendre après t'avoir forcée à un mariage dont tu ne voulais pas. Et puis, je crois que j'étais trop fier pour avouer que j'avais terriblement besoin de toi et que...

— C'est bon, Georges, le coupa la jeune femme en souriant. Tu n'as pas besoin d'en rajouter. Je ne réclame plus le divorce. Je suis prête à t'accepter tel que tu es. Ne te sens pas obligé de me dire que tu m'aimes, si ce n'est pas ce que tu ressens. J'ai passé ma vie sans amour. Alors, je commence à être vaccinée...

Il secoua la tête, médusé. Mikaela avait fini par se persuader qu'elle ne pourrait jamais remplacer Cecilia dans son cœur. Elle s'imaginait qu'il lui avait dit qu'il l'aimait parce que c'était ce qu'elle souhaitait entendre !

— Mikaela, répliqua-t-il en croisant son regard, écoute-moi et écoute-moi bien, car je n'ai jamais été aussi sincère qu'en ce moment. Quand je t'ai dit que je t'aimais, je le pensais. Nous avons traversé bien des épreuves ensemble, et ce n'est pas terminé. Peut-être n'arriverons-nous pas à nous sortir de ce naufrage. J'ignore si quelqu'un viendra nous repêcher à temps. Mais sache une chose : quoi qu'il advienne, mes sentiments pour toi ne s'altéreront pas d'un iota !

Mikaela ne put retenir quelques sanglots, de bonheur cette fois. Elle chérirait ce moment jusqu'à la fin de sa vie !

Georges, en souriant, essuya du doigt les larmes qui avaient coulé sur les joues de la jeune femme.

— J'ai fini par comprendre, un peu tard, que ton père ne t'ayant pas donné l'amour qu'il te devait, tu n'attendais rien des hommes. Ta façon de nier mes sentiments, tout à l'heure, était sans doute encore une façon de te protéger. Mais ce n'est plus nécessaire, Mikaela. Tu es devenue mon unique raison de vivre.

— Georges, ce n'est pas la peine de...

— Ne m'interromps pas, s'il te plaît. J'ai essayé de te dire ce que je ressentais, et je t'ai dit que je t'aimais en y mettant autant de persuasion que lorsque je te fais l'amour. À présent, regarde-moi dans les yeux, chérie. Ne vois-tu pas que je suis sincère ?

Mikaela était bouleversée. Elle noua les bras à son cou et le serra très fort contre elle. Désormais, elle savait qu'il l'aimait vraiment pour elle, et cette certitude comblait son cœur d'un bonheur indicible.

Hélas, il était sans doute trop tard pour qu'ils connaissent un nouveau départ. Elle brûlait d'apprendre à Georges qu'il serait père, mais était-il sage de le lui révéler maintenant, alors qu'il ne leur restait sans doute que quelques jours – ou quelques heures – à vivre ?

21

Vance Cavendish ne voulait pas renoncer. Armé de sa lunette, il scrutait inlassablement la surface de la mer, tandis que ses hommes manœuvraient le navire de façon à décrire un grand cercle autour de la zone où la goélette avait sombré. Mais cela faisait deux jours que la tempête était passée, et il n'avait pas trouvé trace d'un seul survivant.

— Capitaine, nous voudrions vous parler…

Vance se retourna et vit que Jeremy Ives, Louis Beecham, Roddy Blankenship et Timothy Toggle s'étaient rassemblés pour l'affronter. Il devinait ce qu'ils désiraient avant même que Jeremy, désigné comme porte-parole du groupe, ne s'explique.

— Économise ta salive, Jeremy, grommela-t-il. Je sais que l'eau et les vivres devront être rationnés pour nourrir le supplément d'équipage, et que plus nous tarderons à rentrer, plus la situation deviendra critique pour tout le monde. Mais je vous demande de m'accorder encore jusqu'au coucher du soleil. Si nous n'avons rien trouvé ce soir, nous quitterons définitivement les parages.

— Bien monsieur, répondit Jeremy. Je vais informer l'équipage de votre décision.

Quand le petit groupe se fut éloigné, Vance reprit son observation. Ses hommes avaient raison, se disait-il, mais la perspective du retour à Charles Town l'effrayait. Si c'était pour annoncer la mort de Georges et de Mikaela à Adrian, il préférait ne pas rentrer du tout !

Le radeau dériva deux longues journées. Mikaela et Georges passaient leur temps à discuter de tout et de rien, des choses qui leur venaient à l'esprit aussi bien que des pensées les plus intimes, qu'ils n'avaient encore partagées avec quiconque. La jeune femme ne garda pour elle qu'un secret : celui de sa grossesse.

Mais la faim, et surtout la soif se faisaient sentir. Et chaque heure écoulée diminuait un peu plus leur espoir d'être sauvés. Mikaela, pourtant, s'obligeait à rester optimiste, même si un sentiment de fatalité et d'impuissance commençait à la gagner.

Georges s'était assoupi quelques minutes plus tôt, et elle contemplait l'horizon, se demandant combien de temps ils pourraient résister à la soif et à la faim, avant de sombrer dans l'inconscience.

Tout à coup, alors qu'elle regardait en direction du nord-ouest, espérant vainement apercevoir une terre, elle écarquilla les yeux de stupeur. Puis, après s'être pincée pour s'assurer qu'elle ne rêvait pas, elle poussa un cri de joie, qui réveilla son mari.

— Regarde, chéri ! Et dis-moi si tu vois ce que je vois !

Il se tourna dans la direction que lui indiquait la jeune femme. Droit devant, mais encore loin, un bateau faisait voile vers eux. Il ne fallut pas longtemps à Georges pour reconnaître la silhouette familière du navire. Vance – Dieu le bénisse ! – n'avait pas renoncé à les chercher.

Pendant près d'une heure, ils observèrent le navire qui grossissait devant leurs yeux, espérant que l'équipage les avait bel et bien repérés. Quand la vigie, en haut de son mât, agita un étendard à leur intention, Georges soupira de soulagement. Ils étaient sauvés.

Tout sourires, il enlaça Mikaela à la taille.

— Tu me déçois, chérie, murmura-t-il d'un ton taquin. Entre rester seule avec moi pour l'éternité et te faire recueillir par une escouade de marins, tu préfères la deuxième solution ? Vas-tu rétracter toutes ces paroles d'amour que tu m'as murmurées, maintenant que te voilà revenue à la civilisation ?

La jeune femme déposa un baiser sur ses lèvres.

— Il n'est pas question que je retire un seul mot de ce que j'ai dit. Et même, je souhaiterais ajouter quelque chose... J'ai préféré être sauvée par une escouade de marins, comme tu dis, parce que j'aime autant que notre enfant grandisse sur la plantation des Saffire.

Georges faillit en tomber du radeau.

— Notre enfant ? répéta-t-il comme un idiot. Bon sang, Mikaela ! Et tu ne m'avais rien dit ! Je croyais que nous avions juré de ne plus avoir de secrets l'un pour l'autre !

Elle haussa une épaule.

— Je ne voulais pas t'inquiéter.

— Et quand je pense que tu n'as rien mangé depuis bientôt trois jours...

— Que pouvais-tu faire pour améliorer la situation ? Pêcher un poisson avec tes mains et le faire frire sous les rayons du soleil ?

— Comment est-ce arrivé ? Et quand ?

Elle éclata de rire.

— Franchement, Georges, je ne devrais pas avoir à t'expliquer *comment* ça a pu arriver... Pour ce qui est de la date, je pense que ça remonte à la première fois où nous avons fait l'amour après mon accident.

Il hocha la tête d'un air entendu.

— Dès que nous serons rentrés à Charles Town, je veillerai à ce que tu ne manques de rien, que tu manges à ta faim, que tu ne te fatigues pas et...

— Il n'est pas question que tu me confines dans une chambre tout le temps de ma grossesse, protesta la jeune femme. Ne sois pas trop protecteur avec moi, sinon nous allons finir par nous disputer.

— Mais, Mikaela, je pensais juste à ton bien-être, se défendit Georges. Tu as déjà assez enduré d'épreuves comme cela.

— Et moi qui croyais t'avoir entendu me dire que tu m'aimais telle que j'étais ?

— C'est exact, mais...

— Dans ce cas, ne me confonds pas avec ces femmes délicates qui ont toujours besoin d'être chouchoutées. J'entends rester active jusqu'à mon accouchement.

Il soupira.

— Très bien, très bien... comme tu voudras, grommela-t-il. Je promets de ne pas te traiter comme une invalide, mais à condition que tu me promettes en retour de ne pas t'épuiser inutilement. Dorénavant, plus d'exercices physiques fatigants : ni chevauchées, ni excursions en mer, ni...

— Plus du tout d'activités physiques, quoi, résuma la jeune femme avec une œillade coquine.

— Excepté une, répliqua aussitôt Georges en lui rendant son sourire.

Il se demandait s'il pourrait jamais refuser quoi que ce soit à son adorable épouse. Il désirait qu'elle soit heureuse et se sache aimée...

Entre-temps, l'équipage du bateau avait mis un canot à la mer, et Vance en personne venait à la rencontre des naufragés. Georges observa son ami avec émotion. Celui-ci avait toujours été là dans les moments difficiles, et c'était un privilège de pouvoir compter sur une amitié aussi indéfectible.

— Dieu merci, vous êtes saine et sauve, se félicita Vance en aidant Mikaela à monter à bord du canot.

Georges ne se formalisa pas de voir la jeune femme étreindre son ami. La vie lui souriait trop, tout à coup, pour qu'il se montre bêtement jaloux et possessif. D'ailleurs, lui-même avait terriblement envie de serrer Vance dans ses bras.

— T'ai-je déjà dit combien j'appréciais de t'avoir pour ami ? lança-t-il en grimpant à son tour dans le canot.

— Même quand je te donne mon avis jusqu'à te rendre fou ? ironisa Vance.

— Oui, même dans ces moments-là...

Les deux hommes se regardèrent longuement. Ce qu'exprimaient leurs yeux se passait de mots. Georges savait qu'il lui devait la vie, mais aussi la vie de Mikaela et de leur enfant.

— J'espère qu'un jour, je trouverai un moyen de te remercier pour tout ce que tu as fait... Merci, Vance.

Ce dernier hocha la tête.

— Tu sais, ça me fait vraiment plaisir de te revoir, Georges, dit-il, avant d'afficher un sourire entendu. À en juger par vos mines, vous ne vous êtes pas trop embêtés tous les deux, sur ce radeau...

Mikaela baissa les yeux, et Georges l'enlaça à la taille. Pendant cinq années, il avait traîné son existence sans aucun but. Mais à présent, il avait une bonne raison d'aimer la vie et d'en goûter tous les instants.

Blottie dans les bras de son époux, Mikaela regardait les toits de Charles Town se dessiner devant eux.

Quelques mois plus tôt, elle était arrivée dans ce même port sans savoir ce que l'avenir lui réserverait. Aujourd'hui, le futur lui souriait. Tout le restant de leur voyage, qui s'était déroulé sans encombre,

Georges s'était montré aussi doux et attentionné avec elle que pendant les semaines qui avaient suivi son amnésie. C'était si merveilleux à vivre que Mikaela appréhendait déjà le jour où son mari lui annoncerait qu'il repartirait en mer. La solitude lui pèserait.

— C'est quoi, cette ombre dans ton regard, ma chérie ? lui demanda-t-il soudain.

— Tu n'es pas parti que tu me manques déjà...

— Comment cela ? Suis-je supposé partir ?

— Pour retrouver ta maîtresse... la mer.

— Est-ce que tu ne me ferais pas une scène, comme les futures mères en ont le secret ?

Mikaela refusa de se laisser gagner par son humour.

— Je ne voudrais pas être une épouse trop exigeante, mais...

— Mais tu voudrais quand même que j'arrête de naviguer, c'est ça ?

Mikaela s'apprêtait à répondre lorsqu'elle découvrit, médusée, les gens qui les attendaient sur le quai.

— Mon Dieu ! s'exclama-t-elle.

Le navire venait d'accoster, et l'équipage mettait déjà en place l'échelle de coupée. Georges considéra à son tour les quatre personnes venues les accueillir. Deux lui étaient parfaitement familières – Adrian et Otis. En revanche, il ne connaissait pas les deux autres.

Dès que l'échelle de coupée fut prête, Mikaela, abandonnant les bras de son mari, se précipita sur le quai.

— Mikki ! s'exclama Jean Rouchard en l'accueillant dans ses bras.

— Vous voyez, murmura Adrian. Je vous avais dit qu'elle était en de bonnes mains.

Jean Rouchard ne relâchait pas sa fille, mais Adrian réussit tout de même à déposer un baiser sur la joue de Mikaela, pour lui souhaiter la bienvenue.

— Ce grand garçon, dit-il en parlant de Jean, était très fâché contre moi. Il pensait que je vous avais corrompue, figurez-vous, mon enfant !

Georges était descendu à son tour. Il détailla d'abord le bel homme, bien bâti, qui serrait son épouse contre lui, puis la femme qui l'accompagnait, toute menue dans sa robe de satin bleu. Il comprit qu'il avait en face de lui ses beaux-parents. Du moins, cela y ressemblait fort. La femme avait les mêmes traits et les mêmes cheveux blond pâle que Mikaela. Et l'homme, de toute évidence Jean Rouchard, avait transmis ses yeux verts à sa fille.

Durant leur longue dérive sur le radeau, Mikaela lui avait raconté toute l'histoire de sa famille. Elle lui avait parlé en termes affectueux de son oncle – qui était en réalité son père naturel. Cet homme correspondait à la description qu'elle avait faite. Mais que fabriquait-il ici, aujourd'hui ? Et pourquoi la mère de la jeune femme l'accompagnait-elle ?

Toutefois, à peine Georges se fut-il posé cette question qu'il trouva de lui-même la réponse. Il se souvint qu'Henri Rouchard avait expliqué que leur mère avait quitté le domicile conjugal pour partir vivre à Saint Louis. De toute évidence, Marguerite Rouchard était allée retrouver l'homme qui avait conquis son cœur, une vingtaine d'années plus tôt...

Mikaela, les larmes aux yeux, s'était tournée vers sa mère. Marguerite, silencieuse, implorait son pardon du regard. Comment aurait-elle pu le lui refuser ? Longtemps, elle s'était demandé pourquoi sa mère endurait sans broncher la tyrannie d'Arnaud. Aujourd'hui, elle savait ce qu'une femme était prête à supporter, dans l'espoir de revoir un jour l'homme qu'elle aimait. Pour Marguerite, l'épreuve avait simplement duré plus longtemps – beaucoup plus longtemps – que pour sa fille.

— Après ta disparition, dit Marguerite en étreignant sa main, je n'avais plus de raison de rester pour te protéger de mon mieux. Nous avions l'une et l'autre assez souffert comme cela. Et toi, surtout, car tu ne le méritais pas.

Ni Adrian ni Otis ne comprenaient un traître mot de cet échange. Mais Georges, en revanche, avait entendu l'aveu de Marguerite avec un pincement au cœur. Parfois, il s'était imaginé que Mikaela avait peut-être exagéré la détresse de son enfance, mais les paroles de la mère venaient confirmer les affirmations de la fille. Pour éviter le scandale et sauver sa réputation, Arnaud Rouchard avait gardé sa femme et élevé la fille de celle-ci. Mais il leur avait gâché la vie à toutes les deux.

— Ça n'a plus d'importance, maman, répondit Mikaela. Je serais prête à repasser par les mêmes épreuves, si cela devait m'amener au même point qu'aujourd'hui.

Se tournant pour désigner Georges, elle ajouta :

— Je te présente mon mari, Georges Saffire. Georges, voici mes parents, Jean et Marguerite Rouchard…

Le jeune homme s'inclina poliment devant Marguerite, en songeant qu'elle avait dû être particulièrement belle lorsque Jean l'avait connue. À quarante ans passés, c'était encore une femme très séduisante, avec beaucoup d'allure. Il aurait d'ailleurs aimé savoir pourquoi elle avait épousé l'aîné des Rouchard, alors qu'elle était amoureuse du cadet…

— Il fait un peu frisquet, déclara soudain Adrian en repartant vers sa voiture. Mes vieux os ont besoin d'être réchauffés au coin du feu. Je suggère que nous poursuivions ces charmantes retrouvailles à la maison.

Et, après un regard pour Mikaela, il précisa :

— J'ai hâte que vous m'expliquiez pourquoi vous vous êtes retrouvée en prison, ma chère.

— En prison ? répétèrent Jean et Marguerite à l'unisson.

— C'était un malentendu, indiqua Mikaela précipitamment.

— Je l'espère bien, reprit Adrian, qui entre-temps était monté dans sa voiture.

Jean aida Marguerite et Mikaela à grimper à sa suite, mais lui-même demeura sur le quai.

— Vous ne venez pas avec nous ? s'étonna Adrian.

— Je crois que je vais rester un peu avec mon beau-fils, pendant qu'il surveille le déchargement de son bateau, et en profiter pour faire mieux connaissance avec lui.

— Nous vous rejoindrons pour le dîner, intervint Georges afin de rassurer son grand-père.

Adrian hocha la tête, et l'attelage s'ébranla aussitôt. Dès que la voiture se fut éloignée, Jean regarda le jeune homme droit dans les yeux.

— Savez-vous vraiment qui je suis, Georges ?

Celui-ci s'attendait à cette question. Il se doutait que Jean Rouchard ne voudrait rien lui cacher.

— Oui, je sais qui vous êtes. En revanche, je me demande comment vous l'êtes devenu...

Jean éclata de rire.

— Comment pouvez-vous me poser cette question après avoir vu Marguerite ? Seriez-vous aveugle, mon garçon ?

— Je ne suis pas aveugle et je ne suis plus un gamin, rectifia Georges. En revanche, je suis curieux de savoir quel genre d'homme peut séduire la femme de son frère, et la laisser ensuite souffrir des années sans réagir. Au vu de ce que m'a raconté Mikaela, je suis surpris qu'elle veuille encore vous parler, après ce que vous avez fait à Marguerite et à elle.

— Moi, je n'ai rien fait, se défendit Jean. Le seul coupable, c'est mon frère. Il était de quatre ans mon aîné. En vertu de quoi, il avait hérité de la plupart des biens familiaux, dont la plantation. Mais cela ne lui suffisait pas. Il connaissait mes sentiments pour Marguerite et il s'est arrangé pour l'épouser, en signant avec son père un contrat de mariage avantageux. Contre le souhait de Marguerite, bien sûr. Et contre le mien !

Jean soupira lourdement, avant de reprendre :

— Mon frère a toujours été envieux de ce que possédaient les autres. Il s'est comporté envers Marguerite comme si elle était sa prisonnière, et non sa femme. La première année de leur mariage, elle a essayé plusieurs fois de s'enfuir, mais Arnaud a toujours réussi à la rattraper, et il a fini par la persuader de consentir à ses devoirs d'épouse. La peur d'un scandale effrayait littéralement mon frère.

Après un autre soupir, Jean poursuivit :

— Ce n'est qu'au bout de quatre ans que j'ai obtenu l'autorisation de la revoir. Nos retrouvailles ont été de courte durée… mais inoubliables. Ensuite, nous avons été séparés. Cependant Marguerite était toujours la femme dont je rêvais. Personne ne l'avait remplacée dans mon cœur. Et ce n'est que lorsqu'elle est venue me rejoindre à Saint Louis que j'ai appris toute la vérité. J'ignorais tout simplement que Mikki était ma fille ! Arnaud avait menacé Marguerite d'abandonner Mikki, si elle me révélait le pot aux roses.

Puis, venant se planter devant le jeune homme, Jean conclut :

— Maintenant que je vous ai tout dit, Georges Saffire, j'espère que vous ne serez pas pour Mikaela le mari que mon frère a été pour Marguerite. Ma fille a assez souffert comme cela. Je n'aurais certainement pas consenti à ce qu'elle épouse un homme qui risque de la traiter comme Arnaud a traité sa femme.

Georges remerciait le Ciel qu'il ne fût visiblement pas au courant de la manière dont Mikaela avait été obligée de l'épouser. Sans parler des autres incidents qui avaient émaillé les semaines ayant suivi leur mariage...

— Depuis mon arrivée à Charles Town, enchaîna Jean, j'ai beaucoup entendu parler de votre réputation de coureur de jupons. Il m'est aussi parvenu aux oreilles des ragots évoquant une liaison entre Mikki et un certain Vance Cavendish, qui serait de vos amis. Qu'en est-il exactement ?

Georges était presque amusé de voir que cet homme, après avoir été privé de sa fille pendant près de vingt ans, prenait aujourd'hui sa paternité très à cœur, comme s'il voulait rattraper le temps perdu. Il se dépêcha donc de le rassurer.

— J'ai épousé la femme que j'aimais, répondit-il. Et Mikaela m'aime également. Si vous ne me croyez pas, vous n'avez qu'à le lui demander.

— Je ne vais pas m'en priver.

— Comment nous avez-vous retrouvés ? questionna Georges.

— Mikki m'avait écrit, après son évasion de La Nouvelle-Orléans, alors qu'elle venait tout juste d'être recueillie par votre grand-père. J'avoue que j'avais des doutes sur les intentions d'Adrian, c'est pourquoi je souhaitais venir juger sur place. J'avais trouvé quelqu'un pour me remplacer dans mes affaires et j'étais prêt à partir, quand Marguerite est arrivée, m'annonçant que Mikki était portée disparue et présumée morte. Je lui ai montré la lettre de Mikki pour la rassurer, et c'est alors qu'elle m'a tout raconté.

Georges pouvait se représenter la colère et les regrets de son beau-père, lorsqu'il avait appris la vérité.

— Marguerite et moi avons décidé de commencer une nouvelle vie avec notre fille, reprit Jean. Nous allons donc nous installer près d'elle. Je vendrai mon commerce pour en ouvrir un autre ici, à Charles Town.

Le jeune homme lui tendit la main avec chaleur.

— Je pense que nous allons bien nous entendre, Jean. À condition, bien sûr, que vous ne monopolisiez pas trop ma femme... Mais vous serez toujours les bienvenus à la maison, surtout pour rendre visite à votre petit-fils... ou petite-fille.

— Mon... ma... ? bégaya Jean.

— Oui, confirma Georges, tout fier. Un enfant, qui tiendra des Rouchard et des Saffire. Dans leurs bons et leurs mauvais côtés... Pardon de vous ôter vos illusions, puisque vous semblez croire que Mikaela est la plus parfaite des filles, mais sachez qu'elle est sacrément indépendante et entêtée.

Jean hocha la tête.

— Je me souviens que, toute petite, elle avait des idées déjà très arrêtées. Et qu'elle était pleine d'énergie.

— Elle n'a pas changé. Son « énergie », comme vous dites, lui a plusieurs fois coûté cher. Malgré toutes mes mises en garde. Mais cela ne m'empêche pas de l'aimer au-delà de tout. Je me demande même si je ne suis pas trop indulgent avec elle... Je vais finir par la gâter.

Jean éclata de rire.

— Si Mikki parle de vous avec la même dévotion, il ne me reste plus qu'à me réjouir de ce mariage. Je ne désire qu'une chose : le bonheur de ma fille.

— J'entends précisément lui apporter le plus de bonheur possible, insista Georges avec une désarmante sincérité.

— Vous n'aurez pas le choix, de toute façon, mon garçon. Car je vais vous surveiller, figurez-vous !

Tapotant affectueusement l'épaule de son beau-fils, il ajouta :

— Et à présent, si nous allions la retrouver ?

Ils partirent bras dessus, bras dessous.

Vance était allé récupérer ses bagages dans la couchette qu'il avait utilisée durant le voyage, laissant sa cabine à Georges et Mikaela. Il se demandait comment il allait occuper sa soirée. Georges l'avait invité à se joindre à leur dîner, mais il avait envie d'une compagnie féminine. Pas seulement pour assouvir ses pulsions, d'ailleurs. Non, il aurait aimé partager sa nuit avec une femme belle et vive d'esprit, une femme comme...

Et zut ! Dans sa frustration, il dévala si vite l'échelle de coupée qu'il entra en collision, sur le quai, avec quelqu'un. Emporté par son élan, il bascula au sol.

Ce n'est qu'une fois par terre que Vance s'aperçut qu'il avait heurté une ravissante demoiselle, déguisée sous des oripeaux de matrone. Et qu'il était maintenant étendu sur elle...

Excusez-moi, monsieur, murmura Rebecca Montclaire. Je ne regardais pas devant moi.

Repoussant le jeune homme au niveau du torse, elle ajouta :

— Si vous voulez bien vous redresser, je vous en serais très reconnaissante...

Vance se remit sur pied, avant d'aider la jeune femme à en faire autant. Puis il contempla son déguisement avec un sourire amusé.

— Permettez-moi de me présenter : Vance Cavendish. Vous rendiez-vous à un bal costumé ?

Au même instant, des cris retentirent à l'autre bout du quai. Rebecca blêmit, avant de tirer une bourse en cuir de sa poche.

— J'ai besoin d'aide, monsieur Cavendish ! implora-t-elle en jetant des coups d'œil inquiets pardessus son épaule. Si vous pouviez me garder ça, jusqu'à ce que je revienne le chercher, vous me rendriez un grand service.

Vance considéra la bourse d'un œil intrigué.

— S'agit-il d'argent volé ?

Deux prunelles noires lui décochèrent un regard malicieux, qui lui rappela soudain l'expression de Mikaela.

— Qui vous a dit que cette bourse contenait de l'argent, monsieur Cavendish ?

Sur ces mots, Rebecca remit sa capuche sur sa tête et disparut dans l'ombre, aussi vite qu'elle était apparue.

Encore abasourdi par cette rencontre, Vance demeura un moment sur le quai, à respirer le délicieux parfum laissé par la jeune inconnue. Puis il ouvrit la bourse, afin d'en examiner le contenu. Quelle ne fut pas sa surprise d'y découvrir une collection de pierres précieuses, absolument superbes !

Dieu du Ciel ! Ces bijoux n'auraient pas dépareillé une couronne royale… À quoi rimait cette mascarade ?

Il referma la bourse et décida d'aller la cacher dans sa cabine.

Tandis qu'il remontait l'échelle de coupée, il se demanda, amusé, où le conduirait sa rencontre avec la jeune femme aux yeux noirs…

22

Dès qu'elle entendit frapper à la porte de sa chambre, Mikaela reposa sa brosse sur la coiffeuse et alla ouvrir, pieds nus. C'était Marguerite.

— Je voulais te parler seule à seule, avant que Georges et Jean n'arrivent.

Mikaela s'effaça pour laisser entrer sa mère.

— Je sais que tu as toutes les bonnes raisons de me détester, commença Marguerite, les yeux rivés sur le plancher. Mais j'aurais aimé t'expliquer…

— Je ne te déteste absolument pas, la coupa la jeune femme avec un sourire ému. Au contraire… je t'admire.

Marguerite sursauta.

— M'admirer ? Pour avoir subi sans broncher la tyrannie d'Arnaud, ou pour avoir fui quand j'ai cru que tu étais morte ?

— Les deux.

Marguerite se laissa tomber dans un fauteuil.

— Je ne me reconnais aucun courage. Que de la lâcheté… C'était Jean que je désirais épouser. Mais mon père, comme Arnaud, estimait qu'un mariage devait être arrangé pour le bénéfice de nos familles. Puisque Arnaud était l'héritier de la plantation des Rouchard, mon père lui a donné la préférence. Quand

Jean est parti chercher fortune ailleurs, j'ai eu l'impression que quelque chose en moi était mort...

Mikaela ne comprenait que trop bien sa mère. Elle avait ressenti la même chose, lorsqu'elle avait pensé avoir perdu Georges en mer.

— Après la naissance d'Henri, reprit Marguerite, je me suis forcée à rester, pour le bien de mon fils. Et puis, un jour, Jean est revenu. Arnaud ne se trouvait pas à la maison, à ce moment-là. Il était parti en ville pour ses affaires, et n'avait pas prévu de rentrer avant le lendemain. Je savais... qu'il dormirait avec sa maîtresse. Quand Jean est arrivé, j'ai cru revivre. Jusqu'à...

— Jusqu'au retour d'Arnaud, devina Mikaela.

Sa mère hocha la tête.

— Il nous a surpris. De ce jour, Arnaud ne m'a plus laissée sortir seule sans chaperon. Et lorsqu'il a appris que j'étais enceinte, il est entré dans une rage noire. Il me menaçait des pires horreurs si je révélais la vérité à toi ou à Jean. Pendant des années, il m'a gardée confinée, jusqu'à ce qu'il te trouve un mari qui convienne à ses intérêts. Et puis, tu as disparu. Quand Arnaud a décrété que tu étais morte, je n'avais plus aucune raison de rester avec lui...

Mikaela s'était agenouillée devant sa mère et elle lui étreignit la main.

— Et c'est alors que tu as enfin trouvé le bonheur que tu méritais... Je suis contente que tu sois heureuse, comme je le suis moi-même. Oublions le passé, pour ne plus penser qu'à l'avenir.

Marguerite, les yeux emplis de larmes, hochait la tête.

— Alors, tu aimes vraiment Georges ? Tu n'as pas été forcée à ce mariage ?

— Je ne pouvais pas rêver meilleur époux que lui, assura Mikaela.

Marguerite avait retrouvé le sourire.

— Tu ne peux pas savoir combien j'ai prié pour toi ! Tu as tellement souffert, étant petite, qu'il était normal que tu aies enfin droit au bonheur. Toutes ces années, c'était mon vœu secret qu'un jour tu partes et te libères de la tyrannie d'Arnaud.

Les deux femmes s'étreignirent chaleureusement.

— Sois heureuse sans remords, Mikaela. Le bonheur a mis trop de temps à t'atteindre.

— C'est vrai pour toi aussi, maman, murmura la jeune femme.

Des voix, dans l'escalier, incitèrent la mère et la fille à sécher leurs larmes. Quelques secondes plus tard, Jean et Georges pénétraient dans la chambre. Mikaela nota tout de suite le regard énamouré que lança son père à Marguerite, et cela faillit raviver ses pleurs. Elle était bouleversée de savoir que ses parents avaient dû demeurer éloignés des années, sans pouvoir s'aimer.

— Désolé, nous sommes un peu en retard, s'excusa Jean en s'adressant à Marguerite. Adrian nous a prévenus que le dîner serait servi à huit heures précises. Je pense que nous ferions mieux de nous rafraîchir un peu, et de laisser à Georges et Mikki le temps d'en faire autant.

Après leur départ, Georges s'empressa d'aller refermer la porte pour goûter un peu d'intimité avec son épouse. La jeune femme paraissait songeuse, et il devina qu'elle se demandait ce qu'aurait été son existence si Jean avait pu épouser, vingt ans plus tôt, la femme qu'il aimait.

— Nous ne pouvons rien changer au passé, murmura-t-il. En revanche, nous pouvons veiller à l'avenir. Nos enfants grandiront avec des parents qui les aimeront. Et je te promets que tu n'auras plus jamais aucune raison d'être malheureuse.

Mikaela, le visage baigné de larmes, se jeta dans ses bras.

— J'ai tellement de chagrin pour eux, expliqua-t-elle. Ils ont perdu tant d'années !

Georges la serra dans ses bras. Il savait, lui aussi, ce qu'était le temps perdu… Mais elle lui avait redonné confiance dans la vie.

— Je suis désolée, s'excusa la jeune femme en essuyant ses larmes. Je ne sais pas ce qui m'arrive, ces derniers temps…

— Je crois savoir que les femmes enceintes pleurent facilement, diagnostiqua Georges.

Elle le dévisagea.

— Mon dévoué mari supportera-t-il mes sautes d'humeur ?

— Les supporter ? répéta-t-il, offensé. Mais je les attends avec joie !

— Je te trouve bien enjoué, tout à coup. Que t'arrive-t-il ?

— Tu veux dire, en plus de t'aimer à la folie ?

Mikaela éclata de rire.

— Oui, en plus de cela.

— Eh bien, figure-toi que je suis ravi parce que Vance n'assistera pas au dîner.

Elle le considéra comme s'il avait perdu la tête.

— Je ne vois pas pourquoi l'absence de Vance te réjouirait…

Il hocha la tête.

— Vance ne pourra pas être là, car il se trouve en prison.

— En prison ! s'exclama-t-elle. Mais il faut tout de suite que nous…

Il retint sa femme, qui courait déjà vers la porte.

— Ne t'inquiète pas. J'ai parlé au juge. C'est pour cela que Jean et moi avons tant tardé.

— Mais… pourquoi Vance est-il en prison, grands dieux ?

— Pour s'être rendu le complice d'une voleuse, expliqua Georges que cette information faisait sourire, à la stupéfaction de Mikaela. J'ai bien sûr protesté de l'honnêteté de mon ami, mais la victime du vol est un duc anglais, et le juge n'a pas eu d'autre choix que de laisser Vance sous les verrous, en attendant que ce noble personnage se soit calmé.

— C'est insensé ! explosa-t-elle. Vance n'est pas un voleur !

Il éclata de rire.

— Va dire ça au duc.

Mikaela ne comprenait décidément pas pourquoi son mari se félicitait de cette histoire.

— Enfin, qu'est-ce qui te prend, Georges ? Vance n'est-il pas ton meilleur ami ? Oublies-tu qu'il nous a sauvé la vie ?

— Je n'oublie rien de cela. Et je me réjouis que mon meilleur ami, comme tu le soulignes, se retrouve embarqué dans une histoire terriblement romanesque, impliquant une mystérieuse jeune femme aux charmes évidents…

Elle était de plus en plus déconcertée.

— Je ne comprends rien…

— D'après le récit qu'a pu me faire Vance, quand j'ai été lui rendre visite dans sa cellule, une jeune femme, déguisée en matrone, l'a croisé sur le quai peu après notre départ. Elle lui a remis une bourse, en lui réclamant son aide.

— Qui est cette femme ?

— Elle n'a pas dit son nom, mais la bourse contenait des joyaux dignes de la couronne d'Angleterre. Et, moins d'un quart d'heure plus tard, Vance se faisait arrêter sur le port.

— Avec les bijoux sur lui ?

— Non. Entre-temps, il avait eu le temps de les cacher dans sa cabine. Il a nié toute relation avec la jeune femme, dont le duc l'accusait d'être le complice.

— Pourquoi ?

— À ton avis ?

Mikaela comprit enfin la raison pour laquelle cette histoire amusait tellement son mari. De toute évidence, Vance avait été favorablement intrigué par la jeune femme en question...

— Espérons que Vance sait ce qu'il fait, soupira-t-elle.

— Je n'en doute pas une seconde. Et c'est pour ça qu'il ne rechigne pas à l'idée de passer la nuit en prison. Il a autant envie de retrouver sa mystérieuse inconnue, que moi j'avais envie de remonter ta trace en arrivant ici. Il est autant fasciné par elle que je l'étais par ma passagère clandestine...

— As-tu vraiment retourné toute la ville dans l'espoir de me retrouver ? s'enquit-elle.

— Oui. Je n'ai épargné aucune maison. Sauf la seule où je ne pensais pas devoir chercher. Et c'était précisément là que tu te cachais. Dans ma chambre, en plus ! Et à moitié déshabillée...

Tout à coup, Mikaela en oublia le sort de Vance et le dîner qui les attendait en bas. Plus rien ne l'intéressait que ce beau capitaine qui la serrait dans ses bras. Depuis la première fois où clic avait levé les yeux sur lui, par une nuit de pleine lune, alors qu'il tenait la barre de son bateau, cet homme avait captivé son cœur. Le monde entier, désormais, se résumait à lui...

Des coups frappés à la porte interrompirent cette tendre étreinte.

— Georges ? Mikaela ? Vous venez dîner, oui ou non ? appela Adrian depuis le couloir.

— Non, répondit Georges en caressant la jeune femme.

— Comment ça, non ? s'indigna Adrian. Il y a des huîtres en entrée. Je sais bien que tu détestes ça, mais Jean m'a dit qu'il en était très friand.

Georges déposa un baiser sur les lèvres de Mikaela, avant de répondre à son grand-père :

— Nous vous rejoindrons *après* les huîtres. Je veux d'abord assurer mon épouse de tout mon amour pour elle...

Quand le vieil homme se fut éloigné dans le couloir, il ajouta pour la jeune femme :

— Je t'aime tellement, figure-toi, que j'envisage sérieusement de renoncer à la navigation.

Mikaela lui rendit son baiser.

— Tu ne m'avais pas dit que tu détestais les huîtres...

— Je ne t'avais pas dit non plus que je t'aimais, jusqu'à ce qu'il soit presque trop tard, murmura-t-il avant de la soulever dans ses bras pour l'emporter vers le lit. Mais je ne suis pas près de commettre la même erreur. Je t'aime, Mikaela. Et je ne veux que toi.

Lorsqu'il s'empara de ses lèvres, elle s'abandonna avec ravissement au plaisir de ce baiser. Elle était ivre de bonheur de savoir qu'il resterait désormais à la maison, près d'elle.

— Ah, Mikaela, murmura-t-il dans un soupir, les mots me manquent pour exprimer ce que je ressens pour toi.

— Moi aussi, je t'aime, Georges, répondit-elle tout en commençant à lui déboutonner sa chemise.

— Je sais, chérie.

— Ta modestie fait plaisir à entendre ! se moqua-t-elle.

Puis, après avoir posé un baiser sur son torse, et un autre plus bas, et encore plus bas... elle ajouta :

— Tu as un goût que j'adore. Tellement meilleur que ces cochonneries d'huîtres.

— Parce que, toi non plus, tu n'aimes pas ça ?

— Ah non, alors ! Mais ton grand-père les adore tellement que je voulais lui faire plaisir en les mettant au menu, le soir où tu es venu dîner la première fois.

Amusé, il l'embrassa de nouveau.

— Je ne rêve que d'une chose, Georges. Que tu m'aimes pour toujours.

— Je sais. Et c'est pareil pour moi, chérie...

Adrian tapotait la nappe de ses doigts en surveillant sa montre. Huit heures et demie. Et ni Georges, ni Mikaela, ni Jean, ni Marguerite n'étaient encore descendus dîner...

Ces Rouchard étaient décidément des gens passionnés, songea le vieil homme en savourant son vin. Mais il était heureux, lui aussi. Son plan pour donner à Georges l'épouse qu'il méritait avait dépassé ses espérances. Mikaela attendait un enfant, et Adrian savait désormais que le nom des Saffire continuerait encore longtemps d'honorer la bonne société de Charles Town.

Une excellente nouvelle, qu'il entendait fêter avec ces belles huîtres qui l'attendaient sur leur plat...

6199

Composition
FACOMPO

Achevé d'imprimer en Italie
par GRAFICA VENETA
le 5 février 2025

Dépôt légal : mars 2025
EAN 9782290417300
OTP L21EPSN002695-647583

ÉDITIONS J'AI LU
82, rue Saint-Lazare, 75009 Paris

Diffusion France et étranger : Flammarion